Harald Martenstein • Tom Peuckert

# Schwarzes Gold aus Warnemünde



atb aufbau taschenbuch

Harald Martenstein, geboren in Mainz, war Frontmann der Band »Ihr habt es so gewollt«. Er arbeitete als Hotelportier in Berlin, Hauptstadt der DDR, und als Broilerbrater auf Hiddensee. Martenstein wurde mehrfach zu Haftstrafen verurteilt.

Tom Peuckert wurde in Leipzig geboren und wuchs in der DDR auf. Er hat unter diversen Pseudonymen im Westen publiziert. Sein anonymer Blog »Pankow privat« ist legendär. Er gilt als der »ostdeutsche Wallraff«.

2015 feiert die DDR 25 Jahre Erdöl-Sozialismus, beneidet von ihren Brüdern und Schwestern im verarmten Westen. Dank ihres Wagemuts und wechselnder Identitäten gelingt zwei Reportern, wovon viele nur träumen: ein Blick hinter die Kulissen. Der Westdeutsche Martenstein und der systemkritische DDR-Bürger Peuckert lernen die Schattenseiten des Imperiums kennen – ganz oben und ganz unten. Sie gehören zu jenen Wanderarbeitern, die ihre Körperkraft feilbieten auf den Prunktellern des Petro-Sozialismus. Als Masseur, Portier, Broilerbrater werden sie buchstäblich wie »der letzte Dreck« behandelt. Als Undercover-Reporter werden sie von den Mächtigen hofiert. Trotz aller Demütigungen und Gefahren begegnen ihnen aber auch Freundschaft und, ja, Liebe. Davon berichten sie in ihrem aufrüttelnden Buch, dessen sämtliche Einnahmen der Minolpirol-Stiftung zufließen.

»Sehr unterhaltsam und lustig.« HR2 Kultur

HARALD MARTENSTEIN
TOM PEUCKERT

# SCHWARZES GOLD

# AUS WARNEMÜNDE

ROMAN

atb aufbau taschenbuch

MIX
Papier aus verantwortungsvollen Quellen
FSC® C083411
FSC
www.fsc.org

ISBN 978-3-7466-3282-7

Aufbau Taschenbuch ist eine Marke der
Aufbau Verlag GmbH & Co. KG

1. Auflage 2016

Die Originalausgabe erschien 2015 bei Aufbau,
einer Marke der Aufbau Verlag GmbH & Co. KG
Umschlaggestaltung www.buerosued.de, München
unter Verwendung des Originalcovers
von ZERO Werbeagentur, München
Abbildung von FinePic ®, München
Autorenfoto © Kat Kaufmann
Satz LVD GmbH, Berlin
Druck und Binden CPI books GmbH, Leck, Germany
Printed in Germany

www.aufbau-verlag.de

Ich hoffe, Sie werden nicht anstehen, öffentlich zu bekennen, sooft sich Gelegenheit dazu bieten wird, dass nur Ihre wiederholten, dringenden Bitten mich bestimmt haben, eine schlecht geschriebene und fehlerhafte Erzählung meiner Reisen veröffentlichen zu lassen.

*Jonathan Swift, Gullivers Reisen, 1726*

Tief im steinernen Abgrund der Welt
Leuchtet ein Glanz, der alles bezwingt.

*Karat, Petroleum Rhapsody, 2001*

Arbeit immer Ausländer.
Groß Geld und Befehle immer DDR.

*Fela, 2014*

# I

Wir alle kennen diese Bilder aus dem Herbst 1989, selbst wenn wir zu jung sind, um dabei gewesen zu sein. Die Flüchtlinge in der Prager Botschaft, die durchtrennten Stacheldrahtzäune an der ungarischen Grenze. Staat ohne Volk. Der Untergang.

Und dann die Pressekonferenz von Günter Schabowski – er hieß doch Schabowski? Diese Pressekonferenz mit dem berühmten Zettel, den er, irgendwie zerstreut, aus seiner Jackentasche zieht und zögernd vorliest.

»Soeben wird mir mitgeteilt, dass an der Ostseeküste der Deutschen Demokratischen Republik umfangreiche Erdölvorkommen entdeckt worden sind. Nach den Angaben unserer Geologen handelt es sich um die größten bisher bekannten Lagerstätten der Erde. Die Regierung der DDR hat sich entschlossen, Ihnen mitzuteilen, dass ab sofort Öl zur Verfügung steht.«

Pause. Stimmengewirr. Fragen.

»Soweit ich weiß, gilt das ab sofort. Unverzüglich.«

Ich kann mir in dieser Szene sein Gesicht wieder und wieder ansehen, aber ich entdecke da weder Freude noch Triumph oder Stolz. Er schaut verblüfft. Manchmal passieren Sachen, die sind so unwahrscheinlich, dass du dich nicht mal freuen kannst. Dein Klo ist wieder mal verstopft, nichts hilft, du ziehst dir also fluchend Gummihandschuhe an, greifst in den Abfluss, fühlst etwas, und plötzlich ziehst du ein zwei Kilo schweres Golddiadem aus dem 14. Jahrhundert ans Licht. Ich denke mal, in diesem Moment hast du den gleichen Gesichtsausdruck wie Schabowski an jenem 9. November 1989.

Ich war damals dabei, ich saß in der Pressekonferenz. Ich war Korrespondent in der DDR, für die »Zeit«. Wir hatten mehrere Mitarbeiter, und ich bin eigentlich eher der Mann für die Geschichten am Rande gewesen, kleine Reportagen, Glossen, Interviews mit Herr und Frau Jedermann. Irgendjemand muss an dem Tag krank gewesen sein, sonst hätten sie nicht mich geschickt. Aber sogar mir war klar, dass die Fluchtbewegung jetzt aufhören würde. Unverzüglich. So kam es ja auch. Die DDR war jetzt reich, das reichste Land der Welt, falls stimmte, was Schabowski gerade vorgelesen hatte.

Der 9. November war ein Donnerstag. Das heißt, ich stand nicht unter Zeitdruck. Die »Zeit« kommt immer am Donnerstag heraus, das neueste Exemplar lag gerade frisch an den Kiosken. Allzu viele Details hatten wir nicht. Konnte tatsächlich sofort mit der Förderung begonnen werden? Würden die Ostdeutschen das selber machen, oder hatten die westlichen Ölkonzerne eine Chance, ihren Fuß in die Tür zu kriegen? Was war mit den Russen? Tausend Fragen, viel Raum für Spekulation. Die paar Telefone, die es gab, wurden von den Kollegen von der Tagespresse sofort gestürmt. Ich nahm die Straßenbahn und fuhr in die Schönhauser Allee, ins Wiener Café, wo ich damals gern die Abende verbracht habe. Die hatten da manchmal sogar einen Pianisten.

Ich war ein bisschen traurig. Die DDR, die ich kannte, würde untergehen, das stand fest. Geld ändert alles. Ich mochte dieses Land, so verrückt es für Sie klingen mag. Ich mochte die altmodischen Etiketten auf den Waschmittelpackungen, ich mochte die ungeraden Preise in den Restaurants und die rumpeligen Straßenbahnen und das Funzellicht in den Kneipen, ich mochte es, wenn die Frauen berlinerten und bei einer sich anbahnenden Bekanntschaft den ersten Schritt machten.

Für mich war die DDR eine Art zweites Österreich, nur ein bisschen schräger als Österreich. Toll, dass man in der DDR deutsch spricht, dachte ich manchmal. Hoffentlich hält sich das, und sie fangen nicht eines Tages an, russisch zu reden. Vielleicht waren die Mauer und die Stasi ja die Voraussetzung für all das, was ich an der DDR mochte. Das kann sein. Dann bin ich wohl ein Zyniker. Meinetwegen.

Im Wiener Café war es voll, wie immer. Ich setzte mich auf einen der letzten freien Plätze, an einen Zweiertisch, zu einem Mann um die 30, der in einem Buch las. Im Westen würde man das eher nicht tun. Auch dieses Detail des DDR-Lebens mochte ich. Man lernte ständig Leute kennen auf diese Art. Die meisten Ostdeutschen fanden es furchtbar, dass man so selten einen Tisch für sich alleine hatte.

Die Pressekonferenz war im Fernsehen übertragen worden, aber hier war keine Veränderung zu spüren. Müssten die Leute nicht längst auf den Straßen tanzen? Hielten sie hier, an diesem Ort, die Nachricht über das Öl vielleicht nur für einen neuen Trick der Regierung? Oder waren die völlig ahnungslos? Das Wiener Café war ein Ort, wo die Boheme sich traf, die Unangepassten, die Künstler.

Ich hatte eine kindliche Lust, die Neuigkeit zu erzählen. Das ist doch menschlich. Ich platzte fast vor Mitteilungsdrang.

»Entschuldigen Sie«, sagte ich zu meinem Tischnachbarn. »Das stört Sie jetzt bei der Lektüre. Ich weiß. Aber ich war gerade in der Pressekonferenz.«

Der Mann schob das Buch zur Seite. »Ach«, sagte er. »Wie interessant. Hat es Ihnen gefallen?«

So lernte ich Peuckert kennen. Er war schon damals sehr dünn. Die Nachricht kannte er bereits. Ich habe nie kapiert, wie das in der DDR funktionierte, Neuigkeiten sprachen sich schneller herum als im Westen.

Er fand, dass es keine gute Nachricht war. Peuckert hatte in der freien Theaterszene, die sich, dank Glasnost, seit ein paar Monaten entwickelte, einige Stücke inszeniert. Die Inszenierungen waren gelobt worden. Eigentlich hätte ich ihn kennen müssen. Er gehörte wohl zu denen, die von einer neuen, besseren DDR träumten. Das wusste ich damals nicht, aber ich reimte es mir zusammen.

»Ihr könnt jetzt aus der DDR machen, was immer ihr wollt«, sagte ich. »Keine materiellen Sorgen mehr. Keine Schulden mehr. Der Sozialismus hat gesiegt. Wie wär's mit einem kleinen Lächeln? Zur Feier des Tages?«

Wir sind, auf den ersten Blick, sehr verschieden. Manchmal ist gerade das eine gute Basis für eine Freundschaft. Man findet im anderen Eigenschaften, die man mag, aber die man selbst nicht besitzt. Peuckert ist scheu und ernst, er redet nicht viel. Aber was er sagt, hat Hand und Fuß. Vom Erdölsozialismus hielt er nicht viel, das war schon an diesem ersten Abend so. Er argumentierte philosophisch, Kant, Hegel, Marx, nicht alles habe ich verstanden. Er hatte auch schon einige journalistische Texte geschrieben, die meisten waren abgelehnt worden, nur seine Theaterkritiken wurden gedruckt.

Wir redeten, bis der Lärm auf der Straße zu groß wurde. Es ging los. Auf der Schönhauser Allee stauten sich die Trabis und die Wartburgs. Alle hupten. Die Autofenster waren heruntergekurbelt, viele schwenkten DDR-Fahnen. Als wir das

Café verließen, taumelte uns ein betrunkener Mann entgegen. »Wahnsinn!«, rief er. »Wahnsinn! Dass ich das noch erleben darf!«

Wir hielten Kontakt, das war ja jetzt einfach. Für DDR-Bürger ist die Mauer ab Silvester offen gewesen. Da hat das ZK der SED diese riesige Party am Brandenburger Tor veranstaltet, Sie erinnern sich bestimmt. Die Scorpions, Bruce Springsteen, Helga Hahnemann. Ich wollte mit Peuckert hingehen, aber er blieb lieber zu Hause.

Einige Monate später, es kann auch ein Jahr gewesen sein oder anderthalb, schickte er mir ein Manuskript. Der Text sei wohl eher nichts für das »Neue Deutschland«, schrieb er, nicht mal was für den »Sonntag«, das Intellektuellenblatt. Aber er sei wichtig. Ob ich dafür sorgen könne, dass er im Westen veröffentlicht wird. Bevor ich anfing zu lesen, wusste ich schon, dass es schwierig werden würde. Der Westen war inzwischen auch nicht mehr das, was er mal gewesen ist.

# DER ENTDECKER

Anruf im Erdölministerium. »Ich würde gern Maxim Krolikowski treffen. Können Sie mir da weiterhelfen?«

Der Typ am anderen Ende der Leitung wirkt ratlos. »Wen wollen Sie treffen?«

»Den Entdecker des Öls«, sage ich. »Den jüngsten ›Helden der DDR‹.«

Ich höre ein Flüstern, dann lange nichts mehr. Als er sich wieder meldet, ist seine Stimme angespannt.

»Wie war Ihr Name? Für welches Presseorgan berichten Sie?«

Ich habe das Gefühl, er hört nicht mehr alleine zu. Ich lege auf. Angerufen habe ich aus einer Telefonzelle. Eine Intuition. Das allzeit wachsame Misstrauen.

In den wilden Monaten um die Jahreswende 89/90 ist Maxim Krolikowski oft porträtiert worden. Eine Geschichte im »Magazin« erregt Aufsehen, weil sie für hiesige Verhältnisse so locker und privat klingt. Da ist er, der neue Wind, der durchs Land weht. Sie stellen Krolikowski als lebenslustigen Genießer vor, ein Junggeselle Anfang 40, der in einem Dorf bei Schwerin lebt und sich dort eine Bauernkate zum attraktiven Wohnsitz ausgebaut hat. In Krolikowskis Haus gibt es sogar eine Kellerbar. Gut bestückt mit Whisky-Raritäten, die der rauschende Importboom gerade ins Land spült.

Am 1. Mai 1990 steht Krolikowski in Ostberlin neben

Generalsekretär Krenz und Erdölminister Wolf auf der Politbürotribüne. Mit seinen wilden Locken und der kleinen Hornbrille unterscheidet er sich wohltuend von den Funktionärsgesichtern, die da oben ihrem Volk zuwinken. Aber im Mai 1990 verströmt ohnehin das ganze Land eine nie gekannte Frische. Krenz lacht auf der Tribüne lauthals, Minister Wolf wirft einer Gruppe von Frauen sogar Kusshände zu, als die unten seinen Namen rufen. Krolikowski trägt den funkelnden Orden eines »Helden der DDR« auf der Brust. Das heilige Stück Blech war bisher Veteranen des innersten Führungszirkels vorbehalten, dass ein gerade Vierzigjähriger nun damit dekoriert wird, zeigt, welche Bedeutung man seiner Person zumisst. Krolikowski ist Chef einer Gruppe von Geologen, die im Jahr 89 die Erdölvorräte der DDR entdeckt hat. Bei Bodenuntersuchungen im Norden sind sie auf überraschende Ergebnisse gestoßen. Der Untergrund verhält sich sonderbar, wenn man Schallwellen hindurchleitet. Als stecke da unten im Gestein eine zähe Flüssigkeit, die dem Schall Widerstand entgegensetzt. Von Jagdfieber gepackt, tragen Krolikowski und seine Leute immer mehr Indizien zusammen, die eine Existenz ölführender Schichten denkbar machen. Sie werten ein riesiges Datenmaterial aus, gestützt auf die modernste Computertechnik der DDR. Im Herbst 89 wird eine erste Probebohrung gewagt. Mit bekanntlich durchschlagendem Erfolg.

In den Tagen der Erdölwende ist Krolikowski eine öffentliche Figur im Land. Ein paar Monate später ändert sich das schlagartig. Anfang September 1990 meldet das »Neue Deutschland« in fünf Zeilen, Krolikowski sei schwer erkrankt. Bis zu seiner Genesung lasse er alle Ämter und Funktionen ruhen, darunter den Posten des Chefgeologen im neuen

Rohstoffkombinat. Seitdem hat man nichts mehr von ihm gehört. Weder erwähnen sie seinen Gesundheitszustand mit einer Zeile, noch taucht der Name überhaupt in den Medien auf. Sosehr ich in Archiven wühle, Krolikowski wird einfach nicht mehr genannt. Nicht einmal da, wo es ausdrücklich um die Geschichte der Funde geht. Von großen Kollektiven ist die Rede, von der Rolle der Partei, regelmäßig auch von den Verdiensten des Genossen Markus Wolf. Viele sagen, der frühere Stasi-General und heutige Erdölminister sei der mächtigste Mann im Land, einflussreicher noch als Egon Krenz.

Der erste D-Zug fährt kurz vor sieben ab Berlin-Lichtenberg, Ankunft in Schwerin halb zehn. Mit dem Bus weiter Richtung Grevesmühlen, an der Kreuzung hinter Pingelshagen steige ich aus. 30 Kilometer nördlich beginnen einige der größten Ölfelder der DDR, mit ihren typischen Begleitlandschaften aus Rohrleitungsnetzen, Raffinerieanlagen und schnell aus dem Boden gestampften Transportwegen. Aber hier, bei Pingelshagen, liegt das Land verschlafen wie eh und je. Dünner Schnee rieselt über Ackerflächen, deren Ränder im Dunst verschwimmen. Vier Kilometer Fußmarsch, keine Menschenseele, kein Auto fährt an mir vorüber. Krolikowskis Dorf ist gut überschaubar, zwei Dutzend Häuser entlang einer Durchgangsstraße.

Die Hunde bellen, als ich von Haus zu Haus laufe. Krollkowskis Name ist nirgendwo zu entdecken. Erst als ich mich am Dorfrand umwende, sehe ich das Anwesen, wie es auf Fotos im »Magazin« abgebildet war. Es liegt allein auf einem Hügel, ein paar hundert Meter von den anderen entfernt. Ich nehme die Abkürzung quer über die Felder.

Das Haus ist nicht groß, norddeutscher Backstein, auch

hier wütet ein Schäferhund hinter dem Zaun. Es gibt keine Klingel, nichts rührt sich. Aber Rauch steigt aus einem der Schornsteine, und man sieht Fußabdrücke im Schnee. Als ich rufend vorm Zaun auf und ab laufe, macht das den Hund vollends rasend. Lange geschieht nichts, dann öffnet sich doch die Tür. Ein Mann tritt heraus, kleine runde Brille, ich erkenne ihn sofort.

Maxim Krolikowski trägt Cordhosen und Strickjacke, seine Locken sind schlohweiß, die Augen hinter den Brillengläsern gerötet. Eine brennende Zigarette hält er in der Hand.

Er bringt den Hund mit einer Geste zum Schweigen. Was ich hier suche? Aus der Nähe umweht den Entdecker des Erdöls unverkennbar Alkoholgeruch. Ich bin Journalist, sage ich, und wolle mit ihm über das Öl reden. Leider sei es mir nicht gelungen, mich vorher anzumelden.

Ich halte die Hände tief in den Manteltaschen vergraben und springe von einem Fuß auf den anderen, um den Grad meiner Unterkühlung anzudeuten. Es nützt nichts. »Verschwinden Sie«, sagt Krolikowski, dreht sich um und geht zum Haus zurück. Der Hund beginnt erneut zu bellen.

Neben dem Aufnahmegerät und der Zahnbürste für alle Fälle habe ich eine Flasche Whisky im Gepäck. Einen schottischen Aberlour, gekauft in einem der neuen Delikatessenläden am Alexanderplatz, für fast 100 DDR-Mark. Ich hatte mich nach einer Rarität erkundigt, nichts Abseitiges, sondern ein süffiges Getränk, das jeden Whiskyliebhaber erfreuen könne.

»Seit fünf Stunden bin ich unterwegs«, rufe ich Krolikowski nach. »Es ist eiskalt. Einen Tee könnten Sie mir schon anbieten.« Als er nicht reagiert, beschließe ich, mein Spesenkonto rückhaltlos aufs Spiel zu setzen. »Ich habe eine Flasche Whisky für Sie. Einen Single Malt. Als Geschenk. Nehmen Sie die wenigstens an.«

Er stockt, die Hand auf der Klinke. Dreht sich um, kommt zum Zaun zurück. »Whisky?«

Ich öffne meine Tasche.

Die Küche des Hauses ist schmutzig, dichter Zigarettenrauch hängt in der Luft. Krolikowski schiebt seine Brille in die Stirn, um das Etikett besser lesen zu können. »Aberlour. Noch nie getrunken. Wollen wir probieren?«

Die Flasche gehöre ihm, antworte ich, da hat er schon zwei Gläser aus dem Schrank gekramt.

»Man hat Sie im Dorf gesehen. Es wird nicht lange dauern. Also trinken wir!«

Er leert das erste Glas mit einem tiefen Seufzer. Jeder Idiot fahre mittlerweile nach Großbritannien und trinke dort guten Whisky. Bloß ihm werde das nicht erlaubt.

»Sind Sie zu krank?«, frage ich.

»Unsinn!«, faucht er nur. Er füllt sein Glas erneut. »Es ist mir verboten, in Gegenwart anderer Bürger Alkohol zu trinken.«

Seine Hände zittern. Man sieht es, wenn er das Glas zum Mund führt. »Ich habe immer nur mit Freunden getrunken. Einsames Saufen führt in den Ruin.«

Er steckt seine Nase tief ins Glas, atmet den Duft des Whiskys ein. Ich habe das Aufnahmegerät zwischen uns auf den Tisch gelegt.

»Herr Krolikowski, ich möchte mit Ihnen über das Öl reden.«

»Scheißegal!«, knurrt er.

»Aber wieso denn«, widerspreche ich, »Sie haben der DDR einen historischen Dienst erwiesen. Es ging dem Land nicht gut Ende der Achtziger, das wissen wir alle. Vielleicht würde die DDR heute gar nicht mehr existieren.«

»Besser wär's!« Er bläst Rauch in die Luft.

»Ich habe mich ja auch gewundert«, sage ich vorsichtig, »dass nichts mehr zu hören war von Ihnen. Eben noch gefeiert, plötzlich Funkstille.«

Krolikowski trinkt einen gewaltigen Schluck und starrt vor sich hin. Seine Augen sind blutunterlaufen. Das Weiß des Augapfels ist fast völlig verschwunden. »Alles scheißegal!«, murmelt er.

Er sieht zur Tür. Wartet er bloß darauf, dass ich verschwinde? Meinen Whisky hat er jedenfalls angenommen.

»Herr Krolikowski, gibt es etwas, das Sie mir erzählen möchten?«

Sein Glas ist leer. Ich nehme die Flasche und gieße ein, bis zum Rand. Reflexhaft greift er zu.

»Der Aberlour ist teuer«, sage ich. »Wie alle guten schottischen Whiskys.«

In seinem Gesicht entdeckt man Spuren furchtbarster alkoholischer Exzesse. Die Wangen sind teigig, die Haut ist schuppig und rot.

»Herr Krolikowski, als Sie und Ihre Kollegen neunzehnhundertneunundachtzig das Öl entdeckten –«

»Fünfundachtzig«, unterbricht er mich. »Es war fünfundachtzig. Und meine Kollegen hat das einen Dreck interessiert.«

Ich starre ihn an.

»Wer rauswollte, machte sinnloses Zeug. So war das üblich. Ich habe die Russenfotos ausgewertet.«

»Raus? Was heißt denn raus, Herr Krolikowski? Und was für Russenfotos?«

Er trinkt hastig. Whisky läuft aus seinem Mundwinkel in den Hemdkragen hinein.

»Multi-spektral-kamera!« Krolikowski spricht das Wort sehr ironisch aus. Er faltet die Hände und hebt sie gen Himmel. Ebenfalls ironisch. »Russensatelliten und Multi-spektral-kamera. Rote Spitzentechnik. Das ND war voll davon, tagelang.«

»Ich erinnere mich«, sage ich, »die Multispektralkamera von Carl Zeiss Jena. Das war damals ein heißes Ding. Ende der Siebziger, glaube ich. Die DDR wurde aus dem Weltraum fotografiert, von russischen Satelliten. Mit dieser Kamera. Es gab Sondersendungen im Fernsehen. Die Partei war stolz wie –«

»Der Scheiß ging sofort ins Archiv«, ruft er. »Das war Propaganda. Das interessierte keinen.« Er saugt gierig an seiner Zigarette. »Wissen Sie, was mein Chef gesagt hat? ›Du guckst alte Russenfotos, Krolikowski. Weil du Strafe verdient hast.‹«

Da habe er es eben entdeckt. Auf den Satellitenfotos. Gesteinsprofile, perfekt geeignet, um Ölfallen zu bilden. An vielen Stellen im Norden, wo es nie zuvor eine gründliche Untersuchung des Bodens gab.

Er hebt die Flasche zum Mund und trinkt einen langen Schluck. Niemand habe in der DDR nach Öl gesucht. Auch er nicht. Trotzdem seien ihm die klassischen Hinweise auf Erdöl bekannt gewesen.

»Ich war bei den Russen. Anfang der Siebziger. Mit meiner Freundin.« Eine Tramptour, erzählt er, als Student. Am Kaspischen Meer ging den beiden das Geld aus, da habe er auf einer Baustelle nach Arbeit gefragt. Keine normale Baustelle, wie sich herausstellte, sondern ein Camp von Erdölsuchern. Die Russen ließen ihn Material schleppen, Knochenarbeit, aber nebenbei habe er mitbekommen, wie sie das machten mit dem Öl. Satellitenfotos, seismische Messungen, Schallhärte, Magnetfelder und so weiter. Leider seien die Russen derart hinter seiner Freundin her gewesen, dass sie nach ein paar Tagen aus dem Camp fliehen mussten.

»Wie hat Ihr Chef denn auf Ihre Entdeckung reagiert? Als Sie mit diesen Ölfallen ankamen?«

Schnaubend bläst er Rauch in die Luft. »Spiel nicht den Querulanten! So hat der reagiert.«

Aus Trotz sei er am Wochenende allein über die Felder gezogen, mit Messinstrumenten, die er zuvor im Institut geklaut hatte.

»Und dann? Was ist dann passiert?«

Krolikowski lacht verächtlich. »Als Spion verhaftet! Mitten auf dem Acker! Ausreiseantrag und Spionage, das passte. CIA oder BND, wollte die Stasi wissen. Mein Chef hat nur gelacht. Lasst den doch in Ruhe! Der ist bloß bekloppt. Der hat einen Ölkoller. Ich soll mit dem Quatsch aufhören, hat die Stasi gesagt, sonst gibt's richtig Ärger.«

Krolikowski hält die Flasche gegen das Licht. Ob ich noch einen Schluck wolle. Er schnauft zufrieden, als ich verneine.

»Wie ging's weiter, Herr Krolikowski?«

Sorgfältig lässt er die letzten Tropfen vom Aberlour in seine Kehle rinnen. »Bonzenalarm. Halbes Jahr später.«

Dicke Volvos aus der Hauptstadt seien vor seiner Tür aufgefahren. Er habe dem Hund die Begrüßung überlassen. Die Staatsmacht stand am Zaun, von einem dummen Hund in Schach gehalten. Ein halbes Dutzend Waffenträger, vollkommen ratlos. Irgendwann holte jemand ein Megaphon aus dem Auto: »Herr Krolikowski, wir kommen wegen dem Öl!«

»Sie kamen wegen *des* Öls«, murmelt er und zeigt mit fahriger Geste zu mir herüber. »Da saß er. Genau da, wo Sie jetzt sitzen. Der Teufel persönlich!«

»Der Teufel persönlich?«

»Der größte Erdölminister aller Zeiten!«

Ich halte den Atem an. »Markus Wolf?«

»Ein Scheißkerl! Nur ein Scheißkerl!«

Mit seinem roten Gesicht und den Locken, die wirr vom Kopf abstehen, gleicht Krolikowski einem Zecher, wie Frans Hals ihn gemalt hat.

»Wollen wir was trinken«, lallt er. Ich verneine, trotzdem steht er auf und schwankt aus der Küche. Kommt zurück mit einer Flasche Wein.

Wolf habe ihn stundenlang ausgefragt, genau hier, in dieser Küche, an diesem Tisch.

Mit unsicheren Händen schraubt Krolikowski den Verschluss von der Weinflasche. Der Stasi-General habe angeboten, aus seinen Mitteln eine Bohrung zu finanzieren. Alles streng geheim, mit Stasi-Leuten als Technikern und ihm, Krolikowski, als leitendem Ingenieur.

»Ein Traum für jeden Geologen! Einmal nach Öl bohren!« Er gießt Wein in sein Glas, trinkt sofort aus.

Was mich wundere, werfe ich ein, er habe vorhin gesagt, das alles sei schon im Jahr 1985 passiert.

»Dezember fünfundachtzig. Kein Frost im Boden. Die ganze Zeit nicht.«

»Aber das Öl ist erst neunundachtzig entdeckt worden«, widerspreche ich. »Und zwar in der zweiten Jahreshälfte. Das Ausmaß der Vorkommen wurde Ende Oktober bekannt, nach Honeckers Rücktritt.«

»Glaumsie«, Krolikowskis Artikulation ist äußerst verschwommen, »die Feife wär abgetretn? Wennerweiß, unterseim Thron schwimmt Öl?«

Draußen bellt der Hund. Ein grauer Lada steht am Tor. »Da sind sie!« Krolikowski erhebt sich schwerfällig. »Ich muss den Hund holen. Die Brüder ballern ihn einfach ab.« Die Tür schlägt zu.

Nur Sekunden später betreten zwei junge Männer die Küche, glänzende Lederjacken, angespannte Gesichter. Sie wollen meinen Ausweis sehen. »Warum denn?« – »Diskutieren Sie nicht, Bürger!«

Ich zeige ihnen meinen Presseausweis. Ich bin freier Journalist. Maxim Krolikowski ist eine verdienstvolle Person der DDR-Geschichte. Es ist nichts Illegales vorgefallen. Lässt man die Abkürzung quer über volkseigene Felder einmal außer Acht.

»Mitkommen!«, sagt Lederjacke Nummer eins, nachdem er meinen Ausweis lange angestarrt hat. Als ich nicht sofort reagiere, packt zwei mich am Arm.

»Herr Krolikowski«, rufe ich, »was ist das denn?«

»Das is Hausarrest der alten Schule«, lallt Krolikowski. »Selbs zum Konsum geht's nur mit Begleitung.«

Lederjacke eins drängt ihn sanft, aber entschieden in den Nebenraum. »Genosse Krolikowski, Sie müssen sich schonen!«

»Bin nich dein Genosse«, ruft er noch, bevor sich die Tür schließt. Es rumort drüben ein wenig, dann wird es still.

Die nächsten Stunden verbringe ich in der Schweriner Filiale des Ministeriums für Staatssicherheit. Mein Vernehmer stellt sich als Major Hempel vor, ein Mann in den Dreißigern, Mittelscheitel, randlose Brille. Ich werde korrekt behandelt, es gibt sogar Kaffee, den der Major eigenhändig mit einer kleinen Maschine zubereitet. Seine Vorwürfe beschränken sich zunächst auf die Verletzung von Anstandsregeln. »Genosse Krolikowski ist schwer krank. Er benötigt absolute Ruhe. Und da kommen Sie einfach an. Wie ein Paporazzi.« Er sagt tatsächlich Paporazzi.

Der Major hat einen Teller mit Keksen auf den Tisch gestellt, einen Aschenbecher, eine geöffnete Schachtel Zigaretten der Marke »Club«.

»Was hat Ihnen Genosse Krolikowski denn so erzählt?«

»Wir haben über das Wetter geredet. Und über sein Haus. Wie er das alleine geschafft hat, mit dem Ausbau.«

Hempels Augen werden schmal. »Und über Ausreiseanträge haben Sie geredet, nicht wahr? Über Geologische Institute, in denen bei uns angeblich Strafarbeit gemacht wird. Über den Privatbesuch eines stellvertretenden Ministers beim Genossen Krolikowski.«

Vermutlich haben sie eine Abhöranlange in seinem Haus installiert.

Er wolle nicht Katz und Maus mit mir spielen, sagt der Major, sie wüssten Bescheid über alles. Er wolle mich lieber über die wahre Natur der Erkrankung des Genossen Krolikowski aufklären. Ich sei ja Augenzeuge seines Trinkverhaltens geworden. »Genosse Krolikowski ist alkoholkrank. Schwer alkoholkrank.«

Der Major öffnet einen Hefter und zieht ein Blatt mit amtlichem Kopf heraus, eng bedruckt. »Genosse Krolikowski leidet, ich zitiere, ›an alkoholbedingten dementiellen Ausfällen. Reduzierte Impulskontrolle, gestörtes Erinnerungsvermögen. Tiefgreifend veränderte Persönlichkeitsstruktur‹.«

Er schließt den Hefter. Das sei jetzt ein Verstoß gegen die ärztliche Schweigepflicht, aber er wolle, dass ich über den

Sachverhalt wahrheitsgemäß informiert bin. Leider habe Genosse Krolikowski bisher alle Therapieangebote ausgeschlagen. Eine Art Selbstzerstörungsmechanismus sei da am Werk.

»Sie wollen also sagen, alles, was Maxim Krolikowski mir erzählt hat, ist alkoholkranker Unfug gewesen?«

»Gar nichts will ich sagen!« Seine Stimme wird eisig. »Ich habe Ihnen aus einem ärztlichen Dokument vorgelesen. Genau das, was es über diesen bedauerlichen Fall zu sagen gibt.«

Er fängt sich wieder. Offensichtlich will er es im Guten mit mir versuchen. Kann ja sein, dass ich ein naiver Tollpatsch bin. Der ohne böse Absicht in eines der größten Fettnäpfchen des Landes getreten ist.

»Maxim Krolikowski ist als Achtzehnjähriger in die SED eingetreten.« Der Major wählt einen dezent pathetischen Tonfall. »Er war ein leistungsstarker Student und wurde mit Forschungsaufenthalten in der UdSSR belohnt. Später hat er ein Kollektiv geleitet, das für die planmäßige Erkundung unserer Erdölvorkommen verantwortlich war. Seine Arbeit wurde von den übergeordneten Instanzen geführt und kontrolliert.«

Hempel beugt sich zu mir, spricht leise und eindringlich: »Genosse Krolikowski hat sich sehr verändert. Leider.« Melancholisch rührt der Major Zucker in seinen Kaffee. »Dieser verfluchte Teufel Alkohol! Ein Mann, der sich so um unsere Republik verdient gemacht hat. Alkohol ist immer noch ein großes Problem bei uns, besonders in den nördlichen Bezirken. Das geben wir doch offen zu.«

Er schiebt die Tasse beiseite, sieht mich an, mit einem Blick, den sie vermutlich in ihrer Ausbildung trainieren. Der freundlich-aggressive Blick. Ein bisschen Lockung, ein bisschen Drohung. »Dass es keine Berichterstattung über den traurigen Zustand des Genossen Krolikowski geben wird, muss ich Ihnen vermutlich nicht extra sagen. Sie haben keinen Auftrag von einem Presseorgan. Freier Journalismus« – sein Blick wird deutlich aggressiver – »ist etwas, das es in unserer Republik ja eigentlich nicht gibt. Und noch etwas gebe ich Ihnen mit auf den Weg.« Jetzt schaut er wirklich drohend. »Sie sollten sich genau überlegen, was Sie privat, im Freundes- und Bekanntenkreis, über Ihren, na ja, Ausflug nach Schwerin berichten. Ob Sie Gerüchte in die Welt setzen wollen oder sogar staatsfeindliche Äußerungen. Das wäre dann ein Straftatbestand. Am Ende kommt uns doch alles zu Ohren.«

Schwungvoll reißt Hempel die Schachtel Zigaretten vom Tisch und verstaut sie in einer Schublade. Wenn jetzt nicht gleich bewaffnete Ordonnanzen eintreten, habe ich Glück gehabt. Er steht auf. »Wollen mal sehen, ob Sie noch einen Zug nach Hause erwischen.«

Der letzte Zug geht um neun. Major Hempel bringt mich persönlich zum Bahnhof. Während der schweigenden Fahrt denke ich nach über das, was ich an diesem Tag erfahren habe. Hat Krolikowski nichts als die Wahrheit gesagt? Lügt der Stasi-Major hundertprozentig? Dass Krolikowski ein Trinker ist, habe ich mit eigenen Augen gesehen. Aber spricht das gegen seine Geschichte?

Was ist von dieser seltsamen Unstimmigkeit zu halten, die Chronik der Erdölfunde betreffend? Krolikowski hat seine Entdeckung auf das Jahr 85 datiert, fast vier Jahre früher als die offiziellen Geschichtsschreiber. Im Frühjahr 86 quittierte Markus Wolf überraschend seinen Dienst als stellvertretender Stasi-Minister. Er ziehe sich ins Privatleben zurück, hatte der General damals verkündet. Ein bisher im Osten völlig undenkbarer Vorgang. Als Geheimdienstler stirbt man im Amt oder wird ohne öffentlichen Kommentar ins Dunkle gestoßen. Hingen diese Dinge irgendwie zusammen? Hatte Wolf seit 86 geplant, die DDR an ihrer inneren Krise beinahe ersticken zu lassen, um dann in letzter Sekunde als Retter aufzutauchen, mit der frohen Botschaft von den gigantischen Erdölvorräten? So wie es am 9. November 89 tatsächlich geschehen war, nachdem sie Honecker, Mielke und einige andere aus der Betonfraktion davongejagt hatten und die Macht im Politbüro offen auf dem Tisch lag. War es ein Coup, den Wolf gemeinsam mit Egon Krenz durchgezogen hatte? Hat der Erdölsozialismus in der DDR mit einer ebenso dreisten wie wirkungsvollen Intrige begonnen?

Während der Fahrt durch das nächtliche Schwerin denke ich, dass dies vermutlich ein weiteres Geheimnis bleiben wird in der an geheimnisvollen Episoden so reichen Weltgeschichte des Kommunismus.

Der Major stellt seinen Lada mitten ins Halteverbot auf dem Bahnhofsvorplatz. Im Büro habe ich gefragt, ob ich mein Aufnahmegerät wiederbekommen kann. Er hat nur gelächelt.

Hempel bringt mich zum Bahnsteig. Er wartet, bis sich der Zug mit ohrenbetäubendem Quietschen in Bewegung setzt. Auf meinem Fensterplatz hebe ich grüßend die Hand. Der Major grüßt nicht zurück.

# II

Es war erwartungsgemäß ein bisschen schwierig mit dieser Geschichte. Da gibt es immer tausend Argumente, wenn eine Redaktion ein Manuskript nicht will, nicht immer sind es ehrliche Argumente. Dieses oder jenes Detail lässt sich angeblich nicht belegen, dieser oder jene könnte angeblich klagen, der Ton passt angeblich nicht. In diesem Fall hieß es, das Ganze klinge nach Verschwörungstheorie. Peuckert, wer sei das überhaupt? 1985, 1989 – spielt das eine Rolle?

Damals steckte schon viel Ostgeld in unserer Wirtschaft. Die DDR hat wie wahnsinnig Anzeigen und Werbespots in die Westmedien gepumpt, Uhren aus Prenzlau, Schmuck aus dem Vogtland, der neue Turbo-Trabi, klar, das spielte eine Rolle. Es ist auch völlig richtig, was ein Kollege vom »Stern« mir sagte, als ich ihm die Geschichte anbot: »Die Leser wollen keine Ost-Storys. Die kriegen einen Hals, wenn sie das Wort DDR auch nur hören.«

Der Neid war im Westen groß. Und er war noch dazu frisch. Neid und Wut. Es gab diese Angriffe von Wutwessis auf die Büros der neuen Ostkonzerne. Zum Glück ist nie viel passiert, außer dass ein paar Scheiben kaputtgingen. Die Medien haben vor der Ossi-Feindlichkeit gewarnt, das war eine Art Dauerton, der täglich gesendet wurde: Reißt euch zusammen! Wir sind auf die angewiesen! Es flossen ja auch Kredite von Ost nach West, und nicht zu knapp. Man war vorsichtig, keiner wollte sich dem Vorwurf aussetzen, den Volkszorn auf die Brüder und Schwestern auch noch anzuheizen. Reichtum ist keine Schande, oder?

Trotzdem hätte irgendjemand das Manuskript garantiert gedruckt, es gab schließlich keine Zensur. Eine Stadtillustrierte zum Beispiel oder vielleicht eine Regionalzeitung. Aber Peuckert wollte unbedingt ein Medium aus der Oberliga. Er hatte seinen Stolz. Leben konnte er vom Schreiben nicht, die Theaterkritiken brachten nichts ein. Aber es gab inzwischen das Bürgergeld, versorgt war er. Hin und wieder hat er gekellnert. In Studentenkneipen. Das tat mir weh. Meistens saß er im Café, hat gelesen und sich die Leute angeschaut.

Ich hatte dann dieses Pech, dass ich in Stuttgart, als ich den Zug nach Leipzig besteigen wollte, mit den fünf Kilo Gras erwischt wurde und eine Weile weg war vom Fenster. An der Grenze hatte ich nie Probleme, die Züge werden kaum noch kontrolliert. Blöderweise habe ich mich dann sogar ein zweites Mal erwischen lassen. Gott im Himmel, ich war auch nur freier Autor und nicht gerade auf Rosen gebettet. Das machen ja viele, dass sie Gras in die DDR schmuggeln, weil das Zeug dort wegen der schärferen Kontrollen schwieriger anzubauen ist als bei uns. Die Leute sollen trinken, nicht kiffen, auch wenn dabei am Ende ein Wrack wie Krolikowski herauskommt.

Nach der Entlassung war es nicht einfach, im Journalismus wieder Fuß zu fassen. Aber ich konnte ja sonst nichts. Dies hier war mein Comeback.

# DAS ÄNGSTLICHE MÄDCHEN

Die Tür öffnet sich am Rande von Templin, es ist die Tür des letzten Hauses in einer kurzen Sackgasse. Horst Kasner ist überraschend groß und überraschend aufrecht für einen 74-jährigen Pfarrer, der vor wenigen Monaten aus dem Gefängnis entlassen wurde. Er trägt ein graues Cordjeanshemd, hat breite Schultern, aber sein linkes Auge ist trübe. Als ich anbiete, die Schuhe auszuziehen, lacht er. Man erkennt jetzt die Tochter in seinen Zügen.

»Nee, nee, behaltense mal Ihre Schuhe an«, sagt Kasner. »Manche bringen sogar ihre Hausschuhe mit. In der Plastetüte. Das ist so eine Sitte bei den Leuten hier.« Er läuft in ein helles Wohnzimmer. Der Fußboden ist aus Holz, hinter den großen Fenstern sieht man einen speckig glänzenden uckermärkischen Acker. Der Himmel ist milchfarben.

Über die Opposition in der DDR könnte man sicher spannendere Geschichten erzählen als die Geschichte von Kasner und seiner Tochter Angela. Die Frage ist, ob Angela Merkel überhaupt zu dieser Opposition gehört hat. Vielleicht weiß sie es selber nicht.

Am 9. November 1990 ist die Physikerin Angela Merkel verhaftet worden, seitdem sitzt sie, wie es heißt, in Bautzen. Ein paar Tage später haben sie auch den Vater geholt, das gehört zu der üblichen Vorgehensweise. Die Inhaftierten sind gefügiger, wenn sie wissen, dass auch das Schicksal von Familienmitgliedern an ihrer Kooperation hängt. Die Entlassung Kasners aus der Haft, wenige Wochen später, kann alles Mögliche bedeuten. Vielleicht hat Merkel ausgepackt. Vielleicht sind er oder sie auch einfach nur zu unwichtig. Vielleicht weiß sie gar nichts.

Manche halten Kasner für die graue Eminenz der brandenburgischen Kirche, aber das hat nicht mehr viel zu bedeuten. Seit das Land Geld hat, ist die Kirche kein Faktor mehr, auf den der Staat viel Rücksicht nehmen müsste. Der Wohlstand hat den Menschen ihren Glauben schneller und gründlicher aberzogen, als jeder marxistische Grundkurs es geschafft hätte.

Kasner, in Berlin-Pankow geboren, hat in Heidelberg Theologie studiert. Die Tochter, eines von drei Kindern, wurde in Hamburg geboren. Aber ihm war immer klar, dass er in den Osten zurückkehren muss. »Wir wollten nicht an den Fleischtöpfen Ägyptens herumhängen. So haben wir das damals genannt. Wir wurden doch im Osten gebraucht.«

Kasners Frau stammt aus dem Westen. Sie hätte in der DDR gern unterrichtet, was sie studiert hatte, Englisch und Latein. Aber man ließ sie nicht. Und die Fleischtöpfe Ägyptens stehen jetzt hier, sogar in Templin stehen sie. Da, wo 1989 die malerisch verfallende Kulisse einer Kleinstadt gestanden hat, befinden sich jetzt 100 Meter hohe Hotelpaläste, Einkaufszentren und Vergnügungsparks mit Tropenklima, verbunden durch eine Hochbahn. Der Unterschied zwischen Stadt und Land soll im Sozialismus verschwinden, die Unterschiede sollen weg, das hat Marx ausdrücklich gefordert. Vielleicht lässt sich sogar der Unterschied zwischen den Tropen und der Uckermark im Sozialismus beseitigen. In Templin haben sie es in nur einem Jahrzehnt beinahe geschafft.

»Angela war eigentlich sehr harmoniesüchtig«, erzählt ihr

Vater. Angela ist bei den Jungen Pionieren und in der FDJ, später wird sie sogar an ihrer ersten Arbeitsstelle Sekretärin für Agitation und Propaganda. Das klingt wichtiger, als es ist, aber ein Signal stellt so ein Posten schon dar. Es bedeutet: Ich mache keinen Ärger. Um mich müsst ihr euch vorerst keine Sorgen machen.

Angela formuliert schnell und präzise, aber nur, wenn sie will. Kirchenkinder müssen besser sein als andere, wenn sie etwas werden wollen. Bei ihr ist das der Fall. Sie gewinnt zwei Russisch-Olympiaden, kommt in die Förderklasse für Mathematik, sie ist beliebt bei Mitschülern und Lehrern. Für Politik interessiert sie sich, wenn es notwendig ist, und dann genau in dem vorgeschriebenen Maß und in den vorgeschriebenen langatmigen Formulierungen. Ihr Studienfach, Physik, ist in der DDR ideal für jemanden, der gern und schnell denkt und sich dabei keinen Vorschriften unterwerfen möchte. An der Mathematik hat der Marxismus nie etwas auszusetzen gehabt. Kirchenkinder müssen vorsichtig sein. Sie ist Teil des Ganzen und doch wieder nicht.

Hans-Dieter Süd lernt Angela 1980 kennen, am Institut für Physikalische Chemie an der Berliner Akademie der Wissenschaften. Sie sind zusammen in der FDJ-Leitung und fahren zusammen ins Ferienlager. Eine Liebesbeziehung ist es nicht, eher eine Art Freundschaft. Nachdem sie sich von ihrem Ehemann getrennt hat, besetzt sie gemeinsam mit Süd eine leerstehende Wohnung in Berlin, so etwas wurde in den 80er Jahren vom Staat stillschweigend geduldet.

Heute lebt Süd in Kanada. Er sagt: »Sie konnte unglaublich witzig sein, auch sarkastisch. Aber sie wusste genau, wann und wo es riskant wird. Sie hat niemandem vertraut, der ihr nicht sehr nahestand. Auch mir nicht.«

Mit diesem Instinkt hätte sie in jedem System eine große Karriere machen können. Angela Merkels Widerstand besteht, wie bei Tausenden von DDR-Bürgern, darin, dass sie auf eine Karriere verzichtet.

Süd sagt: »Mit diesem Vater, der sich bewusst für die DDR entschieden hat, konnte sie nicht dagegen sein. Aber ganz und gar dafür zu sein, das hat sie auch nicht geschafft. Dazu war sie zu klug. Wir haben über die Selbstmorde gesprochen. Selbstmorde durfte es in der DDR offiziell nicht geben, aber es gab sie natürlich. In diesem Gespräch habe ich gespürt, was sie wirklich dachte. Fakten nicht zur Kenntnis zu nehmen – als Physikerin konnte sie das nur verachten.«

Die Frage ist, wann das kippte, dieses Leben, und warum.

Im September 1989 trifft sich eine Gruppe von DDR-Physikern im Pastoralkolleg Templin. Sie wollen über ethisch-moralische Fragen der Naturwissenschaften reden. Hans-Jürgen Fischbeck, ein Physiker an der Akademie der Wissenschaften, hat gerade mit ein paar Freunden »Demokratie Jetzt« gegründet. Günter Nooke, ein anderer Physiker, wird ein paar Tage später in einer Berliner Altbauwohnung den »Demokratischen Aufbruch« gründen. Angelas Bruder Marcus ist dabei, auch er ein Physiker. Es muss so ausgesehen haben, als verschwöre sich die junge Elite ausgerechnet der DDR-Physik gegen den Staat. Diejenigen, für die Fakten wichtiger sind als Ideen und Konzepte. Mit einem Aufstand der Physiker hatte die Staatssicherheit vermutlich nicht gerechnet.

Statt über ethisch-moralische Fragen der Naturwissenschaften spricht man darüber, ob es in der DDR einen Platz des Himmlischen Friedens geben könnte. Also darüber, ob der Staat die wachsende Demokratiebewegung, wie in China, zusammenschießen wird. Es ist klar, dass alle Anwesenden mit der Opposition sympathisieren. Darüber, in welche Richtung es gehen soll, demokratisch-sozialistische DDR, Wiedervereinigung, dritte Lösung, gehen die Ansichten auseinander.

Auch Angela Merkel ist dabei, eher zufällig. Sie verbringt das Wochenende bei ihren Eltern, ihr Vater leitet das Pastoralkolleg und ist gewissermaßen der Gastgeber. Und Physikerin ist sie ja auch.

Während der Diskussionen sagt Angela nicht ein einziges Wort. Sie schweigt, egal, wie heftig gestritten wird. Sie wartet ab. Sie lässt sich nicht in die Karten schauen. Sie wirkte völlig unpolitisch, sagt der einzige Westler, der damals dabei gewesen ist, Christofer Frey, ein Professor aus Bochum. Sie hörte aber genau zu.

Irgendwann fuhr man zu einem der uckermärkischen Seen und badete nackt. Auch dabei machte sie nicht mit. Stattdessen unterhielt sie sich, angezogen, lange mit der Ehefrau des Bochumer Professors und sagte dabei, dass es in der gesamten DDR keinen einzigen anständigen Joghurt gebe. Die Joghurtfrage machte ihr wirklich zu schaffen. Sie litt auch darunter, dass es in der DDR so hässlich sei. Von der Tischdecke bis zur Gardine, sagte sie, alles hässlich. Sie fragte sich immer nur: »Wo kriegste jetzt die nächste vietnamesische Bastmatte her?«

Sie liebe Wagner. Das war wohl die persönlichste Äußerung. Ihr Freund, ein Professor aus Berlin, hat sie zum Wagner-Fan gemacht.

»Dieses Wagnersche Pathos«, sagt Frey, »irgendwie passte das überhaupt nicht zu dem Mädchen, da musste eine Sehnsucht in ihr stecken, die sie niemandem zeigte, außer dem Freund vielleicht. Hatten die in der DDR nicht Ernst Busch für solche Bedürfnisse?«

Er verwende das Wort »Mädchen«, weil Angela so jung gewirkt habe auf ihn. Sie war schon deutlich über 30, aber manche Frauen werden mit 20 in Bernstein eingeschlossen und bleiben dann ein Mädchen bis Anfang 40, oder noch länger, so eine war das. Unpolitisch, ein bisschen romantisch und sehr vorsichtig. Eine Joghurtesserin. Dann ging es los.

Es ist ja im Herbst 89 erst mal einige Wochen lang unklar gewesen, wohin die Reise geht. Angela Merkel schließt sich keiner der neuen Bürgerbewegungen an. Sie traut dem Braten nicht. Einmal war sie, dafür gibt es Zeugen, bei einer Veranstaltung in der Samariterkirche, bei Rainer Eppelmann, einem oppositionellen Pfarrer aus Friedrichshain. Die Pfarrer haben damals, im September und im Oktober, den Laden geschmissen, nicht die Physiker. Die Physiker haben immer noch das Kräfteverhältnis berechnet. Ein Physiker wird erst dann aktiv, wenn seine Berechnungen abgeschlossen sind. Merkel trifft sich auch einmal privat mit Eppelmann, ohne dass dabei viel herauskommt.

Eppelmann lebt heute in Stuttgart, er sagt: »Sie war 'n junget Mädel. Ein politisches Gen habe ick nicht gesehen bei der.« Man ging auseinander in dem Gefühl, einander nicht viel nützen zu können.

Nach Günter Schabowskis berühmter Pressekonferenz und der sogenannten Wende, die in Wahrheit eher die Verlängerung einer Geraden gewesen ist, nach der Entdeckung des Öls also, ist der Staatsapparat zunächst großzügig. Auch dort muss das Kräfteverhältnis neu berechnet werden. Nooke und Eppelmann werden erst im Sommer 1990 verhaftet, bis dahin dürfen sie nach Herzenslust predigen und ihre Flugblätter verteilen, für die sich keiner mehr interessiert. Mit Angela Merkel lassen die Staatsorgane sich Zeit bis zum Herbst. Kurz darauf kommt Horst Kasner an die Reihe. Im Spätherbst 1990 beginnt, aus Sicht der Staatssicherheit, die Feinarbeit. Das Kräfteverhältnis ist inzwischen klar.

Sonderbar bei all dem ist, dass man Merkel nicht das Geringste vorwerfen kann, keine staatsfeindliche Äußerung, keine Teilnahme an einem illegalen Treffen, gar nichts. Die Veranstaltung in der Samariterkirche war kirchlich und genehmigt. Sie hat sich nicht in Gefahr begeben und kommt drin um.

Heute, im Jahre 2001, sitzt Angela Merkel also seit fast elf Jahren in Haft, oder auch nicht. Das letzte Lebenszeichen, ein Brief an Kasner, stammt aus dem Jahr 1994. Aufgegeben im Frauengefängnis.

»Sie war eine Agentin«, sagt Nooke. »Die haben ihr eine neue Identität gegeben.« Eppelmann sagt: »Dazu war sie zu unwichtig, was wusste die schon. Sie haben genug andere gehabt, die wirklich was zu erzählen hatten.«

Eppelmanns Hände zittern leicht, er geht gebückt. Über aktuelle Politik sagt er nichts, außer dass er sich nicht dafür interessiert. Er darf wieder in Ostberlin als Pfarrer arbeiten. Er stellt keine Gefahr dar. Nooke haben sie nach fünf Jahren Knast Richtung Westen ausgespuckt wie einen zu Ende gekauten Kaugummi.

Nooke kann noch hassen. Er ist Hausmeister. In seiner Marburger Einraumwohnung stapeln sich die leeren Pizzakartons. Eppelmann besitzt einen schönen Wartburg mit Klimaanlage, Internet und sechs Zylindern, wie alle Pfarrer. Wegen des Zitterns kann er ihn aber meistens nicht fahren, nur an den wenigen guten Tagen.

Frey sagt, dass sie irgendwie einen Dreh gefunden haben muss. Sie ist klug. Sie hat sich auf keinen Fall geopfert. Diese Ideale der anderen, die hatte sie doch gar nicht, man muss nur mal an den Joghurt denken. Was wollte Angela Merkel wirklich? Fest steht doch eigentlich nur, sagt Frey, dass sie einen vernünftigen Joghurt essen wollte. Sie verheizt sich für nichts und niemanden. Sonst wäre sie nicht ausgerechnet Physikerin geworden. Kann man etwas verraten, ohne vorher daran geglaubt zu haben?

Der erste Mann, der Angela Merkel verraten hat, hieß Charly Horn.

Horn war ihr Klassenlehrer an der Erweiterten Oberschule »Hermann Matern« in Templin. Horn muss ein Hänger gewesen sein, das heißt, kein schlechter Kerl vielleicht, aber einer, der dauernd verpennt. Einer, der logischerweise auch den jährlichen Kulturwettstreit an der Schule verpennt. Dafür wollte die Klasse ihn bestrafen, sie haben sich geweigert, in letzter Sekunde noch etwas aus dem Boden zu stampfen. Wer aber ein Kulturprogramm ausfallen ließ, aus einer Laune heraus, der war gefährlich.

Es war kurz vorm Abitur. Angela, das Pfarrerskind, hatte ihre Studienzulassung für Physik. Kasner, der Vater, redete ihr zu. Angelas Leben stand zum ersten Mal auf der Kippe. »Das war«, sagt Kasner, »ihre einzige pubertäre Aufwallung, die mir im Gedächtnis geblieben ist.«

Sie hat sich geweigert, für diesen Mann, für Horn, der aus ihrer Sicht versagt hat, die Kastanien aus dem Feuer zu holen. Sie wollte nicht sein braves Mädchen sein. Dazu konnte sie das Kräfteverhältnis zwischen ihm und ihr zu gut einschätzen. Aber es ging nicht nur um Charly Horn und um sie.

Die Klasse trifft sich im Haus der Kasners und stellt in drei Stunden ein Kulturprogramm zusammen. Angela, sagt Kasner, ist die wichtigste oder doch eine der wichtigsten Gestalten in der Klasse, ohne sie wäre das nicht möglich gewesen. Gedichte von Christian Morgenstern werden vorgetragen, dazu eine kleine Rede, das gesammelte Solidaritätsgeld wird für die Frelimo gespendet, die Befreiungsbewegung von Mosambik, damals noch portugiesische Kolonie. Die Frelimo war sowieso schon eine nonkonformistische Wahl. Kampf für Unabhängigkeit, na ja. Der Vietkong, gegen die USA, das wäre die sichere Nummer gewesen.

Und Morgenstern? Jemand, vielleicht Angela, trägt sein Gedicht »Mopsenleben« vor: »O Mensch, lieg vor dir selber auf der Lauer, sonst bist du auch ein Mops nur auf der Mauer.« Auf der Mauer. Auf der Lauer. Der Bayer Morgenstern ist 1914 gestorben. Schwer zu sagen, was der von der Oktoberrevolution gehalten hätte und von Lenin. Fest steht, dass er mit der Anthroposophie geliebäugelt hat. Die Urne von Morgenstern befindet sich in Rudolf Steiners Goetheanum.

Horn schiebt alles auf die Klasse. Was er genau gesagt hat, ist unbekannt, vielleicht: »Das Pfarrerskind war der Motor.« Im Publikum sitzt die Frau des Kreisschulrats. Die Schüler werden verhört. Aber gegen ihre Bestrafung gibt es Widerstände. Eine Elternversammlung endet damit, dass alle Eltern aufstehen und gehen. Morgenstern ist schließlich nicht verboten, verflucht noch mal.

Kasner schafft es, dass der Fall ganz oben verhandelt wird, beim Sekretär für Kirchenfragen im Zentralkomitee der SED. Die Kirche ist damals eben noch eine Kraft, die man nicht vernachlässigen kann. Am Ende wird Charly Horn strafversetzt, und auch der Direktor der Schule wird ausgetauscht.

Sie hat dem Mann aus der Patsche geholfen. Sie hat sich überwunden. Aber sie hat sich nicht bedingungslos unterworfen. Am Ende hätte er ihre Solidarität zurückzahlen müssen, dazu war er charakterlich nicht in der Lage.

Was hat sie aus diesem Vorfall gelernt? Misstrauen wahrscheinlich. Versagern zu helfen, das bringt nichts. Sie lernt schnell, das steht fest.

In der DDR verschwinden zwischen 1990 und 1995 etwa 300 Menschen spurlos. Diese Zahl ist nicht sehr hoch, vergleicht man sie mit den Massen, die im Herbst 1989 auf die Straße gegangen sind. Es ist ja auch sehr schnell wieder ruhig geworden, als das Öl erst einmal da war. Das System ist nicht übermäßig rachsüchtig, es will kein Blut, es will einfach nur System sein. Willkür ist dabei ein unverzichtbarer Bestandteil. Wortführer überleben, machen sogar eine kleine Karriere. Harmlose Mitläufer verschwinden. Wenn niemand sich sicher fühlt, genügt das schon. Mehr muss nicht sein.

Aber warum ausgerechnet Angela Merkel? Was hat sie gewusst? Was haben die gewusst?

In Templin zeigt Horst Kasner den letzten Brief, den seine Tochter ihm geschrieben hat. Er klingt belanglos: Es geht mir gut, den Umständen entsprechend, das Essen ist reichlich. Ich treibe ein bisschen Sport, du weißt ja, ich mag Sport gar nicht, aber die Gesundheit ist wichtig, hoffe, dich bald wiederzusehen, müssen Geduld haben. Mal schauen, was sie mir vorwerfen, wenn es nur bald zum Prozess käme.

Kasner lacht bitter. Was für ein Brief. Sie sagt, dass sie lebt. Die sagen, wir haben sie. Das war 1994.

Dann zeige ich ihm, was ich gefunden habe. Es ist ein kleines Foto aus dem Internet, sehr stark vergrößert, vom September 2001, zwei Wochen alt. Kann sie das sein? Kasner schaut sich das Foto lange an. Dann legt er es weg und schaut zum Fenster hinaus. Er fragt: »Wo ist das gemacht worden?«

Zwei Tage vorher habe ich das Foto Günther Krause gezeigt, der im Herbst 1989 CDU-Kreisvorsitzender in Bad Doberan gewesen ist, ganz nah dran am Öl. Er hat wohl kurz mit der Opposition geliebäugelt, aber dann, beflügelt durch seinen Informationsvorsprung, recht flott die Kurve gekriegt. Was Krause heute macht, ist schwer zu sagen, es nennt sich »Staatssekretär für politische Grundsatzfragen, Beauftragter des Zentralrats der SED für nachhaltige Ökologie und Pressesprecher für Anfragen aus dem nichtsozialistischen Ausland«. Krause selber nennt sich »Mädchen für alles«. Er wäre ein netter Typ, wenn er nicht so fiese Sachen sagen würde.

Krause fragt, ob ich in New York gewesen bin. Tolle Stadt, er sei auch öfter da. Ich sage, ja, aber sie redet mit niemandem. »Die Merkel ist karrieregeil«, sagt Krause, »wir hätten schon was mit ihr anfangen können, aber der Imperialismus gefällt ihr besser.«

»Warum habt ihr sie laufenlassen?«

Krause sagt: »Aus der war nichts rauszuholen.« Er wird einsilbig an dieser Stelle des Gesprächs.

Ich vermute, dass man sie zur Kundschafterin gemacht hat. Sie hat zum Schein mitgemacht, und dann, als sie in Sicherheit war, hat sie nichts mehr geliefert. Ich kann das nicht beweisen, es ist nur eine Vermutung. Es sind ja etliche damals nach Kanada, Australien oder auch in die USA gegangen, weil sie das deutsche Kuddelmuddel satthatten.

Dass Krause zugibt, sie zu kennen, ist ein Indiz. Wenn sie kooperativ wäre, wüsste er, wenn er nach ihr gefragt wird, von nichts.

Krause sagt: »Die ist eine nette junge Frau, die dir sofort in den Hintern tritt, wenn du dich umdrehst.«

Zu Kasner sage ich: »Sie arbeitet als Physikerin an einer Privatuni. Sie hat einen neuen Namen. Sie soll sehr gut sein. Sie lebt im Village, das ist ein ziemlich nettes Viertel von New York. Ich würde Ihnen gern den Namen geben, aber das muss sie selbst entscheiden, oder?«

Kasner sagt: »Ja, das ist wohl so.«

Bevor er die Tür schließt, im letzten Haus seiner kurzen Sackgasse in Templin, sagt er noch: »Hoffentlich taugt wenigstens der Joghurt was da drüben.«

# III

Eine gute Geschichte, finde ich noch heute. Schöner Sound. Auch eine gewisse Tragik ist da. Die Fakten stimmen.

Stilistisch habe ich mich allerdings ein bisschen bei einem Kollegen vom »Spiegel« bedient, hier ein Satz, dort eine Passage, so viel ist es gar nicht. Aber sie haben es bei der »Zeit« vor dem Druck herausgefunden, damit war die Geschichte gestorben, und ich war endgültig unten durch. Ich habe angeboten, es umzuschreiben, mehr kann ich wirklich nicht tun. Aber sie waren jetzt auch misstrauisch geworden, was die Fakten betrifft. Es nützt dir nichts, dass du alles belegen kannst, wenn keiner deine Belege sehen will.

Peuckert hat in dieser schwierigen Phase zu mir gehalten. Er hat mir Geld überwiesen und ein paar Mal Päckchen geschickt, sogar in den Knast. Aha, mal wieder dein reicher Onkel aus dem Osten, haben sie bei der Postverteilung gesagt.

Das Ganze hatte auch sein Gutes, denn weil mein Angela-Merkel-Porträt nicht gedruckt wurde, war ich als Autor ein weithin unbeschriebenes Blatt, als ich mit der nächsten Recherche begann. Sie geht auf einen Tipp von Peuckert zurück. »Die Betriebsreportage war immer ein wichtiges Genre bei uns in der DDR«, so lauteten seine Worte. »Schreib eine Betriebsreportage. Aber eine ehrliche. Du kannst den Sozialismus in der DDR anhand einer guten, ehrlichen Betriebsreportage erklären.« Das habe ich dann gemacht.

# PALASTHOTEL, ZIMMER 6101

»Arschlöcher, ihr seid alle Arschlöcher! Fickt euch! Fickt euch!« Wenn ich diese Worte höre, weiß ich, dass die Nacht vorbei ist und dass es Zeit wird fürs Frühstück. Fünf Uhr. Aber zuerst muss ich natürlich hoch zum Genossen Brestling. Sechster Stock, Palasthotel, Zimmer 6101.

»Ihr sollt euch ficken, ihr Arschlöcher. Ihr sollt euch wälzen in meiner Kotze.« Brestling ist in beachtlicher Frühform. Ich schalte die akustische Überwachung ab, wecke meinen Kollegen Timo und sage: »Ronny hat wieder Albträume.«

Brestling will, dass wir ihn wecken, wenn er schreit. Deshalb bleiben die Mikros in seinem Zimmer immer offen, obwohl er das Recht hätte, die ausschalten zu lassen. Die Mikros und die Kameras sind kein reines Stasi-Ding, die sind auch dazu da, nach dem Rechten zu schauen. Wir sollen den Mädchen zu Hilfe kommen, falls es nötig ist. Wer von uns Jungs an der Rezeption darauf steht, kann die Kameras auch zu Unterhaltungszwecken nutzen. Das probiert jeder ein paar Mal aus. Aber es wird schnell langweilig.

Ich schließe auf. Brestling, verquollen und stinkend wie ein halbverwester Wal, hat es schon selber geschafft aufzuwachen. Er liegt in einer Pfütze aus Kotze und Cognac auf dem Perserteppich und stützt sich auf einem Arm auf.

»Mensch, Ronny«, sage ich, »harte Nacht gewesen, was.« Die Mädchen schickt er immer sofort weg, wenn er fertig ist. Dann gibt er sich vor der Kinowand noch mal die Kante.

Ronny ist kein Romantiker. Der denkt Tag und Nacht immer nur ans Wesentliche.

Ich fasse Brestling unter beiden Armen, stelle ihn auf die Füße und schleppe ihn ins Bad. Ich stelle ihn angezogen unter die Dusche. Der Service wird ihm was Neues bringen.

Wir können ganz gut miteinander. Aber duzen darf ich ihn nur, wenn er betrunken ist. »Ronny, der Teppich ist hinüber, den muss das Volk dir in Rechnung stellen.« Brestling taucht allmählich auf in den hellen, grausamen Tag. Laut »Neues Deutschland Online«, das in der Rezeption pausenlos zu laufen hat, tagt heute das Zentralkomitee. »Rumäninnen sind das Schickste überhaupt«, sagt Ronny. »Haste mal eine Aufmunterungslinie?«

»Genosse Brestling, mit dem Koks würde ich warten bis kurz vor der Sitzung. Nehmen Sie erst mal ein paar Faustan, das ist besser für Sie. Ich bringe gleich Kaffee. Und ein Blätterteighörnchen. Grauer Anzug, dunkelblaue Krawatte, wie immer?«

Brestling seufzt. »Wie sagt der Dichter? Wer Sorgen hat, hat auch Likör.«

Er schlägt die Mädchen nicht. Auch im ZK gehört er zu den Vernünftigeren. Ich kapiere nicht, wieso er so heruntergekommen ist. Immerhin hat er in Princeton studiert, Millionen gemacht und Kati Witt geheiratet. Inzwischen gehen sie getrennte Wege. Er sieht immer noch gut aus, Typ Gojko Mitić, aber das mit dem guten Aussehen legt sich allmählich.

Sein Lebenswandel wird ihm früher oder später das Genick brechen. Sie halten an ihm fest, weil er gebildet und schlau ist. Von der Sorte haben sie nicht viele. Was ist das mit seinen Albträumen?

Auf dem Rückweg zur Rezeption schaue ich durch das

Panoramafenster, die Sonne geht auf über der Hauptstadt und ihren Hochhäusern. In der Ferne kreuzen sich die Autobahnen, die Kräne werden täglich mehr. Hören die mit der Bauerei nie auf? Jetzt haben sie mit dem neuen Fernsehturm angefangen. 1200 Meter. Dubai kann einpacken. Ronny hat den Deal mit der amerikanischen Baufirma eingefädelt, die Quartiere für die Arbeiter hinstellt. Hunderte von weißen Klötzchen, die man in Richtung Oberschöneweide erahnen kann, ein heller Fladen am Horizont. Da ist ganz schön viel alte Bausubstanz draufgegangen und auch ein Teil vom Treptower Park. Das Sowjetische Ehrenmal natürlich nicht, obwohl, scheiß auf die Russen. Ronny nimmt Arbeiter aus Hinterasien, die kein Wort verstehen und die Arschbacken zusammenkneifen. Putin ist sauer, der hätte gern ein paar von seinen Muschiks an Ronny vertickt und mitverdient. Scheiß auf Putin.

Ich kann es immer noch nicht fassen, dass ich hier bin. Vier Monate ist es jetzt her, dass ich meine erste Nachtschicht im Palasthotel geschoben habe. Sicher, sie nehmen auch Westdeutsche in der Gastronomie. Die DDR-Bürger machen das nicht, und wir können immerhin die Sprache. Aber Nachtportier im Palasthotel? Wo die Großkopferten absteigen und das halbe ZK sich die Seele aus dem welken Leib vögelt?

Ich habe mir einen anderen Namen zugelegt, falsche Papiere, eine Biographie zusammengedichtet, ich habe mir einen Bart stehen lassen und die Haare gefärbt, aber das ist alles Pipikram. Damit täuscht man sie nicht. Dass ich Journalist bin, wissen sie wahrscheinlich. Aber es kratzt sie nicht. Wenn sie Lust haben, können sie mich jederzeit hochnehmen und einen Riesentanz veranstalten, Spionage, Vertrauensbruch. Immer gut, einen Tunichtgut aus der BRD in der Hinterhand zu haben, wenn man mal Siemens oder der BASF einen bereits vertraglich besiegelten Auftrag entziehen will, weil die Inder es billiger machen. Wovor sollen sie Angst haben? Scheiß drauf.

An der Rezeption erzählt Timo, dass Greta angerufen hat. Wir dürfen keine Tragphone haben, auch so ein Quatsch. Es wäre kein Problem, die abzuhören. Na ja, es spart wahrscheinlich Arbeit, wenn du sie nicht abhören musst. Ich rufe sofort zurück. Greta fragt: »Lust auf Frühstück?«

An ihrer Stimme höre ich, dass etwas nicht stimmt. Ich sage, dass ich Schicht habe bis 7 Uhr 30 und dann wieder ab 17 Uhr 30. Im Moment muss ich ganz schön ranklotzen.

Jetzt kommen die Ersten zum Frühstück, das übliche Gewusel aus Burnus-, Turban- und Anzugträgern. Brestling kommt auch, eine reife Leistung. Er trägt einen grauen Anzug, ein bisschen verquollen sieht er aus. Aber das gilt hier für viele.

Es wundert mich, dass er sich blicken lässt. So ein aushäusiges Verhalten wirft doch Fragen auf, wo er wunderschön und hochbequem in seiner bewachten Villa am Majakowskiring pennen könnte. Seine Leibwächter sitzen auch schon im Foyer, die lässt er immer im Dreibettzimmer schlafen, der Geizhals.

Ah, er hat einen Termin. Ich fasse es nicht. Er trifft sich mit der Grande Dame. Die bekannte Frühaufsteherin, vermutlich duftet sie nach Malvenöl und kommt direkt von ihrer Fünf-Uhr-Pool-Gymnastik mit ihrem persönlichen Trainer, einem bildschönen Kubaner. Da gibt es Gerüchte. Aber ich glaube nicht dran. Die guckt bloß. Ich sehe das einer Frau an, ob sie ihre Chips noch setzt im großen Roulette der Hormone oder nicht. Die Haut wird irgendwie glasig nach ein paar Jahren Enthaltsamkeit, wie alte Mortadella.

Aber sie hält sich kerzengerade, die Figur ist tadellos, das Gesicht lässt sie bei Professor Mang am Bodensee machen. Die DDR-Schönheitschirurgen sind Metzger, hinterher siehst du aus wie eine frisch verpackte Schweinehälfte. Eine Heldin der Arbeiterklasse und eine Witwe mit Weltniveau betritt den Saal. Wie auch immer, der Kubaner macht einen guten Job.

Was will sie von Brestling? Oder er von ihr? Viel zu sagen hat sie nicht, sie ist mehr so eine Maiparaden-Schaufensterpuppe, nun, immerhin war sie von Anfang an dabei. Früher hätte man sie nach Erichs Sturz in eine schlecht geheizte Gartenlaube entsorgt, noch früher hätte man sie liquidiert. Heute darf sie im Palasthotel mit dem vierten oder fünften Mann der Parteihierarchie frühstücken und steht einmal im Monat im »Neuen Deutschland«. Das ist doch was.

Die beiden unterhalten sich angeregt, während sie Käse- und Kaviarhäppchen spachteln, er reichlich mit der Pranke, sie sparsam mit den Spinnenfingerchen, der gute Ronny und seine alte Freundin Margot. An seinen fahrigen Bewegungen erkenne ich, dass er doch sein Quantum Koks intus hat. Wofür hat der Mensch Leibwächter. Ronny, das wird böse enden.

Es muss was Offizielles sein, hier in offener Landschaft. Sie werden sich doch nicht im ZK mit der Grande Dame des deutschen Proletariats befassen? Unerlaubter Import von kubanischen Körperflüssigkeiten, das wäre kein Grund, ihr ernsthaft böse zu sein. Ich wüsste zu gern, wie sie drauf ist. Aber seit der westdeutsche Professor sich ihrer Fältchen angenommen hat, ist in ihrem Gesicht etwa so viel Emotion zu lesen wie auf einer Oberwiesenthaler Abfahrtsstrecke nach drei Tagen Neuschnee.

Greta wartet schon. Ich habe keine Ahnung, wie sie wirklich heißt. Greta ist ihr, na ja, Künstlername.

Es gibt wenige Ostdeutsche in ihrem Job, eigentlich fast keine. Wozu auch, Geld ist für die meisten Ostdeutschen kein Problem. Auf der Genitalstrecke sind Ausländerinnen unterwegs, Asien ist stark im Rennen, auch ziemlich viele Westdeutsche, leider, das ist mir irgendwie peinlich. Wir werden halt gefickt, in jeder Hinsicht. Dass ein DDR-Mann hier in Berlin eine kleine westdeutsche Freundin hat, das kommt oft vor, der umgekehrte Fall fast nie. An so etwas kannst du am präzisesten den Barometerstand der Weltgeschichte ablesen. The winner fucks it all. Da hat sich seit der Steinzeit nichts geändert.

Greta ist Gesinnung CC minus. Das ginge ja noch. Ihr Vater ist DDD, der hatte einen Schlaganfall und hockt in einem dieser nicht sehr appetitlichen Sanatorien für Leute von zweifelhaftem politischem Status, Gruppe D und schlechter.

Nicht jeder kennt das DDR-Ratingsystem, deshalb erkläre ich es kurz. Gesinnung A heißt aktiv unterstützend, B heißt passiv angepasst, C heißt kritisch, aber besserbar, D heißt unverbesserlicher Meckerer und Störenfried, E sind die aktiven Gegner, und F ist auch irgendwas, vermutlich Friedhof. Die Agentur für sozialistische Demokratie und angewandten Wohlstand nimmt diese Einstufungen vor und überprüft sie auch regelmäßig, alle zwei oder drei Jahre. Du kannst eine außerplanmäßige Überprüfung beantragen, das wird fast immer abgelehnt. 94 Prozent der Bürger sind A oder B. AAA plus sind nur die Regierungsmitglieder und das ZK. Ronny ist ein AAA plus, Margot vielleicht AA, keine Ahnung. Ab einem einfachen A sind die Unterschiede für den Status nicht sehr bedeutsam.

Früher haben sie die moribunden, kranken oder greisen Leute ab Status D alle in die BRD abgeschoben, ob die nun wollten oder nicht. Aber der Westen verweigert seit ein paar Jahren die Annahme. Wir können uns das verdammt noch mal nicht mehr leisten. Deshalb verrotten die jetzt in Löchern, die jeder Beschreibung spotten. Sie lassen als große Humanisten keinen direkt sterben, aber wozu in dieses staatsfeindliche Ungeziefer mehr investieren als unbedingt nötig?

Greta will ihren Vater nicht verrotten lassen, deshalb bleibt sie. Mit ihrer Kohle besticht sie die Leute in dem Heim, er hat es deshalb ein bisschen besser als die anderen. Kein Schlafsaal, nein, Dreierzimmer. Ab und zu frische Wäsche. Alkohol, ganz wichtig.

Eine traurige Geschichte. Klar. Ich profitiere davon. Wenn Greta eine A wäre, dann liefe garantiert nichts zwischen mir und Greta.

Ostfrauen sind schon toll. Selbstbewusst, klar, stark, und trotzdem haben sie echt Spaß an Sex. Aber hallo. Zickenfaktor null. Es ist schon ein Unterschied, ob du dich als Westfrau am Heinrich-Böll-Institut sexuell emanzipiert hast oder als Ostfrau beim vorgeschriebenen Produktionsjahr im Glühbirnenkombinat Elsterwerda. Was die Frauen betrifft, bin ich in den vier Monaten Sozialist geworden.

Greta ist nervös. Ich spüre das. Sie sagt: »Komm, lass uns rüberfahren, wir spielen 'ne Runde. Frühstücken können wir da auch.«

Ich verstehe, was sie meint. In Westberlin stehst du auch

unter Beobachtung, aber da sind sie weniger perfekt. Diesen ganzen Überwachungskram regeln in der DDR chinesische Spezialisten. Seit der Westen das kapiert hat und keine Chinesen mehr reinlässt ohne überzeugenden Grund, hat ihr Netz ein paar Löcher.

An der Grenze winken sie uns durch, auf der Gegenseite die üblichen Schlangen, meistens Westfrauen, die als Putzhilfen oder Kindermädchen in den Villenvierteln arbeiten. Graue Kolonnen, auch ein paar Türken sind dabei, die werden gern als Chauffeure genommen, weil sie die Gespräche der Fahrgäste nicht so gut verstehen.

Praktisch alle Gebäude am Kurfürstendamm haben sich in den letzten Jahren in Spielcasinos verwandelt, in denen der DDR-Bürger von nebenan seinen Spaß hat. Neonreklamen, fast so groß wie der Palast der Republik. Ein paar Casinos sind richtig edel. Die meisten sind billiger Tinnef. Westberlin lebt davon, mehr schlecht als recht. Im Osten ist Glücksspiel verboten. Zu dekadent. Die Nutten im Palasthotel sind natürlich Hochkultur – ich sollte nicht so reden, wegen Greta, aber Greta ist für mich ein eigenes Kapitel.

Auf diese Weise hat unser einsames, dekadentes Westinselchen auf seine alten Tage doch noch einmal eine richtige Funktion bekommen, und alle sind glücklich damit. Die Chinesen haben immer gesagt, dass es sie an Macau erinnert. Jetzt müssen sie wieder ins echte Macau.

Wir gehen ins »Lucky Loser«, das ist ein kleineres Casino in einem ganz netten alten Gebäude. Ecke Fasanenstraße. Früher haben in dem Haus die Franzosen ein Kino gehabt, mein Gott, wer denkt noch an die Franzosen. Während wir an den einarmigen Banditen auf unseren Barhockern sitzen und die Westautomaten mit unserem guten Ostgeld füttern, kommen immer wieder Frauen in kurzen Röcken vorbei und bieten Kaffee an, auch Schnittchen, dazu Cocktails oder Bier für die harten Trinker, die schon morgens was brauchen. Um diese Zeit sind noch nicht viele Spieler unterwegs. Die Geräusche der Automaten übertönen die Gespräche.

»Was ist los?«

»Sie machen die Sanatorien der Kategorie D dicht.«

»Woher weißt du das?«

»Von Jesus.«

Einen Moment lang denke ich, dass Greta wahnsinnig geworden ist. In diesem Scheißjob drehen viele durch, und Greta ist sicher nicht die Härteste im Nehmen.

»Jesus ist … ein Freund. Er arbeitet bei der alten Dame. Bei Margot. Sie erzählt ihm viel.«

Der Wasserakrobat, ach so. Ein Freund? Ich kann mir tausendmal sagen, dass Eifersucht nur eine Endmoräne der im Ozean des Humanismus untergehenden bürgerlichen Gesellschaft ist, ganz komme ich einfach nicht davon los. Ronny Brestling ist da mental sicher weiter als ich.

»Was soll mit den Leuten passieren?«

»Sie werden nach China geschickt. Angeblich in Heime, wo man sich besser und kostengünstiger um sie kümmern kann. Dort sterben sie. Nicht sofort, zumindest nicht offiziell. Schön einer nach dem anderen. Und die leeren Betten besetzt der Nachschub.«

»Greta, das glaube ich nicht. Wenn das herauskommt, sind sie unten durch. Das riecht nach Euthanasie, nach Nazis, von so was lassen sie die Finger, nicht weil sie Skrupel haben, sondern weil sie nicht ganz blöd sind. Wenn sogar schon kleine Lichter wie wir beide Wind davon bekommen, dann kriegt es jeder heraus.«

»Erstens, alle kranken und alten Bürger der Republik werden bei uns hervorragend behandelt. Das weiß jeder. Nur nicht die Kategorien D und E. Und die werden zweitens auch nicht umgebracht, nur ein bisschen weniger gut behandelt, weil sie sich das selber so ausgesucht haben durch ihre Staatsfeindlichkeit. Wenn man das Volk nicht unterstützt, dann darf man umgekehrt auch nicht auf viel Unterstützung des Volkes hoffen. Glaubst du im Ernst, dass sich das nicht verkaufen lässt? Genau auf diese Art? Sechsundneunzig Prozent der Bürger sind Gesinnungsklasse A, B und C, die schwimmen im Geld. Die schlucken alles. Und wenn sie vielleicht doch, ganz weit hinten im Hinterkopf, ein bisschen Angst kriegen, umso besser.«

Greta zittert vor Wut. Und wenn doch was dran ist?

»Weißt du, wie sie die Geburtenstatistik frisieren? Wir haben schon immer eine sehr niedrige Kindersterblichkeit. Das war schon in den Sechzigerjahren so, lange vor dem Öl. Kinder, die zu früh kommen oder aus anderen Gründen schlechte Chancen haben, werden nach der Geburt getötet, nein, nicht getötet, die legt man ab und versorgt sie nicht, bis sie hin sind. Keine gestorbenen Kinder, nur Totgeburten, die nicht in der Statistik auftauchen. Die Mütter kriegen das nicht mit, und damit sind sie durchgekommen. Glaubst du, das Ausland regt sich auf? Mensch, die sind doch alle abhängig von uns. Sogar die Amis. Wenn die sich früher über ein paar gesteinigte Ehebrecherinnen in Saudi-Arabien nicht aufgeregt haben, dann werden die sich über ein paar kranke, alte Männer aus Leipzig oder Schwedt erst recht nicht aufregen.«

»Was sagt Margot?«

»Margot ist empört. Sie will sich heute mit Brestling treffen. Das ist bei ihr dieser alte Antifaschismus, die ist auch gleich mit der Euthanasie gekommen. Außerdem ist sie selber krank und klapprig. Unter Erich hätte es das nicht gegeben, sagt sie.«

»Ich habe sie heute Morgen gesehen, sie hat mit Brestling gefrühstückt. Respekt, ich hätte nie gedacht, dass ich die Alte mal gut finde.«

»Es gibt etwas, das wir tun könnten.«

»Lass hören.«

»Heute Nacht habe ich eine Verabredung mit Ronny Brestling. Er hat mich gebucht.«

Was für eine gottverdammte Scheiße.

»Du musst ihn überraschen. In flagranti. Fotografier ihn. Fotografier auch die Drogen. Und dann lass ihn unterschreiben, dass mein Vater von D auf C hochgestuft wird. Wir können nicht alle retten. Aber einen. Das geht. Bitte. Anschließend nehmen wir zusammen die S-Bahn zum Bahnhof Zoo und den Flieger nach, ach, egal, irgendwohin.«

»Gesetzt den Fall, er unterschreibt – am nächsten Morgen macht er es rückgängig. Er ist nicht erpressbar, Greta. Die wissen sowieso alles über ihn. Das ›Neue Deutschland‹ wird das Foto nicht drucken. Und wenn der ›Spiegel‹ es druckt oder ›Bild‹, dann kratzt sie das nicht, das läuft unter imperialistische Propaganda. Notfalls kaufen sie den ›Spiegel‹. Und Kati Witt ist scheißegal, was Ronny so treibt.«

Während ich redete, war mir bewusst, dass man die Dinge auch anders sehen konnte. Klar, seine Genossen wussten über Ronny Bescheid, und bei einigen von ihnen sah der Lebensstil nicht wesentlich anders aus. Trotzdem war es unangenehm, wenn so etwas öffentlich wurde, Gerüchte waren etwas anderes. Zweifellos würden sie Ronny fallenlassen, wenn im Westfernsehen ein Foto des völlig zugedröhnten Ronny mit heruntergelassener Hose zu sehen war. Den »Spiegel« zu kaufen war auch keine realistische Option, das war Quatsch. Ich hatte einfach Schiss vor so einer James-Bond-Nummer, bei der es wahrscheinlich darauf hinauslief, dass Greta und ich nach ein paar Wochen wurmzerfressen am grünen Strand der Spree gefunden werden, Doppelselbstmord einer labilen Prostituierten und ihres West-Zuhälters, der sie zu antisozialistischem Verhalten verführt hat. Die waren zu stark für uns. Ronny würde seine Leibwächter rufen, und dann?

»Greta«, sage ich, »lass es uns anders machen. Ich rede mit Brestling. Er mag mich. Ich habe ihm mehr als einmal auf die Beine geholfen, wenn er morgens schlecht drauf war. Ich hab was gut bei ihm.«

Möglicherweise konnte ich es sogar schaffen, dass der Westen den Alten einreisen lässt. Ich konnte eine Kostenübernahme-Garantie abgeben, ich konnte die Drähte der Redaktion spielen lassen. Ich war ja nicht der arme Nachtportier, für den Greta mich hielt. Als Reporter wirst du nicht reich, aber ein paar Reserven besaß ich schon.

»Ich rede mit ihm«, sagt Greta.

»Du bist ihm ausgeliefert. Er kann mit dir machen, was er will.«

»Mit dir auch.«

Als wir wieder im Hotel ankommen, hängt das alles noch immer ungeklärt in der Luft. Ich hätte Greta die Wahrheit sagen müssen, ich hätte ihr meine Geschichte erklären müssen, noch zwei Monate, und ich haue ab, das wird ein Buch, eine Story, vielleicht hätte das etwas geändert. Ich weiß es nicht. In diesen Monaten habe ich mir das Lügen so sehr angewöhnt, ich weiß gar nicht mehr, wie die Wahrheit sich anfühlt.

Wenn das ZK tagt, wird Unter den Linden immer geflaggt, und an den Wänden der Hochhäuser werden Filme gezeigt, die von den Erfolgen des Staates erzählen. Die Mitglieder des Zentralkomitees lächeln von den Videowänden, die Vorsitzenden der Blockparteien kommen ebenfalls zu Wort und senden, je nachdem, der SED brüderliche oder schwesterliche Kampfesgrüße. Die ganze Straße ist eine einzige Videoshow. Die Videowand der Grünen, die erst seit ein paar Jahren unter die Blockparteien aufgenommen worden sind, ist über und über mit Sonnenblumen geschmückt. Die Vorsitzende bedankt sich für den neuen Naturschutzplan und dafür, dass es jetzt donnerstags in allen Kantinen der Republik vegetarisches Essen gibt. Wartburgs, Jaguare und Daimlers parken vor dem Palast der Republik, dazwischen die kleineren Autos der Westjournalisten. Als wir am Palasthotel ankommen, läuft im Palast der Republik schon die Pressekonferenz. Wahrscheinlich werden sie das bedingungslose Grundgehalt wieder anheben, vielleicht auf 6000 Mark, das ist mein Tipp. Über die Kategorie D und den Chinadeal werden sie bestimmt nichts erzählen.

Ich bin todmüde, vor der Schicht muss ich wenigstens noch zwei, drei Stunden schlafen, auf der Liege im Portierszimmer. Ich sage: »Wir müssen einfach noch mal gründlich nachdenken, Greta. Lass uns da nichts überhasten. Wenn sie heute den Beschluss gefasst haben, dauert es Wochen, bis irgendwas passiert. Das kennt man doch.«

Greta nickt. In ein paar Stunden muss sie zu Ronny ins Bett steigen. Ich weiß, dass ich sie enttäuscht habe. Ich weiß, dass ich ihre Hoffnung war und dass ich eine verdammte Scheiße gebaut habe. Alles, was von da an passiert ist, muss ich auf meine Kappe nehmen. Wollt ihr wissen, wer der größte Versager des Universums ist? Ich bin das.

Um 17 Uhr stehe ich auf, ziehe die Uniform an, frisches Hemd und los. Ich winke den Mädels von der Putzbrigade zu, meistens Vietnamesinnen und ein paar Polinnen, die jetzt Feierabend haben und in Bussen in ihr Lager gefahren werden, irgendwo hinter Blankenfelde. Was liegt an? Ah, Scheich Abdul ist im Anmarsch. Ein Stammkunde. Manchmal besucht er unsere schöne Hauptstadt nur zum Saufen und zum Vögeln, aber heute ist er mit Familie da. Das heißt, er hat einen echten Geschäftstermin.

»Ihre Suite wartet auf Sie, Exzellenz«, sage ich auf Englisch. Meine Sprachkenntnisse haben mich dahin gebracht, wo ich heute bin. »Ich hoffe, Sie hatten eine angenehme Anreise.«

Abdul zwinkert mir zu. Je schwärzer ein Herz ist, desto schneller fliegt es mir zu, denke ich manchmal.

»Oh, very good, bestens. Morgen treffe ich den Kulturminister. Wie sagt ihr Deutschen immer? Der Mensch lebt nicht vom Brot allein.«

»Unsere Medien haben darüber berichtet, Exzellenz. Das Festival. Wir alle sind unsagbar stolz.«

In Katar soll die DDR ein großes Festival auf die Beine stellen: Kino, Theater, Malerei, Musik, einfach alles. Das werden richtige Olympische Spiele der Kunst, mit Medaillen. Aber ohne politische Spinner und ohne Exhibitionisten. Dafür bürgt die in der Abwehr von Spinnern bewährte Kulturverwaltung der Republik. Seit das Öl fließt, hat die Republik entdeckt, dass der Islam eigentlich eine ziemlich fortschrittliche Kraft ist, auch eine, mit der man prima Absprachen über den Ölpreis treffen kann. Abdul reicht einen 1000-Mark-Schein über den Portierstresen. »Gönnen Sie sich ein oder zwei Maßhemden, mein Freund.«

Erneutes Zwinkern.

»Wir tragen ja immer das Gleiche, manchmal beneide ich Sie um Ihre modischen Freiheiten.«

Ich könnte kotzen. So vergeht der Abend, eine arrogante Fresse nach der anderen. Brestling ist wirklich einer der angenehmeren, er steckt dir das Trinkgeld diskret in die Jackentasche, macht keine dummen Sprüche und fragt hin und wieder, ob ich mich gut eingelebt habe. Um Mitternacht rückt er an, schon leicht schwankend.

»Ein siegreicher Tag für Sie, Genosse?« Die Frage stelle ich immer, das ist so ein kleiner Witz zwischen uns, ein Ritual.

»Ein ruhmreicher Tag für die Sache des Fortschritts und für die Völker der Welt.« Er antwortet immer das Gleiche.

»Morgen schlafe ich aber wieder mal in meinem heimischen Bettchen, die Milben da kennen mich ja kaum noch.« Im Gehen sagt er: »Schon gehört? Das bedingungslose Grundeinkommen liegt jetzt bei sechstausendfünfhundert.«

Ich: »Glückwunsch, Genosse.«

Greta wird durch den Hintereingang kommen.

Gegen drei Uhr geht es los. Fünf oder sechs Polizeiautos halten vor der Pforte, ohne Blaulicht, dazu ein paar zivile Fahrzeuge. Zuerst mal werden alle Ein- und Ausgänge besetzt. Dann lassen sie sich von Timo die Gästeliste geben. Immer schön nach Vorschrift, Schritt für Schritt.

Sie haben mich stundenlang verhört, wie alle anderen auch. Ich weiß nichts. Ehrlich, ich weiß nicht, was passiert ist.

Nur eines. Und das habe ich noch niemandem erzählt.

Als der Alarm losgeht, verschwinde ich im Büro, greife mir ein Tablett und eine Flasche, damit es so aussieht, als habe ein Gast etwas bestellt, dann renne ich über die Feuertreppe nach oben. Ich habe Angst um Greta, das ist doch klar.

Ich bin an der Zimmertür. Ich bin der Erste.

Ronny liegt in der Badewanne. Er hat seinen Anzug an. Die Wanne ist mit Wasser gefüllt. Ronnys Kopf ist zur Seite geneigt. Jemand hat ihm die Augen geschlossen.

Auf dem Tisch steht eine Flasche Wein, daneben zwei benutzte Gläser. Ein paar aufgerissene Pillenschachteln liegen rum. Kein Mensch ist zu sehen.

Natürlich habe ich keine Fotos gemacht, ich bin kein Idiot. Aber es war so, genau so, wie ich es beschreibe. Ich frage mich Tag für Tag, was da passiert sein könnte. Und ich frage mich Tag für Tag, was aus Greta geworden ist. Hat sie ihn getötet, ist sie abgehauen, haben die sie erwischt? Hat Brestling etwas verraten, was er nicht hätte verraten dürfen, hat das jemand abgehört, haben sie beide, ihn und Greta, daraufhin aus dem Verkehr gezogen? War es ein Unfall? Oder sogar, am unwahrscheinlichsten, Selbstmord?

Es gibt so viele Möglichkeiten. Offiziell ist er an Herzschwäche gestorben. Und der Polizeieinsatz? Auf Abdul sei ein Attentat geplant gewesen, stand auf ND Online.

Ich spreche dies auf Band, ich habe die Geschichte nie aufgeschrieben. Ich habe Angst davor. Sie haben mich ausgewiesen, aber ich fühle mich nicht sicher. Vielleicht mache ich mal ein Buch daraus. Und wenn alles andersherum war, wenn die Guten die Bösen sind und die Bösen die Guten?

Ich habe den Vater von Greta in den Patientenlisten der D-Sanatorien gesucht. Die sind nicht geheim. Angeblich hat es ihn nie gegeben.

# IV

Man könnte von einem Fehlschlag sprechen. Danach habe ich ein paar Jahre lang gar nichts mehr geschrieben. Ich probierte es wieder mit der Musik, aber ich hatte nicht mehr den nötigen Drive. Mit 40 ist es vorbei. Ab 40 musst du als Musiker von deiner Substanz leben, und davon hatte ich nicht genug.

Peuckert hat sich radikalisiert in diesen Jahren. Wenn er über die DDR redete, klang das bitter. Aggressiv war er nicht, aber bitter.

»Die DDR finanziert dir dein Bohemeleben«, habe ich zu ihm gesagt. »Der andere Scheiß kann dir doch egal sein.«

Peuckert ist ein Romantiker, sag ich jetzt einfach mal. Er wollte als ein Flaneur durchs Leben gehen, als ein Beobachter, aber die Zeiten waren nicht danach. Es gab Opposition in der Republik, Umweltschützer, Trotzkisten, Sozialdemokraten, Christen, alles Mögliche, und ich habe damit gerechnet, dass er früher oder später bei einer dieser Gruppen landet. Die waren illegal, aber innerhalb gewisser Grenzen durften sie, ab den späten 90ern, ihre Spielchen spielen. Wenn die DDR eines von uns gelernt hat, dann eine gewisse Gelassenheit im Umgang mit der Opposition. Sie passten schon auf. Wenn ihnen etwas gefährlich vorkam, schlugen sie zu. Aber sie wussten, dass ihnen letztlich keiner was konnte. In einem Land, in dem jeder im Wohlstand schwimmt, muss schon verdammt viel passieren, damit die Regierung Probleme bekommt.

Recht lustig war der Eiertanz um die Wiedervereinigung. Im Westen konnten sich viele nichts Schöneres vorstellen als eine Adoption durch die reichen Verwandten. Eine Konföderation vielleicht? Mit liberalen Sonderregeln für den Westen, so, wie es die Chinesen mit Hongkong gemacht haben? Die meisten Ostdeutschen waren natürlich dagegen, auf 60 Millionen mittellose Adoptivkinder legten die keinen Wert. Die DDR-Regierung sagte offiziell nicht nein zur Wiedervereinigung. Das sei aber ein Fernziel. Erst einmal sollte der Westen ein paar sozialistische Errungenschaften übernehmen, Wandel durch Annäherung. Aber wie sollte der Westen das bezahlen? Pausenlos wurde in Niedersachsen und an der Nordseeküste nach Öl und nach Erdgas gesucht, die haben vor St. Peter-Ording jede Miesmuschel zweimal umgedreht. Aber da war nichts.

Manchmal sind wir zusammen ins Theater oder in Konzerte gegangen. Peuckert kriegte immer Karten. Das Kulturleben im Osten war schon beeindruckend. Die Kosten spielten keine Rolle. Ich sagte zu Peuckert, komm, gib's zu, so schlecht ist das alles nicht. Vielleicht sollten wir es nehmen, wie es ist. Bewirb dich als Redakteur. Kulturteil, Unterabteilung Nebensächliches. Sorg dafür, dass ich hin und wieder einen Auftrag kriege. Sicher, die kennen uns, aber die sind großzügig, wenn du Einsicht zeigst. Ich vergesse das Palasthotel, ich vergesse Greta. Wir leben unser Leben.

Aber so war er nicht. Er hatte diese Ernsthaftigkeit, dieses schwere Ostblut, so dick wie Rohöl.

# AM GOLDENEN BRUNNEN

Auf dem Platz vorm Bahnhof muss ich lange warten. Es ist kalt, vom Meer weht ein böiger Wind. Ich bin ganz in Schwarz gekleidet, wie sie es verlangt haben. Nach einer halben Stunde geht eine junge Frau vorbei, das Basecap tief in der Stirn. Sie nickt, ich folge ihr. Unser Weg führt durch viele Altstadtstraßen, bis wir vor einem Kleinbus mit schmutzigen Scheiben stehen. Die hintere Tür öffnet sich, ich steige ein. Vier junge Männer, sympathische, sensible Gesichter, aber eine Festigkeit im Blick, die ahnen lässt, es handelt sich nicht um Theoretiker. Sie sehen aus wie Leute, die viel im Freien sind. Sonnenverbrannte Haut, kräftige Hände, die Arme nur Muskeln und Sehnen.

»Wir stellen uns lieber nicht vor. Dann haben Sie weniger zu erzählen, falls es schiefgeht.«

Schweigend fahren wir aus der Stadt hinaus. Im Radio läuft »Stimme der DDR«, Karat, die »Petroleum Rhapsody«. Vermutlich sitze ich neben einigen Leuten, die im Land als Schwerverbrecher gelten. Sie haben die Mächtigen bis aufs Blut gereizt, jetzt werden sie gejagt, ohne Erbarmen. Waren sie dabei, als die landesweite Fälschung der Luftgütemessungen aufgedeckt wurde? Haben sie in dieser Besetzung den biologischen Tod der Müritz dokumentiert? Mit solchen Aktionen ist ihre Gruppe berühmt geworden. Immer wieder finden sie Wege, die Internetzensur zu umgehen. Ihre Videos auf YouTube bringen die Partei regelmäßig in Erklärungsnot.

Sie scheuen kein Risiko, hat mir ein Informant erzählt. Sie verteidigen sich, im Rahmen gewisser Grenzen. Ich kann nicht behaupten, ich wäre nicht gewarnt worden. Worum es heute Nacht eigentlich gehe, frage ich in die Runde. »Lassen Sie sich überraschen«, sagt die Frau am Steuer.

Als der Wagen stoppt, greifen alle nach ihren prall gefüllten Rucksäcken. Unser Fußmarsch endet am Ufer eines Gewässers, vermutlich ist es der Bodden. Auf der anderen Seite, weit entfernt, sind Landmassen zu erkennen. Das muss Rügen sein. Ich ahne, wohin sie wollen. Eigentlich wäre ich gern woanders. Am liebsten in meinem Bett.

Ein winziges Boot steckt verborgen im Schilf. Der Rügendamm wird scharf bewacht, die Wasserwege ebenfalls. Wie hungrige Haie kreisen Patrouillenboote des werkseigenen Sicherheitsdienstes um die Insel. Falls sie uns erwischen, gibt es genau zwei Möglichkeiten. Eine bürokratische und eine weniger bürokratische. Entweder Verhaftung, inklusive aller juristischen Folgemaßnahmen. Oder sie fahren uns einfach über den Haufen. Sie haben Schiffe, die schneiden unsere Nussschale mit ihrem Bug in zwei Hälften. Man kann schließlich nicht auf alles achten, schon gar nicht, wenn es sich um verbotene Gewässer handelt.

Aber Rügen kommt näher, ohne dass wir entdeckt werden. In die Nase steigt ein Geruch, süßlich, drückend, eine Note von fauligem Fisch. Auf der Anhöhe hinterm Strand Schilder: Sperrgebiet. Betreten verboten. Lebensgefahr.

Rügen ist das Herz der ostdeutschen Erdölindustrie. Hier enden sämtliche Pipelines, die das Öl von Mecklenburgs Feldern abtransportieren, hier haben sie die Petrochemie des Landes zentralisiert. Vom Tiefwasserhafen Sassnitz aus wird Öl in alle Welt verschickt. Noch vor 25 Jahren war Rügen ein Ferienparadies mit Wäldern, Fischerdörfern und goldgelben Stränden. Als der 14. Parteitag beschloss, die Insel an die Erdölindustrie zu übergeben, hieß die Losung: Wir verlieren eine Insel – und gewinnen die ganze Welt. Wobei mit verlieren zunächst nur das Ende des Tourismus gemeint war, nicht die Errichtung einer riesigen Sperrzone.

Mit hohem Tempo laufen wir durchs Inselinnere. Das Atmen ist unangenehm, die rußige Luft brennt in den Lungen. Alle Fußwege sind längst zugewachsen, wir rennen am Rand autobahnbreiter Betonpisten, auf denen der Strom lichtgirlandengeschmückter Tankzüge nur selten abreißt. Raffinerien mit ihren weithin sichtbaren Schornsteinfackeln tauchen auf, Hunderte Rohrleitungen ziehen sich durch leblos wirkende Wälder. In den Senken kleine Seen, deren Oberflächen ölig glänzen. Tote Tiere liegen am Wegesrand, man erkennt groteske Missbildungen. Nach anderthalb Stunden hocken alle erschöpft im Dickicht hinter einem verlassenen Parkplatz. Es ist kurz vor Mitternacht, und es gibt heißen Kaffee. Ein Blister mit Tabletten macht die Runde, vermutlich Amphetamine.

Ich sei jetzt in die Aktion involviert, sage ich, wäre es da nicht fair, wenn sie mir endlich mitteilten, was sie vorhaben. Die Basecap-Frau zeigt auf einen riesigen dunklen Fleck, gleich hinter dem Parkplatz. »Was ist das?« – »Prora.« – »Prora?!« Ich habe unwillkürlich aufgeschrien.

Prora ist die Zentrale. Die Nazis haben den »Koloss von Prora« als gigantische Ferienanlage erbaut, heute residieren darin in Tausenden Büros die Verwaltungsstäbe und Handelsabteilungen des Erdölkombinats. Und auch dessen mächtige Direktion, die allein dem Politbüro untersteht.

Was sie um Himmels willen hier wollen, frage ich. »Wir

ärgern sie«, sagt die Frau. »Glaubt ihr, dass sie sich von euch ärgern lassen?« Ein Mann mischt sich ein, sein Ton ist aufgeputscht und aggressiv: »Wir beweisen, dass es in diesem Land nicht nur korrupte Konsumidioten gibt!«

Sie sind nicht das erste Mal auf der Insel. Ihr Video über die Zerstörung Rügens wartet bereits im Westen. Heute Nacht geht es um ein Symbol. Ein krachendes Zeichen. Wie immer bei ihnen. Etwas, das die Hirne des Publikums erreicht und auch die Medien anlockt.

Ich könne hier auf sie warten, sagt die Frau, eine Stunde, höchstens anderthalb. Falls sie bis zum Morgengrauen nicht zurück sind, soll ich mich allein auf den Weg machen, das Boot stünde dann zu meiner Verfügung. Ich hätte nicht so viel riskiert, erwidere ich, um nun das Eigentliche zu verpassen. Es klingt mutiger, als ich mich im Augenblick fühle. Sie holen schwarze Sturmhauben aus ihren Rucksäcken. Man wird sofort kräftiger, mit so einem Ding über dem Kopf. Niemand sieht deine Angst, du bist ein schwarzes Monstrum, ein Kämpfer. Ich bekomme eine Tablette in die Hand gedrückt und schlucke sie, ohne nachzudenken.

Rund um den Koloss zieht sich ein mannshoher Metallzaun. Kein ernsthaftes Hindernis, auch ich komme überraschend gut hinüber, vielleicht sind es die Tabletten. Ich fühle mich wach und unternehmungslustig. Sollen sie doch kommen, die Schergen von der Betriebskampfgruppe. Viertel nach eins. Der Koloss wirkt ausgestorben. Das Öl ist rund um die Uhr in Bewegung, es gibt nächtliche Bereitschaftsdienste und vermutlich jede Menge Werkschützer, aber davon ist hier im Augenblick nichts zu spüren.

Wir laufen eng an der Kante des Gebäudes, meiden das Mondlicht, das in Streifen über den Rasen fällt. Der Koloss ist gut anderthalb Kilometer lang, Vorsprünge öffnen seine Front, wie die Querschiffe einer Kirche. Aus der Deckung wird das Gelände davor beobachtet. So dauert es eine halbe Stunde, bis wir an den Rand eines gewaltigen Lichtkegels kommen.

Weniger als 100 Meter sind es von hier bis zum Haupteingang des Erdölkombinats. Vor der großen Freitreppe liegt die berühmte Repräsentationszone. Das Symbol unserer materiellen Herrlichkeit. Ausländische Staatsgäste werden auf dem Platz vorm Eingang empfangen, danach geht es via Freitreppe ins Direktionsgebäude. Es kommen nur Staatsgäste nach Prora, die am Öl der DDR interessiert sind. Also alle.

Dieser Platz hat weltweit für Aufregung gesorgt. Der Westen nennt ihn einen definitiven Beweis für den Größenwahn der DDR. Das Werk, das die Künstlergruppe K. R. P. – Kollektiv Revolutionärer Plastiker – auf dem Platz geschaffen hat, ist oft in Fernsehberichten zu sehen, als Hintergrundkulisse der Staatsbesuche. Aber man erlebt es doch anders, wenn man so dicht vor ihm steht wie ich in diesem Moment. Scheinwerfer tauchen das einzige Objekt auf dem Platz in gleißendes Licht: den Goldenen Brunnen von Prora. Eine gewaltige Skulptur, etwa 20 Meter hoch, breit wie ein Haus. Majestätisch und doch filigran. Funkelnd wie sämtliche Verheißungen aus Tausendundeiner Nacht.

Der Brunnen besteht aus purem Gold. Durch Hunderte massivgoldene Schalen und Becken fließt Erdöl. Auf seinem Weg springt es in unzähligen kleinen und großen Fontänen hoch in die Luft, ergießt sich als glänzender Strom von Schale zu Schale. Tropft als Vorhang aus schwarzen Perlen durch Tausende Poren. Sammelt sich schließlich in einem riesigen Becken zum unergründlich dunklen See.

Ich sehe den Goldenen Brunnen zum ersten Mal mit meinen eigenen Augen. Er ist, nun ja, er ist überwältigend. Erhaben. Das Öl fließt nicht nur durch goldene Brunnenschalen, es fließt ins Herz des Betrachters hinein. Bis in jene Zonen, in denen wir uns nach Überwältigung sehnen. Nach Erlösung vom Krämergeist unseres Alltags.

Ich bin kein Freund der Ölherrlichkeit in diesem Land. Ich bedauere, dass in der Ostsee nicht mehr gebadet werden kann. Aber der Goldene Brunnen von Prora ist überwältigend. Es sind viele, viele Tonnen Gold verbraucht worden, natürlich handelt es sich um Größenwahn, doch was wäre die Kunst ohne Größenwahn? Ich genieße den Anblick des Brunnens. Das Bild wirkt wie die Injektion einer euphorisierenden Droge, direkt ins Hirn. Ob meine Begleiter in diesem Moment etwas Ähnliches fühlen, bleibt unter ihren Sturmhauben verborgen.

Beinahe hätte ich unseren Aufbruch verpasst. Ein Pfiff reißt mich aus der Versunkenheit. Wir hasten über den menschenleeren Platz, Spraydosen werden aus Rucksäcken gezogen, sie haben alles perfekt getimt, wie eine lang geprobte Choreographie. Jeder der Männer ist für zwei Buchstaben verantwortlich, die mit enormer Geschwindigkeit am Rand der größten Brunnenschale entstehen. Die Frau filmt mit einer Videokamera.

Es dauert eine halbe Minute, bis das Graffito fertig ist. »ÖL TÖTET!« steht in riesigen Lettern am Brunnenrand. Schwarz auf Gold: »ÖL TÖTET!« Natürlich sah der Brunnen vorher schöner aus.

Die Männer postieren sich neben ihrem Werk, blicken Richtung Kamera, heben die Hände zum Victory-Zeichen. Einer winkt mir hektisch. Ich soll mich zu ihnen stellen.

Wir sind heil wieder von Rügen heruntergekommen. Obwohl mitten in unser Schlussbild hinein eine Sirene zu jaulen beginnt. Vielleicht ist etwas anderes gemeint. Das Schlimmste, was mir auf Rügen zustößt, ist der furchtbare Muskelkater am nächsten Tag. Die Folge zweier Gewaltmärsche über die Insel.

Die Bilder der Aktion können Sie auf YouTube sehen. Geben Sie »Goldener Brunnen von Prora« ein, da erscheint es ganz oben. Die Dokumentation der geschundenen Natur und das Video von der Schändung des Brunnens. Der Goldene Brunnen ist das heilige Symbol des Erdölsozialismus, dementsprechend laut war der Aufschrei. Besonders eindrucksvoll ist das Schlussbild mit Graffito und den Maskenmännern in Siegerpose. Ich bin der dünne ganz links.

# V

In der DDR haben sie das Video geblockt, das versteht sich von selbst. Wer aus der DDR in den Westen reiste, und das waren jeden Tag Tausende, konnte es sich dort anschauen. Das Interesse hielt sich in Grenzen. Peuckerts pathetischer Text landete im Nationalnetz, auf der Heimseite des Grünen Friedens.

Wozu war die Aktion gut? Was hat es gebracht? Gar nichts. Meiner Ansicht nach standen diese Aktivisten die ganze Zeit unter Beobachtung. Die Stasi wusste genau, was die machen, aber es war denen einfach nicht wichtig genug. Und in der Gruppe war garantiert einer dabei, der anschließend einen Bericht ablieferte. Mindestens einer.

Was hätte es gebracht, die Gruppe hochzunehmen? Der Grüne Friede, oder Greenpeace, wie es im Westen heißt, arbeitet international. Die hätten ein großes Geschrei veranstaltet. Es gibt Boxer, die ihrem Gegner pausenlos auf die Deckung hauen, bis sie am Ende selbst müde sind. Und es gibt Boxer, die den richtigen Moment abwarten für den entscheidenden Punch. Das sind die guten Boxer.

Auch Peuckert haben sie in Ruhe gelassen. Ich machte mir Sorgen um ihn. Aber es passierte nichts. Gar nichts. Nicht mal eine Einladung zu einem freundlichen Gespräch. Er konnte es sich auch nicht erklären.

Vielleicht war Peuckerts Text in Wirklichkeit gar nicht so kritisch, wie er auf den ersten Blick aussah. Er konnte auch anders verstanden werden. Etwa so: Wir richten gewisse Zerstörungen an, ja, gewiss. Aber auf der anderen Seite schaffen wir Großes. Große Kunst zum Beispiel.

Da habe ich angefangen, an ihm zu zweifeln. Wer dialektisch denkt, dem ist alles zuzutrauen. Ich konnte nicht mit ihm darüber sprechen. Ich konnte ihn nicht fragen: »Arbeitest du für die?« Er hätte, so oder so, nein gesagt. Aber unsere Freundschaft wäre beendet gewesen. So oder so. Wenn er nicht für sie arbeitet, wäre er beleidigt gewesen. Wenn er aber tatsächlich für sie arbeitet, hätte mein Misstrauen ihm das Signal gesendet, dass er sich von mir besser fernhält. Diese Frage konnte ich also unmöglich stellen.

Ich erzählte ihm, dass ich wieder anfangen möchte zu schreiben. »Ich bin jetzt wieder so weit«, sagte ich.

»Was hast du vor?«, fragte er.

»Ich bewerbe mich um einen Korrespondentenposten«, sagte ich. »In der Hauptstadt. Das habe ich immerhin schon mal gemacht. Es ist hoffnungslos, aber ich probier's. Selbst wenn mich jemand nimmt, die DDR wird mir die Akkreditierung verweigern. Nach der Sache im Palasthotel kann ich das sogar verstehen.«

»Das ist lange her«, sagte Peuckert. »Du hast nichts veröffentlicht. Du hast geschwiegen. Du hast alles richtig gemacht, aus deren Sicht.«

Er lächelte. Verdammt noch mal, er lächelte. Einen Monat später war ich, auf Basis einer sehr bescheidenen Pauschale, Mitarbeiter im DDR-Büro der BRD-Regionalzeitungen. Hatte Peuckert seine Beziehungen spielen lassen? Das konnte ich ihn nicht fragen.

# KLEINER TROMPETER. DIE ZEIT DER KÄMPFE

Ich bin lange nicht in der Hauptstadt gewesen. Auf der Suche nach Themen mache ich am liebsten ausgiebige Spaziergänge. Ich sage mir, lass die anderen zu den Pressekonferenzen gehen, zu den Partys, den offiziellen Abendessen. Du gehst spazieren.

Auf Fußgänger ist die Hauptstadt mit ihren achtspurigen Autobahnen nicht eingerichtet. Ich bin am liebsten in den letzten Altbauvierteln unterwegs, ich spaziere am Prenzlauer Berg durch Straßen mit heruntergekommenen, zum Teil unbewohnten Mietskasernen aus der Gründerzeit, die zwischen den schnurgeraden Marschkolonnen aus Hochhäusern noch übrig sind. Sieben, acht Blocks, mehr ist es nicht. Es gibt sogar noch ein paar alte Arbeiterkneipen.

In spätestens zehn Jahren wird das alles abgerissen sein. Eine Schande sei dieses Viertel, menschenunwürdig, sagt die Partei.

Eine Kneipe, in die ich gern einkehre, heißt Metzer Eck. Sie haben da einen gusseisernen Spielautomaten aus der Vorkriegszeit, ein Museumsstück, das Fünf-Pfennig-Stücke schluckt. Es gibt Häkeldeckchen, Buletten und Soleier. Die Zeit ist stehen geblieben. Vor der Jahrhundertwende ist das Metzer Eck bei den Theaterleuten, den Schriftstellern und den Wichtigtuern angesagt gewesen. Castorf, Kati Witt, Gysi, Brestling, Oechelhäuser, alle haben sie da gefeiert und sich die Kante gegeben. Jetzt hängen wieder die ganz normalen, unkreativen Alkoholiker an der Theke ab. Blassgraue Gespenster, an denen die Disziplinappelle der Partei abperlen wie ein warmer Strahl Berliner Pilsner an einem frisch gereinigten Urinal.

Ihre Zigaretten kaufen die Gespenster sich einzeln, Stück für Stück. Die stehen wie eh und je in einem Wasserglas auf der Theke. Die Gespenster machen das aus Gewohnheit, nicht, um zu sparen. Geld ist nicht das Problem.

Im Metzer Eck habe ich Viktor Erdmann kennengelernt.

Erdmann war ein dürres Kerlchen von höchstens 1,70 m, das mit dem Kopf wackelte und aussah wie hundert. Als ich an der Theke bestellt habe, hat er mir mit seiner Krähenkralle auf die Schulter getippt. »Westen?«

Ich fragte, woran man das merkt. Erdmann fasste meinen Hemdärmel an und rieb den Stoff zwischen zwei Fingern. »Hier tragen junge Kerle wie du was Besseres.«

Ich sah, dass er keine Zähne im Mund hatte. »Und du hast nicht mal Zähne. Bist wohl auch aus dem Westen?«

»Nee, Kleiner. Offizielles Prothesenverbot. Wenn ich Zähne trage, bin ich zu gefährlich. Ich habe schon mal einem Volkspolizisten die Eier abgebissen.«

Da ahnte ich, dass ein Gespräch mit Viktor Erdmann unterhaltsam werden könnte.

Ein paar Minuten später saßen wir am Tisch, kannten unsere Namen, und ich sagte: »Viktor, erzähl mir etwas über dein Leben. Besonders interessiert mich natürlich der tragische Vorfall mit dem Volkspolizisten.«

Erdmann griff in seine Jackentasche, holte eine nikotingelbe Prothese heraus und steckte sie sich umständlich in den Mund.

»Wo soll ich anfangen, Kleiner? Mein Opa hat August Be-

bel die Hand geschüttelt. Ohne Scheiß. Mein Vater war als junger Kerl beim Spartakusaufstand dabei. Geboren bin ich ein paar Kilometer entfernt, im Wedding. Während des Faschismus, als halbes Kind, habe ich als Kurier gearbeitet.«

»Du bist ein Held.«

»Kannste so sagen. Ich erinnere mich sogar an den Vereinigungsparteitag im Admiralspalast, Friedrichstraße. 21. April 1946. Vielleicht bin ich der letzte Überlebende. Zuerst spielte Musik. Mozart, Kurt Weill, Beethoven, ich kann dieses Zeug einfach nicht unterscheiden. Dann sind von der einen Seite Wilhelm Pieck und von der anderen Seite Otto Grotewohl auf die Bühne gekommen und reichten sich die Hände. Dieser Händedruck ist unser Parteiemblem geworden. Du kannst heute gar nicht mehr kapieren, was das damals für ein Gefühl gewesen ist für einen Proletarier. Ich habe das Land regiert, Kleiner. Es gab nicht viel. Aber das bisschen, was es gab, gehörte mir. Also, uns. So habe ich das empfunden.«

»Warst wohl ein großes Tier, Viktor.«

»Seh ich so aus, Kleiner? Ich geb dir ein Bier aus. Bist ein lieber Junge.«

Und Viktor Erdmann erzählte.

Ich habe versucht, seine Geschichte aufzuschreiben, aus der Erinnerung. Sie ist es wert. Während er sprach, änderte sich sein Tonfall, sein Gesicht wirkte straffer, seine Worte und Sätze wurden klarer. Manchmal lächelte er sogar.

Er muss um die neunzig gewesen sein. Aber jetzt war Viktor Erdmann wieder der Mann, der er einmal gewesen ist:

Wenn ich es von heute aus betrachte, war es gar nicht so übel, als Proletarierkind im Wedding aufzuwachsen. Wir hatten reichlich Bewegung, weil wir von klein auf den Erwachsenen bei der Arbeit geholfen haben. Wir ernährten uns gesund – selbstgezogenes Gemüse, wenig Fleisch. Wegen der dunklen Hinterhöfe mussten wir keine Angst vor Hautkrebs haben. Die sexuelle Aufklärung hat sich in den winzigen Wohnungen ganz von selbst ergeben. Mein Vater war, wenn er nicht in der Fabrik arbeitete, für die Partei unterwegs. Deshalb hatte er, im Gegensatz zu den arbeitslosen Vätern, fast nie Zeit, mich zu verprügeln.

Es war die schönste Kindheit, die man sich vorstellen kann.

Das Kleine und Spillerige an mir kommt vom Vater. Mein Onkel Wilhelm, der Bruder meiner Mutter, war groß und schwer. Er hat immer gelesen, ein Bücherwurm war der. Und er war der Einzige, der sich manchmal ein bisschen Zeit für mich genommen hat. Eigene Kinder hatte er nicht.

Wilhelm hat mir erklärt, was der Sozialismus ist. Alle Menschen sind Brüder. Allen gehört alles. Die Partei des Proletariats regiert im Namen der gesamten Menschheit. Die Partei kann sich nicht irren, das ist das Gute an ihr. Wenn die Partei regiert, haben wir die beste aller möglichen Welten. Kurz nachdem er mir das erklärt hatte, wurde Onkel Wilhelm von den Faschisten verhaftet. Da war ich acht oder neun. Ich habe geweint.

In unserer Wohnung fanden heimliche Treffen statt. Ich saß manchmal dabei, verstanden habe ich nicht viel. Nach dem Treffen bekam ich meistens ein Kuvert mit einem Brief darin, der politische Anweisungen enthielt. Die politischen Anweisungen musste ich dann irgendwo hinbringen. Eines Tages habe ich an einer Wohnungstür in Charlottenburg geklingelt, es war schon während des Krieges. Auf dem Schild stand »W. Schmidt«. Ich war gerade 16 geworden, trug das Haar länger als damals üblich, und mein Gesicht war voller Sommersprossen. Ich war wohl ganz hübsch.

Von der Liebe wusste ich nichts, gar nichts. Wenn die anderen Jungen mit Mädchen ins Schwimmbad gingen oder ins Kino, dann war ich immer mit den Anweisungen der Partei unterwegs.

Die Tür öffnete sich einen kleinen Spalt. Ich schlüpfte in den Flur, und vor mir stand das schönste Mädchen, das ich jemals gesehen hatte. Ich brachte kaum ein Wort hervor.

»Ich bringe Anweisungen«, sagte ich nach einer langen Pause.

»Aha«, antwortete das Mädchen und lächelte.

»Neue Anweisungen«, sagte ich. »Gute, klare Anweisungen. Ganz frisch. Von der Partei.«

»Von wem denn sonst?« Sie sprach mit einem Akzent. »Willst du dich nicht vorstellen, mein kleiner Genosse?«

Bald saßen wir zusammen am wackligen Küchentisch, und durch das Fenster schien die Berliner Wintersonne auf ihr bezauberndes Gesicht. Sie hieß Olga und war ein bisschen älter als ich, zwei oder drei Jahre. Wir sprachen über die Partei. Ich erzählte, dass mein Onkel, der im Gefängnis sitzt, bei mir das politische Bewusstsein geweckt hat.

»Mein Onkel ist leider tot«, sagte Olga. »Er ist sehr bedeutend gewesen. Mehr darf ich nicht verraten.«

Alles, was wir taten, war streng verboten. Wir hätten gar nicht miteinander reden dürfen, man gibt die Lieferung ab und fertig. Alles andere war viel zu gefährlich. Je mehr man weiß, desto gefährlicher kann es für die Partei werden, falls man erwischt wird. Aber das war uns egal. Im Marxismus heißt so etwas »der subjektive Faktor«. Der subjektive Faktor hat sich bei uns beiden von Anfang an ganz stark bemerkbar gemacht.

Sie war eine geheime Kurierin aus der Sowjetunion. »Ich müsste diese Arbeit nicht machen, aber ich wollte unbedingt.

Es ist ein Abenteuer. Ich liebe Abenteuer. Ich bin zu Stalin gegangen und habe gesagt, ach Väterchen, komm, erlaube es mir, schick mich zu den Faschisten. Stalin ist ein wunderbarer Mensch. Er mag mich.«

»Du kannst einfach so zu Stalin gehen?«

»Stalin ist für uns alle wie ein Vater.«

Olga holte eine Flasche mit Birnenlikör. »Lass uns anstoßen, hübscher kleiner Genosse. Die deutsche Arbeiterklasse ist zu beneiden um Kämpfer wie dich. Morgen muss ich leider weiter, ich bringe Anweisungen in die Schweiz. Wie es da ist?«

»Sehr kalt, glaube ich. Hohe Berge und viele Kapitalisten.«

»Dann wollen wir es heute noch einmal schön warm und proletarisch haben, oder?«

Am nächsten Morgen war ich vom Jungen zum Manne gereift. Das sagte man so, in dieser Zeit. Um Olga zu beschreiben, um zu beschreiben, was ich erlebt hatte, müsste ich ein Dichter sein, ach was, wahrscheinlich würde das nicht einmal ein Dichter schaffen. Wir haben gelacht, geredet, uns geliebt, und während der ganzen Zeit wussten wir beide, dass wir uns etwas Besonderes sind, etwas, das man nicht vergisst. Manchmal spürt man das ganz schnell.

In den folgenden Tagen dachte ich ständig darüber nach, wie ich Olga wiedertreffen könnte. Ich könnte versuchen, als Kurier in die Schweiz geschickt zu werden – aber ob die Genossen in der Schweiz überhaupt Wert legten auf Anweisungen von der Ortsgruppe Wedding? Außerdem, woher sollte ich wissen, ob Olga überhaupt noch dort war? Ich kannte nicht einmal ihren Nachnamen. Wir durften aus Sicherheitsgründen unsere echten Namen niemals erfahren, und immerhin daran hatten wir uns tatsächlich gehalten.

Zwei Wochen nach unserer Begegnung wurde ich zu einer

Versammlung bestellt. Als ich die kleine Küche betrat, merkte ich sofort, dass etwas nicht stimmte.

Alle waren sehr ernst. Zwei mir unbekannte Genossen waren dabei, einer von der Bezirksleitung und ein Bärtiger mit Schiebermütze. Die Stühle waren im Halbkreis aufgestellt. Vor dem Halbkreis stand ein einzelner Stuhl. Dort sollte ich mich hinsetzen.

Ich sah meinen Vater. Er schaute auf den Boden. Der Genosse von der Bezirksleitung ergriff das Wort.

»Viktor, was hast du dir dabei gedacht, ausgerechnet mit Olga Uljanowa was anzufangen, der einzigen Nichte von Lenin? Der Genosse Lenin hatte keine Kinder, sie ist praktisch seine nächste Blutsverwandte. Genosse Stalin ist sehr verärgert. Olga ist für ihn wie eine Tochter. Sie wird in der Sowjetunion fast wie eine Heilige verehrt.« Pause. »Und sie war noch unberührt.«

Das stimmte nicht. Olga selber hat es mir erzählt. Sie hat sehr frei gelebt. Viele Frauen und Mädchen in der Sowjetunion lebten sehr frei. Das hörte ich nicht gern. Aber woher wusste die Partei überhaupt von Olga und mir?

»Olga Uljanowa hat aus Zürich einen Brief an dich geschrieben.«

Für einen Moment war ich der glücklichste Mensch der Welt. »Wo ist dieser Brief?«

Jetzt hätte der Genosse, wenn es schon den Sozialismus gegeben hätte und die Herrschaft der Arbeiterklasse, sicher losgebrüllt. Aber wegen der Faschisten, die draußen lauerten, konnte er nur zischen. »Dir ist wohl nicht klar, in welcher Lage du dich befindest. Aus der Partei wirst du ausgeschlossen. Wegen unsolidarischen, dekadenten und antisowjetischen Verhaltens. Stalin hat außerdem eine Befragung durch die sowjetischen Sicherheitsorgane angeordnet. Dieser Genosse hier« – er deutete auf den Bärtigen mit der Schiebermütze – »wird dich über die Grenze schaffen. Falls du zu fliehen versuchst, hat er alle Vollmachten. Aber wir rechnen auf deine Einsicht und deine Solidarität. Die Partei wird das Richtige tun. Wie immer.«

Ich hatte die Liebe gewonnen und alles Übrige verloren. Mein Vater starrte immer noch auf den Boden. Aus der Stube hörte ich das leise Weinen meiner Mutter.

Die Nacht verbrachte ich zusammengekauert in der Speisekammer. Was die wohl von mir wissen wollten? Um vier Uhr weckte mich der Bärtige mit einem Fußtritt und gab mir meine gefälschten Reisedokumente. Wir fuhren schweigend mit der ersten Tram zum Bahnhof.

Vielleicht hätte ich fliehen können, aber wohin? Ich hatte kein Zuhause mehr und keinen Pfennig in der Tasche. Außerdem war ich davon überzeugt, dass die Partei das Richtige tut. Der Zug ging in Richtung Zürich, wohin sonst. Die Schweiz war damals eine winzige Insel des Friedens im kriegerischen Meer Europa, der Verkehrsknoten für alle, egal, auf welcher Seite sie standen.

An der Grenze studierte der Zollbeamte lange unsere Papiere, dann verließ er unser Abteil. Kurz darauf erschienen vier Bewaffnete. Für den Bärtigen interessierten sie sich nicht. Mich hakten sie an beiden Armen unter und schleppten mich hinaus.

Ich schäme mich, es zuzugeben, aber ich war erleichtert. Von einer Begegnung mit Stalins Sicherheitsorganen oder sogar dem vor Wut tobenden Stalin persönlich versprach ich mir nichts Gutes. Die Schweizer Polizei, nun ja.

Es hieß, ich sei deutscher Agent. Es habe jemand einen Wink gegeben und eine recht genaue Personenbeschreibung.

Sie sperrten mich in eine Zelle, die geräumiger und gemütlicher war als jeder andere Raum, in dem ich bis dahin jemals genächtigt hatte. Es gab in der Zelle sogar fließendes Wasser. Von einem Prozess war allerdings nicht die Rede, auf meine Fragen bekam ich keine Antworten. War ich überhaupt schon strafmündig?

In der Zelle verbrachte ich acht langweilige Wochen und nahm dabei dank der nahrhaften Schweizer Kost einige Kilo zu. Nie wieder im Leben habe ich so gut gegessen. Wie viele Menschen in Europa saßen wohl gerade irgendwo in einer Zelle, ebenso grundlos wie ich, ebenso ratlos? Und wie vielen davon mochte es schlechter gehen als mir? Den meisten, nahm ich an.

Eines Nachts klopfte es an die Zellentür. Ein Wärter winkte mich heraus und gab mir ein Zeichen, leise zu sein. Er drückte mir ein Päckchen in die Hand, leise schlichen wir über die Flure des Gefängnisses, bis zum Ausgang, wo der Wärter mir einen Schubs gab, der mich auf die Straße der kleinen Grenzstadt beförderte.

Es war Frühling, die Luft roch nach Leben und Liebe.

Im nächstgelegenen Hausflur riss ich hastig das Päckchen auf. Es enthielt Kleidung, Geld, einen gefälschten Schweizer Pass und einen Brief. Ich kann ihn heute noch auswendig.

»Viktor, mein hübscher kleiner Genosse, wie viel Unglück hat dir deine Olga gebracht! Ich konnte nicht zulassen, dass auch du liquidiert wirst. O ja, das hätten sie getan. Schon einige meiner Liebhaber mussten diesen steinigen Weg gehen. Aber du, mein kleiner Viktor, bist etwas Besonderes, das hast du hoffentlich gespürt.

Stalin ist ein guter, lieber Mensch. Aber ein wenig unbeherrscht hin und wieder. Er mag mich zu sehr und will mich ganz für sich. Er sagt, durch mich hält er spirituellen Kontakt zu meinem Onkel Lenin – verrückt, aber eine verzeihliche Verrücktheit, oder?

Es war furchtbar teuer herauszufinden, was sie mit dir vorhaben, dich aus dem Zug holen zu lassen und das halbe Gefängnis zu bestechen. Die Schweizer sind solche Dickköpfe, wenn es um Geld geht. Ich habe fast den ganzen Solidaritätsfonds der Sowjetunion für die Waffenkäufe der französischen Résistance verbraucht, den ich eigentlich übergeben sollte. Ich habe ein schlechtes Gewissen, aber kein zu schlechtes, mein Viktorchen. Auch du sollst dich nicht schlecht fühlen, Liebster, die tapferen französischen Genossen wissen sich schon zu helfen, und wer sollte Verständnis für die Liebe haben, wenn nicht sie? Stalin erzähle ich irgendwas, mach dir keine Sorgen.

Du wirst mich jetzt vergessen müssen, Viktorchen. Versprich es mir. Rette dich, lebe, das ist das Beste, was du für mich tun kannst. Ich werde nie wieder Birnenlikör trinken können, ohne an dich zu denken. Zerreiß diesen Brief und iss ihn auf. Olga«

Ich musste nach Moskau, das war mir sofort klar.

Nach einigen Nachtmärschen und mit Hilfe einheimischer Führer, deren Dienste ich mir dank meiner reichlichen Geldmittel leisten konnte, erreichte ich ohne nennenswerte Zwischenfälle die Grenze des ehemaligen Österreich, das jetzt Ostmark hieß. Ich legte den deutschen Grenzern meinen Schweizer Pass vor und sagte, ich sei bei meiner Berliner Mutter aufgewachsen, überzeugter Nationalsozialist und wolle für das Reich und die Zukunft des Abendlandes kämpfen. Erfreulicherweise wurde ich kaum überprüft, das hätte nämlich lange gedauert, und das Reich brauchte ganz offensichtlich gerade in diesem Moment dringend Soldaten.

Noch während meiner militärischen Grundausbildung versuchte ich, Kontakt zu kommunistischen Widerstandszellen aufzunehmen. Wenn es Nudeln gab, legte ich, wie zufällig, die Nudeln auf meinem Teller in die Form von Hammer und Sichel. Ich pfiff auf dem Abort leise die »Internationale«. Es musste doch auch hier Genossen geben, Menschen, die eine bessere Welt wollten!

Ich hatte keinen Erfolg. Alle glaubten an den Sieg des Faschismus. Bald darauf fuhr unsere frisch aufgestellte Infanterieeinheit nach Stalingrad.

Über meine Erlebnisse in Stalingrad möchte ich nicht allzu viel berichten, das wäre ein anderes Thema, und man kennt diese Dinge ja aus zahlreichen anderen Quellen. Außerdem war es langweilig in Stalingrad. Jeden Tag das Gleiche. Man schießt, man friert, man hat Hunger, und jeden Tag sterben ein paar Kameraden. Mehr passiert im Grunde bei so einer Kesselschlacht nicht. Das einzige Spannende ist die Frage, ob du die Schlacht überlebst.

Natürlich habe ich immer vorbeigeschossen, das Leben der Sowjetmenschen war mir heilig, und jeder hätte doch ein Verwandter von Olga sein können – oder gar einer ihrer Liebhaber? Bei diesem Gedanken zuckte bisweilen mein Finger am Abzug, das gebe ich zu. Als ich mich gefangen nehmen ließ, war ich wieder so knabenhaft schlank wie in jener Nacht, in der ich Olga kennengelernt hatte, meiner blonden Locken war ich allerdings verlustig gegangen. Ich hatte meine Papiere weggeworfen und verwandelte mich, als der russische Offizier uns grimmig nach unseren Namen fragte, endlich wieder in den Genossen Viktor Erdmann.

Das war ein Risiko. Womöglich stand ich auf irgendeiner Liste, als Verräter, als dekadentes Element, als Schädling.

Dieses Risiko nahm ich in Kauf. Ich wollte – ja, was wollte ich? Ich wollte Olga wiedersehen, alles andere war mir egal. Wenn sie mich festnehmen und zum Tod verurteilen, so dachte ich, dann werden sie mir vor der Hinrichtung doch noch einen Wunsch gestatten. Das ist überall so. Und mein letzter Wunsch wird natürlich eine Begegnung mit Olga Uljanowa sein. Ich weiß, wie verrückt das klingt, aber so dachte ich nun einmal. Im Kopf eines Menschen ist alles möglich. Ich war halb verrückt vor Hunger und halb verrückt vor Liebe.

Nach ein paar Monaten im Lager hörte ich, dass es neuerdings eine Vereinigung antifaschistischer deutscher Soldaten gab, das Nationalkomitee Freies Deutschland. Ich meldete mich sofort. Erfreulicherweise wurde ich dem Institut Nummer 99 zugeteilt, das sich in Moskau befand und auch »Büro des Komitees zur Erledigung der laufenden Arbeiten« hieß. Seltsamerweise gab es nur ein Institut Nummer 99, von den anderen 98 Instituten habe ich nie etwas gehört.

Unsere Aufgabe bestand darin, im Namen des Büros des Komitees zur Erledigung der laufenden Arbeiten politische Anweisungen zu verfassen, das kannte ich ja so ähnlich aus dem antifaschistischen Widerstand. Außerdem musste das Institut Flugblätter und Schallplatten produzieren, mit denen deutsche Soldaten zum Aufgeben überredet werden sollten.

Ich war wieder ein Bote, wie in Berlin. Ich nahm Anweisungen entgegen und lieferte die Anweisungen, allein oder mit einem zweiten Genossen, in den Hotels und Wohnungen aus, wo die Empfänger der Anweisungen wohnten. Mein wichtigster Chef hieß Walter Ulbricht.

Die Anweisungen waren für die Empfänger nicht immer angenehm. Manchmal öffnete sich das Zimmer einer Hoteltür, eine Frau oder ein Mann erschien, riss den Umschlag auf, wurde blass, fasste sich an den Kopf, schlug die Tür zu, hinter der Tür hörte ich einen Schrei oder Weinen. In diesen Momenten fiel mir immer Stalin ein. Ob der sich an mich erinnerte? Hoffentlich nicht. Er hatte genug andere Dinge zu tun.

Eines Tages musste ich wieder eine Anweisung ausliefern, in ein Hotelzimmer. Die Tür öffnete sich, und ein gut aussehender Mann zeigte sich. Ich kannte ihn vom Sehen, er arbeitete ebenfalls im Institut Nummer 99 und war nicht viel älter als ich. Er riss den Umschlag auf, las kurz, dann lachte er. »Nichts von Bedeutung«, sagte der Mann, »Walters übliche Paranoia.«

Dann schaute er mich freundlich an. »Lust auf einen kleinen Schnaps, Genosse?«

Ich beneidete ihn. Er wirkte so selbstbewusst, so stark. Er stand in dieser Hoteltür, als sei er unverwundbar, wie Siegfried in der Nibelungensage. »Walters übliche Paranoia«, so etwas Freches hätte ich nie zu sagen gewagt.

Das Zimmer wirkte behaglich. Ein paar Kunstdrucke und ein Leninporträt hingen an der Wand. »Walter warnt mich. Ich habe mich wieder mal mit der falschen Frau eingelassen. Unter uns Männern: Die Versuchung ist manchmal einfach zu groß, das kennst du bestimmt, Genosse. Hast du schon mal von Olga Uljanowa gehört, Lenins Nichte?«

Ich konnte nicht sprechen. Ich nickte.

»Es stimmt, was man sich über ihre Leidenschaftlichkeit erzählt. Stalin passt gut auf sie auf. Es heißt, keiner ihrer Liebhaber hat lange überlebt. Die Gottesanbeterinnen fressen ihre Männchen nach der Paarung, in ihrem Fall übernimmt diese Arbeit der Genosse Stalin. Er glaubt, dass sie, ich weiß nicht recht, geheime Kräfte besitzt. Die Vereinigung mit Lenins Blut macht politisch unsterblich, etwas in dieser Richtung glaubt er, nach allem, was man so hört. Obskures Zeug. Spinnerei. Deshalb überleben die Jungs nicht. Stalin denkt, ein Überlebender wäre sein potentieller Nachfolger.«

Ich räusperte mich. »Dann bist du wohl in echter Gefahr, Genosse, und der Genosse Ulbricht leidet nicht unter … dieser Krankheit, die du erwähnt hast.«

Der Mann lachte. »Ich weiß, dass sie Stalin verraten hat. Die Uljanowa hat in der Schweiz etwas Unverzeihliches getan, natürlich kann ich dir nicht sagen, was. Eine hirnverbrannte Sentimentalität, natürlich für einen Mann, bei dem es sie schwer erwischt hat. Sonst neigt sie nicht zu Sentimentalität oder ähnlichen Dummheiten.«

»Was ändert das, ich meine, der Verrat?«

»Genosse, diese Sache kann und wird ihr Stalin nicht verzeihen. Verzeihen ist sowieso nicht seine Stärke. Deshalb wird sie mich decken, solange es nur geht. Und wenn die Tatsachen bekannt werden, und das werden sie im Falle meines Todes oder Verschwindens, dafür habe ich gesorgt, es gibt ein Kuvert mit Beweisen, wenn also das bekannt wird, was sie der Revolution angetan hat, dann muss er sie fallenlassen. Das aber wird Stalin niemals tun, weil er glaubt, dass er damit sein eigenes Ende besiegelt. Spielst du Mühle? Ich habe eine Zwickmühle gebaut.«

Der Mann schaute auf seine Uhr. »Es wird Zeit. Eigentlich habe ich dir viel zu viel erzählt. Zu viel zu wissen ist lebensgefährlich. Schade, Viktor. Verzeih mir meine Geschwätzigkeit. Pass gut auf dich auf. Soll ich Olga von dir grüßen?«

Er kannte meinen Namen, obwohl ich ihn nicht genannt hatte. Ich weiß nicht mehr, wie ich nach Hause gekommen bin, in meine Baracke. Hatte der Genosse mir gedroht, oder hatte er mich gewarnt? Etwas von beidem. Auch seinen Namen würde ich nicht vergessen, Markus Wolf.

Am nächsten Morgen meldete ich mich zum Kampfeinsatz für die Rote Armee. Ich war damals zu feige dafür, den Kampf um Olga aufzunehmen, für den Krieg war ich tapfer genug. Aber ich ahnte, dass unsere Geschichte noch nicht zu Ende war.

Verglichen mit dem, was sich im Kessel von Stalingrad abspielte, war der Vormarsch der Roten Armee ein Kinderspiel. Mit den Deutschen war nicht mehr viel los. Sie wehrten sich wütend, aber es war einfach kein Wumm mehr dahinter. Trotzdem fielen eine Menge Kameraden. Um mich, der ich verzweifelt war und den Tod als Erlösung begrüßt hätte, machten die Kugeln einen Bogen. Es schien fast so, als sei auch ich unverwundbar.

Als meine Einheit Berlin erreichte, habe ich mir natürlich Sorgen gemacht. Was würden die Genossen von der Ortsgruppe Wedding sagen? Der Bärtige, der, mit dem ich im Zug gesessen hatte, war bestimmt ziemlich verärgert.

Doch es hatte niemand überlebt von unseren tapferen Genossen. Diese Helden, deren Lied noch in Jahrtausenden gesungen wird, waren alle wie vom Erdboden verschluckt. Von unserer ganzen Gruppe war praktisch nur eine Gedenktafel aus Bronze auf dem Heldenfriedhof übrig. Zum Glück gab es genügend Genossen aus dem Moskauer Exil, die diese Lücken schließen konnten.

Und es gab wenigstens ein bekanntes Gesicht, einen, den ich umarmen und an mein Herz drücken durfte, das war mein Onkel Wilhelm. Er hatte im Lager gesessen und furchtbare Dinge erlebt. Jetzt war er bei der politischen Leitung der Polizei.

»Der Tag ist gekommen, auf den die Arbeiterklasse und die gesamte Menschheit gewartet haben«, sagte Onkel Wilhelm. »Wir bauen die beste aller möglichen Welten.«

Onkel Wilhelms Aufgabe bestand darin, Faschisten und

faschistische Agenten zu entlarven und ihrer gerechten Bestrafung zuzuführen. »Mach doch bei uns mit«, sagte er. Von da an hatte ich den schönsten Beruf in ganz Berlin. Ich bekam einen Ausweis, Deckname Heinrich Trompeter. Ich ging spazieren, ich fuhr Straßenbahn, als die ersten Linien wieder instand gesetzt waren. Ich setzte mich in Bierkneipen, die ebenfalls bald wieder eröffneten. Wenn jemand irgendwo etwas Faschistisches sagte, versuchte ich, den Namen dieser Person zu ermitteln. Ich setzte mich zum Beispiel in der Kneipe an den Tisch dieser Person und sagte: »Sie haben völlig recht mit Ihrer Äußerung, ich finde es ganz wunderbar, was Sie alles Faschistisches sagen. Darf ich vielleicht auf Ihr Wohl und das Wohl des Faschismus ein Bier ausgeben?«

Der Faschist lachte dann in der Regel, weil er dachte, ich sei witzig.

Dann tranken wir, bis die Kneipe schloss, und ich zahlte die gesamte Rechnung aus der Parteikasse. Die Person erzählte mir immer mehr Faschistisches, auch, dass sie in der Nazipartei war und was sie da genau gemacht hatte. Am Ende brachte ich die Person, die inzwischen stark angeschickert war, fürsorglich nach Hause, da hatte ich dann sogar die Adresse.

Diese Leute waren oft interessant. Faschisten müssen ja nicht automatisch dumm oder langweilig sein. Am nächsten Morgen gab ich Onkel Wilhelm meine Informationen, er kümmerte sich um den Faschisten, und ich ging dann abends in eine andere Kneipe in einem anderen Berliner Bezirk. In einer so großen Stadt wie Berlin ist das kein Problem. Wir haben in kurzer Zeit Hunderte Faschisten entlarvt.

Im April 1946 war ich, als Veteran des Vaterländischen Krieges und bewährter antifaschistischer Kämpfer, Delegierter beim Gründungsparteitag der SED, also der Vereinigung der KPD mit der SPD der sowjetischen Zone. Das war ein historischer Tag – das Ende der Spaltung der Arbeiterklasse. Ich trug einen Anzug, eine dunkelhaarige Perücke und eine Brille mit dicken Gläsern, die ich eigentlich gar nicht brauchte. Das war Tarnung. Als Agent muss man sich schon ein bisschen tarnen. Ich musste nicht reden, nur dasitzen und klatschen. Falls konterrevolutionäre Elemente den Parteitag stören sollten, dann hatte ich auf Anweisungen zu warten und musste dann gemäß Anweisung eingreifen.

Die Reden dauerten ziemlich lange. Ich bin nicht so der Mensch für lange theoretische Vorträge, ich bin mehr ein Praktiker. Zwischen zwei Reden bin ich aufgestanden und zur Toilette gegangen, obwohl ich nicht wirklich musste.

Im Vorraum des Admiralspalastes sah ich Olga Uljanowa.

Sie musste zur Delegation der KPdSU gehören. Sie hatte sich nicht verändert. Oder war sie noch schöner geworden? Ja, doch. Aus dem zauberhaften Mädchen war eine betörende junge Frau geworden.

Sie redete angeregt mit einem Mann. Er kehrte mir den Rücken zu. Aber ich ahnte schon, um wen es sich handelte. Es war der Genosse Markus Wolf.

Ich stützte mich an der Wand ab. Mir schwindelte. Alles war mit einem Schlag wieder da, meine Gefühle, mein Schmerz und mein Glück, die Erinnerung an jene leidenschaftliche Nacht in Charlottenburg, leider auch die Angst vor Markus Wolf.

Er stand, wie gemunkelt wurde, vor einer großen Karriere, er war ein wichtiger Journalist, und wer war ich? Ein Niemand. Ein unbedeutender kleiner Kundschafter.

Ich war ein Fehler, den sie gemacht hatte, eine Sentimentalität. Wegen mir war sie erpressbar.

Aber ich trug Perücke und eine Brille. Tarnung, die einzige Trumpfkarte, die ein kleiner Kundschafter besitzt.

Ich ging zu den beiden, nickte Olga kurz zu – muss ich beschreiben, was ich dabei empfand? –, dann wandte ich mich an Wolf. Ich zeigte meinen Ausweis von der Politischen Polizei. Dann sagte ich: »Genosse, ich habe eine Nachricht für dich. Es gibt Kritik am neuen Parteiemblem. Du weißt ja, die beiden Hände, die KPD und SPD symbolisieren und sich brüderlich vereinen. Die eine Hand, rechts, ist ein bisschen misslungen, zu dicke Finger. Der Genosse Walter Ulbricht sagt, da brauchen wir ganz schnell einen neuen Entwurf. Du hättest so besonders schöne Hände, schlanke Finger, sagt der Genosse. Ob du bitte kurz Modell stehen kannst mit deiner Hand.«

»Das soll wohl ein Witz sein.«

Ich steckte betont sorgfältig und umständlich meinen Ausweis in die Jackentasche zurück. »Hast du den Eindruck, dass wir von der Politischen Polizei eine Vereinigung von Spaßvögeln sind?«

Er schaltete einen Gang zurück, Richtung Vorsicht. »Nein, natürlich nicht. Aber das Emblem ist doch längst abgesegnet. Das ist doch viel zu spät, die Maßnahme kommt zu spät.«

Ich zuckte mit den Achseln. »Es ist eine Anweisung, Genosse. Begib dich zum Parteitagsbüro und sag, dass du die rechte Hand der Partei bist, oder sag einfach, ich bin der Mann mit den schönen Händen. Dann wissen sie Bescheid. Es dauert nicht lange. Ist doch eine Ehre für dich, Genosse.«

Markus Wolf lachte. »Eine Ehre, sicher, ist schon gut.« Er lächelte Olga an. »Entschuldige. Du hörst ja selbst. Wir sehen uns.« Zu mir sagte er, schon halb im Gehen: »Ihr spinnt doch. Ich glaube, ich werde euren Laden demnächst mal auf

Vordermann bringen. In der Sowjetunion wäre so ein Dilettantismus undenkbar.«

Kaum war er verschwunden, fasste ich Olga bei der Hand. »Ich bin es. Dein kleiner Viktor.«

Sie zögerte. »Ich kenne dich nicht, Genosse. Viktor, wer soll das sein?«

»Bitte, Olga, lass uns reden. Gib mir eine Chance. Im ersten Stock ist ein kleiner Proberaum.«

Einige Minuten später liebten wir uns auf dem Klavier, das den Proberaum beinahe zur Hälfte ausfüllte. Die Brille und meine Perücke hatte ich als Erstes von mir geworfen. Von ferne hörten wir, wie eine leise Begleitmusik zu unserer köstlichen Ekstase, die Stimmen von Otto Grotewohl und Wilhelm Pieck, einmal auch kurz Markus Wolf, der offenbar auf dem Flur, unmittelbar vor der Tür unserer Kammer, denn viel mehr als eine Kammer war es nicht, vorbeigeschleppt wurde. »Ich habe eine Anweisung«, verstand ich.

Aber es waren meine Hände, meine, die nun über Olgas Haar strichen und die sie liebkosten, wo auch immer sie es zuließ.

»Weißt du, dass ich nur deinetwegen zu diesem dummen Parteitag gefahren bin, kleiner Viktor? Ich habe immer gehofft, dass wir uns wiedersehen, eines Tages, und so, genauso wie jetzt.«

»Und … Markus?«

»Ach, Markus ist eine Notwendigkeit. Weißt du, Karl Marx hat geschrieben, wenn das Reich der Notwendigkeit überwunden ist, dann bricht das Reich der Freiheit an, der Kommunismus. Ach, Viktorlein, ich glaube, du bist mein Kommunismus.«

Wir konnten nicht anders, wir schmiedeten Pläne. Wo auf

dieser Welt konnte es einen Platz für uns und für unsere Liebe geben? Nicht im Kapitalismus, den verachteten wir zu sehr, und auch nicht im Sozialismus, der wollte uns nicht, aber was auf dieser Welt blieb da noch?

Olga sagte, dass in ein paar Stunden eine Militärmaschine nach Belgrad starten würde. »Marschall Tito und Stalin verstehen sich nicht besonders. Ich kenne Tito gut. Er wird uns aufnehmen.«

Sie kannte Tito gut. Aha. Was mochte das wohl bedeuten? Egal! Ich stellte mir vor, wie wir beide zum Militärflughafen fahren würden, es würde Nebel in der Luft liegen, die Propeller der Maschine würden sich bereits drehen, und vielleicht würde Onkel Wilhelm in seiner Uniform am Flughafen warten, mit gefälschten Papieren, 0um uns auf Wiedersehen zu sagen, und dann würden wir quietschende Bremsen hören, eine riesige schwarze Wolga-Limousine, aus der Walter Ulbricht und Markus Wolf und einige Bewaffnete herausspringen, wir aber wären schon auf dem Rollfeld, unerreichbar.

Dann hörten wir, wie gegen die Tür unserer Kammer geschlagen wurde. Sekunden später splitterte das Holz. Ein halbes Dutzend Männer drängte herein, wir hatten kaum Zeit, unsere Blößen zu bedecken.

Ich sah das traurige, ernste Gesicht von Onkel Wilhelm.

Wir waren verhaftet.

Als sie mich wegschleppten, rief ich: »Uns bleibt immer Belgrad.«

Olga gelang es zu lächeln. »Uns bleibt immer Belgrad.«

# VI

Die Geschichte geht gleich weiter. Sie mussten den Text, weil er so lang war, in zwei Teilen bringen. Nachdem der erste Teil in zwei, drei Regionalzeitungen erschienen war, rief Peuckert an, was er sonst nie tat. Er hatte Angst, dass er abgehört wird.

»So romantisch kenne ich dich gar nicht. Was ist denn das für eine melodramatische Tonlage? Hast du wieder bei jemandem geklaut?«

»Ich gebe zu, dass ich mich ein bisschen von Voltaire habe inspirieren lassen. »Candide«. Voltaire wird garantiert nicht klagen. Aber Erdmann gibt es wirklich. Ich dachte, für den neuen Job ist Erdmann ein guter Einstieg. Seine Lebensgeschichte hat etwas Episches.«

»Auf jeden Fall. Lebt der Alte noch?«

»Ja. Ein zäher Bursche. Für den zweiten Teil habe ich ein zweites Mal mit ihm geredet. Willst du ihn kennenlernen?«

»Lass mal. Ich bin übrigens an was Großem dran, an einer richtig großen Sache. Der Rügenfilm ist nichts dagegen.«

Warum erzählte er das am Telefon? So großspurig redete er sonst nie. Das war nicht sein Ton. Wollte er denen, die das Telefon abhörten, ein Signal senden? Oder stellte er mich auf die Probe? Erst ein paar Tage später dämmerte es mir. Vielleicht hatte Peuckert einen Verdacht in Bezug auf mich. Und zwar den gleichen Verdacht wie ich. Vielleicht verdächtigten wir uns gegenseitig.

# KLEINER TROMPETER. DIE ZEIT DER SIEGE

Ich habe der Partei durch mein Verhalten geschadet. Ich habe meine privaten Interessen und meine Gefühle über die Interessen der Arbeiterklasse und der gesamten Menschheit gestellt. Ich verdiene die härteste Strafe. Ich bitte darum, hart bestraft zu werden.

Wieso bin ich noch am Leben? Ich kann mir das nur durch Olgas Einfluss erklären und durch die Milde unseres gütigen Vaters, des Vaters aller arbeitenden Menschen, des großen Josef Wissarionowitsch Stalin.

Ja, Olga Uljanowa hat mich ein zweites Mal gerettet. Sie hat ausgesagt, dass es in der Kammer nicht zum Äußersten gekommen sei. Ich hätte ihr auf dem Klavier Arbeiterlieder vorgespielt. Das Lied vom kleinen Trompeter. Von all unseren Kameraden war keiner so lieb und so gut wie unser kleiner Trompeter, ein lustiges Rotgardistenblut. Dabei habe sie einen Schwächeanfall erlitten und sei mir, halb bewusstlos, in die Arme gesunken. Das hätte ich falsch verstanden.

Verurteilt wurde ich wegen der Sache mit Markus Wolf, wegen versuchter Unzucht mit einem Sowjetmenschen und wegen Titoismus. Meine Tätigkeiten im antifaschistischen Widerstand und in der Roten Armee wurden vom Gericht mildernd angerechnet. Unterm Strich ergab das 20 Jahre.

Als ich entlassen wurde, war es wohl früher Sommer. Ich hatte mein Zeitgefühl in der Haft völlig verloren und nie auf den Kalender geachtet. Ich sagte mir, hör auf, die Jahre zu zählen, das deprimiert dich nur. Denke nach, arbeite an deiner Persönlichkeit, werde ein besserer Kommunist. Aber als sie mich rausließen, kamen mir die 20 Jahre dann doch wahnsinnig kurz vor, im Spiegel habe ich noch überraschend gut ausgesehen. Es waren tatsächlich nur sieben Jahre. Der Direktor sagte, Stalin sei tot. Damit hat er meine Entlassung begründet.

Der große Stalin, Vater aller Völker, war tot. Unterm Strich habe ich wieder mal Glück gehabt.

Berlin sah nicht viel anders aus, als ich es von 1946 in Erinnerung hatte. In der Stalinallee wurde gebaut. Ich bin mit der Straßenbahn zu Onkel Wilhelm gefahren. Zu wem sonst? Er war doch mein einziger lebender Verwandter. Im Prozess hat auch er versucht, was möglich war, um mich zu entlasten, ohne sich selbst verdächtig zu machen. Mein lieber Onkel.

Wilhelm umarmte mich wie seinen eigenen Sohn und kochte einen Kaffee, der nicht viel besser schmeckte als der Kaffee im Gefängnis. Es gab Versorgungsschwierigkeiten. Die Bevölkerung war unruhig. Stalin hat Fehler gemacht, sagte Onkel Wilhelm. Aber er hat uns vom Faschismus befreit. Er war gut, er war heller als die Sonne. Aber er hat leider auch Fehler gemacht.

Ich fragte: »Werde ich jetzt wieder in die Partei aufgenommen?«

»Dafür setze ich mich ein«, sagte Onkel Wilhelm. »Mach aber keine Dummheiten mehr. Halt dich von Konterrevolutionären fern und von Russinnen. Es gibt genug hübsche Mädels bei uns in der DDR.«

Er war inzwischen Kriminalist im Ruhestand. Nach dem Kaffee sind wir spazieren gegangen. Plötzlich sahen wir eine Menschenmenge mit Fahnen und Transparenten. »Ist heute der erste Mai?«, fragte ich.

»Nein«, sagte Onkel Wilhelm, »das sind die Konterrevolutionäre. Wie gesagt, halt dich von denen fern. Na, wenigstens sind keine Russinnen in der Nähe.»

Die Konterrevolutionäre brüllten und schwenkten ihre Transparente.

»Was wollen die?«

»Weniger arbeiten«, sagte Onkel Wilhelm. »Die Partei hat die Normen erhöht. Wie kann aus einem Land etwas werden, Viktor, wenn die Leute ständig weniger arbeiten wollen? Das soll mir mal einer erklären.«

Die Konterrevolutionäre sahen uns und wurden seltsamerweise noch wütender. Etliche von ihnen lösten sich aus dem Demonstrationszug und rannten auf uns zu.

»Nichts wie weg«, sagte Onkel Wilhelm.

Wir liefen. Nach ungefähr 200 Metern hatten sie uns. Sie beschimpften uns, Schweine, Drecksäue, Blutsauger, Arbeiterverräter, und schlugen mit Fäusten und Latten auf uns ein.

Irgendwie bin ich wieder auf die Beine gekommen. Ich zog den blutenden Wilhelm vom Boden hoch. Dann schrie ich: »Wer sagt hier Arbeiterverräter? Ich hab im Kampf gegen den Faschismus mein Leben riskiert, und mein alter Onkel hier, der hat sein Leben lang für eure Rechte gekämpft, ihr undankbaren Drecksäue.«

Ein Mann mit Bart trat vor. »Dein alter Onkel gibt im ›Neuen Deutschland‹ damit an, dass er als Polizist dreihundert Faschisten entlarvt hat, weißt du, wie viele von denen zum Tod verurteilt worden oder im Knast gestorben sind? Mein Bruder war auch dabei. Ein Arbeiter!«

Die 300 entlarvten Faschisten waren wohl die Leute aus den Kneipen, die ich immer morgens an Onkel Wilhelm gemeldet habe. Ich sagte: »Das war er nicht, der gibt wirklich bloß an. Ich war das. Und ich bin stolz drauf.«

Dann sind wir wieder losgerannt.

Nach ein paar hundert Metern hat Onkel Wilhelm eine Stahltür an einem Fabrikgebäude aufgerissen, wir sind rein, und er hat schnell den Riegel vorgeschoben.

Es war die alte Molkerei, in der er vor dem Krieg als Melker gearbeitet hat.

»Das war knapp«, sagte ich.

Wilhelm japste und spuckte roten Schaum. Der brauchte eindeutig einen Arzt. »Tut mir leid«, sagte ich. »Scheiß drauf«, sagte Wilhelm. »Du und ich, wir stehen auf der richtigen Seite. Gibt's hier Telefon? Die Molkerei hat immer Telefon gehabt.«

Eine halbe Stunde später kam ein Krankenwagen.

Als wir in dem Wagen saßen und losfuhren, stand vor der Molkerei immer noch die Menschenmenge und johlte. Der Mann mit Bart vorneweg – Moment mal, ich kannte den! Das war doch der Bärtige, der mich für die Partei nach Zürich bringen sollte. Und jetzt war der auf einmal Konterrevolutionär. Und sein Bruder war Faschist gewesen.

Die Menge ließ den Wagen nicht durch, die fingen an, den Krankenwagen hin und her zu schaukeln.

Der Krankenwagen stürzte um.

Als wir hinauskrochen, hatten die Konterrevolutionäre uns wieder am Schlafittchen.

Sie hoben uns hoch und trugen uns mit ausgestreckten Armen über ihren Köpfen. Bis zum Kanal. Dann haben sie uns mit Schwung und ein paar Flüchen in den Kanal geworfen.

Ich dachte sofort, das ist genau wie bei Rosa Luxemburg. Die Rosa Luxemburg haben sie auch in einen Kanal geworfen. Aber da war sie schon tot, glaube ich. Wir lebten noch.

Wir versuchten, zum Ufer zu schwimmen. Ich hielt Wilhelm mit einer Hand fest, mit der anderen Hand schwamm ich. Am Ufer warteten ein paar Männer mit Holzpaddeln. Als wir näher kamen, schlugen sie mit den Paddeln auf unsere Köpfe. Ich rief: »Ihr handelt gegen eure objektiven Interessen, ihr Vollidioten!«

Ich muss halb bewusstlos gewesen sein, aber ich hielt uns beide über Wasser. Irgendwann ist die Volkspolizei eingetroffen und hat uns an Land gezogen. Wilhelm war noch mal kurz wach, er hat gesagt, dass ich den richtigen Klassenstandpunkt vertreten und die Linie der Partei bedingungslos gegen eine reaktionäre Übermacht verteidigt habe. Das waren seine letzten Worte. Danach ist er seinen Verletzungen erlegen.

Seitdem bin ich wieder in der Partei, außerdem Träger des Vaterländischen Verdienstordens in Bronze. Ich bin der Neffe des Märtyrers Wilhelm Hagedorn, der von den Konterrevolutionären gelyncht wurde und ein Staatsbegräbnis bekommen hat.

Damals dachte ich: Die Partei hat Fehler gemacht, aber sie war in der Lage, ihre Fehler zu korrigieren. Der Imperialismus dagegen hat in der Geschichte auf seine alten Fehler immer nur neue Fehler draufgepackt.

Natürlich wollte ich nach dem tragischen Tod von Onkel Wilhelm und meiner politischen Rehabilitierung meine Arbeitskraft dem Arbeiterstaat zur Verfügung stellen. Mein Problem war, dass ich nichts gelernt hatte. Es war ja immer zu viel los gewesen, Krieg, Gefängnis, Konterrevolution, wie hätte ich da eine Ausbildung absolvieren sollen?

Ich ging in das Parteibüro und fragte die Genossen. Die Genossen waren der Ansicht, dass ich am besten bei der Volkspolizei aufgehoben wäre. Meine Vorstrafe hätte ich ja durch mein heldenhaftes Verhalten im Kampf gegen vom Imperialismus aufgehetzte Rowdys mehr als ausgeglichen, ich konnte mit einer Waffe umgehen, außerdem hatte es in der Stalinära mehr als einen Genossen gegeben, der irrtümlich beschuldigt worden war.

Da verstand ich: Die Partei hat immer recht. Aber Stalin war letztlich eben doch eher eine Person und nicht die Partei. Das muss man unterscheiden.

Die Arbeit bei der Volkspolizei war einfach. Ich lief mit einem Kameraden Streife, und wenn jemand etwas falsch machte, ermahnten wir diese Person. Falls die Person unseren Anweisungen nicht folgte, wurde sie festgenommen.

Ich mochte diese Arbeit. Aber ich fühlte mich einsam. Ich hatte nach meiner Entlassung einige Mal an Olga geschrieben, aber nie eine Antwort bekommen. Wie ging es ihr? Ob sie sich noch an ihren kleinen Viktor erinnerte?

Manchmal besuchte ich Nachtlokale, natürlich nur in meiner Freizeit und ohne Uniform. Ich lernte Frauen kennen. Bis dahin war Olga wirklich meine Eine und Einzige gewesen, und ich war jetzt kein ganz junger Mann mehr, ich war über 30. Wenn ich im Leben jemals wieder meine Olga treffen würde, dann wollte ich kein unerfahrener grüner Junge mehr sein, der sich von ihr jeden Handgriff und jede erotische Nebenstraße erst zeigen lassen muss. Nach einigen Monaten war ich tatsächlich schon recht geübt in diesen Dingen, und ich muss sagen, Onkel Wilhelm hat nicht nur in politischen Fragen immer den richtigen Standpunkt vertreten. Es gibt, genau wie er gesagt hat, wirklich genug hübsche Mädchen bei uns in der DDR.

Mein Herz aber konnte ich keiner schenken. Mein Herz war vergeben.

Die Pinguin-Bar lag in der Nähe der Volksbühne und war

ganz klein, offiziell 48 Plätze. Da verkehrten bekannte Schauspieler und Sänger, am Türsteher kam man nicht leicht vorbei. Aber als Polizist hat man halt auch im Sozialismus manchmal ein kleines Privileg. Außerdem hatte ich mich mit Günter, einem der Türsteher, angefreundet. Wir haben so manche Molle zusammen gezischt.

Günter zweifelte am Sozialismus. Er wollte rübermachen. Ich habe mir den Mund fusselig geredet. »Mensch, Günter«, habe ich gesagt, »alles hier gehört dir, du führst ein Leben ohne Ausbeutung, und das willst du einfach wegschmeißen?«

Er hatte eine Stelle in Westberlin gefunden, wieder als Türsteher, bei Rolf Eden in der Nähe vom Kurfürstendamm, ein ganz schicker Laden. Er hat mich mal mitgenommen. Die hatten Striptease, und die Gäste badeten, wenn sie genug bezahlten, gemeinsam mit den Kellnerinnen in Sekt.

Klar, das war schon eine Versuchung. Ich habe das ja verstanden. »Wir müssen an die Zukunft denken, Günter, an die Generationen, die kommen«, sagte ich. »Die Zukunft soll menschlich sein, da darf nicht das Geld regieren.«

Günter sagte, dass die Türsteher morgens, nach Schließung des Lokals, auch mal in die Sektbadewanne steigen dürften, insofern sei das doch ein sozialer Laden.

»Eines Tages«, sagte ich, »wird auch in der DDR jeder Proletarier in Sekt baden dürfen, jeder, nicht bloß die Reichen. Dafür kämpft meine Partei.«

»So viel Sekt gibt es gar nicht«, hat Günter geantwortet, »da müsstest du die gesamte Landwirtschaft auf Sektproduktion umstellen, und was sollen die Leute dann essen? Außerdem, wenn jeder Hinz und Kunz in Sekt badet, dann interessiert mich das nicht mehr.«

Wir diskutierten nächtelang über solche Grundsatzfragen.

Trotzdem, er war ein guter Junge, mit guten Anlagen. Auch wenn er diesen Hang zur Dekadenz hatte.

Günter mietete sich eine kleine Wohnung im Wedding. Im September sollte er bei Rolf Eden anfangen. Ende August wollte er umziehen. Ich hatte gehört, dass irgendwas im Busch ist, es gab Gerüchte, und dann wurde auch noch eine Urlaubssperre verhängt. Ich hätte es aber nie für möglich gehalten, dass wir die Grenze tatsächlich dichtmachten, das war auch für mich eine Überraschung.

Aber es ist richtig gewesen. Wir bluteten langsam aus, die Besten gingen weg, vor allem ehrgeizige Leute wie Günter. Dagegen mussten wir etwas tun.

Ab dem 13. August war ich ständig im Dienst. Wir sollten auf die Arbeiter aufpassen, die Stacheldraht ausrollten und die Mauer in einem Rekordtempo hochzogen, wie man es gerne mal im Wohnungsbau gesehen hätte. Von den Arbeitern wäre so mancher selber gern abgehauen, aber vor uns hatten sie Respekt.

Hätte ich Günter warnen sollen? Damit er früher umzieht? Gegen alle Anweisungen? Ich wusste nichts Genaues, aber ich hätte ihm wenigstens sagen können, dass es Gerüchte gibt.

Auf der einen Seite sind da immer die privaten Sachen, Freundschaft, Liebe, Familie und das alles, und auf der anderen Seite stehen die Zukunft der gesamten Menschheit, die Gerechtigkeit und der Fortschritt. Das ist wie Nordpol und Südpol. Zwischen beiden Polen musst du dich entscheiden, Nordpol und Südpol gleichzeitig geht nicht. Ein Sozialist zu sein heißt, dass du dich im Namen der Menschlichkeit manchmal gegen Menschen stellen musst, die du kennst und die dir etwas bedeuten. Das ist mir nicht immer leichtgefallen.

Am 24. August war ich mit meiner Einheit, zehn Mann

und ein Leutnant, am Lehrter Bahnhof im Einsatz, der schon im Westen liegt. Nachmittags, so ungefähr um 16 Uhr, haben wir einen Mann gesehen, der mit einem Koffer auf den Gleisen in Richtung Westen rannte. Die Gleise waren offen, die konnte man nicht zumauern. Wir haben ein paar Mal in die Luft geschossen, aber der lief einfach weiter. Als er die Humboldthafenbrücke erreicht hat, ist er ins Wasser gesprungen, in den Spandauer Schifffahrtskanal. Die Mitte des Kanals ist die Staatsgrenze. Der Mann schwamm mit einer Hand, mit der anderen Hand hat er den Koffer hinter sich hergezogen. Es war Günter.

Der Leutnant hat gesagt: »Feuer frei, der darf nicht rüberkommen.«

Ich habe daran gedacht, dass es erst ein paar Jahre her war, dass ich selber in so einem Kanal geschwommen bin. Einhändig. Ich habe in der zweiten Hand keinen Koffer gehalten, sondern Wilhelm.

»Genosse Leutnant«, habe ich geschrien, »Genosse Leutnant, der ist doch schon in der Mitte vom Kanal, der ist doch schon über der Grenze, da dürfen wir nicht hinschießen.«

»Viktor Erdmann«, brüllte der Leutnant, »gibst du hier neuerdings die Befehle? Was eine Anweisung ist, das weißt du, oder? Hast du Eier, Erdmann, oder hast du keine? Feuern.«

Links und rechts von mir knallte es, die Genossen ballerten, was das Zeug hielt. Und plötzlich hörte ich die Stimme von Wilhelm, so, wie er immer mit mir geredet hat. »Viktor, die Konterrevolution darf auf keinen Fall siegen, verstehst du? Die Barbarei darf nicht triumphieren. Das darf ganz einfach nicht passieren.«

Dann habe ich die Augen zugemacht und ein paar Mal geschossen.

Als ich die Augen wieder öffnete, trieb Günter auf dem Rücken im Wasser. Den Koffer hatte er losgelassen. Ich weiß nicht, ob ich ihn getroffen habe, das werde ich niemals erfahren. Möglich ist es.

Wir haben Schlauchboote zu Wasser gelassen, um Günter zu bergen. Er blinzelte, also lebte er noch und trieb ein, zwei Meter jenseits der Kanalmitte, im Westen. Wir angelten mit Keschern nach ihm und bugsierten seinen Körper auf unsere Seite. Dann sprangen drei Mann ins Wasser, um Günter den Genossen im Schlauchboot entgegenzuheben. Das waren ich, der Leutnant und noch einer. Der Leutnant hat immer großen Wert darauf gelegt, dass er sich für nichts zu schade ist und jede Entbehrung oder Gefahr mit seinen Leuten teilt.

Das Wasser war ziemlich warm. Ich weiß nicht, was in mir vorgegangen ist damals. Es war eine wahnsinnig große Anspannung in mir.

Ich bin untergetaucht und habe zugebissen. Der Uniformstoff ist ziemlich dünn. Ich war gut in Form, wir waren alle austrainiert. Und ich habe so fest gebissen wie nie im Leben. Der Leutnant zappelte und strampelte mit den Beinen, aber ich habe einfach nicht locker gelassen, im Gegenteil, ich biss immer fester. Ich dachte, egal, ob ich ertrinke oder nicht, ich bringe diese Sache jetzt zu Ende. Dann spürte ich, wie sich beim Leutnant etwas sachte von seinem Körper löste, etwas wie zwei Kastanien, die im Herbst vom Baum fallen, das Wasser um uns färbte sich rot, und ich tauchte auf.

Es dauerte dieses Mal lange, bis ich wieder entlassen wurde. Der Westen war nicht daran interessiert, mich freizukaufen, wobei ich es, gegebenenfalls, selbstverständlich abgelehnt hätte, vom besseren in das schlechtere Deutschland zu wechseln, Freiheit hin oder her.

Ich galt als geisteskranker, sexuell perverser Gewalttäter und verbrachte einige Jahre in einer Klinik, bis ich, ohne dass ich behandelt worden wäre, für geheilt erklärt wurde und in ein Gefängnis wechselte. Nach meiner Entlassung beantragte ich meine Wiederaufnahme in die Partei, der Antrag wurde abgelehnt. Ich stellte ihn jedes Jahr neu, bis sie ihn endlich angenommen haben, kurz nachdem das Öl entdeckt wurde. In der Tauwetterphase. Da haben sie jeden genommen.

Gründungsmitglied der SED, so darf ich mich jetzt wieder nennen. Lebt überhaupt noch einer von denen, die 1946 im Admiralspalast waren? Oder bin ich wirklich der Letzte? Ein bisschen traurig finde ich die Tatsache, dass ich nie ein richtiger Arbeiter gewesen bin, mein Vater war es, mein Großvater, aber bei mir haben die Verhältnisse und der Lauf der Geschichte es nicht zugelassen. Gleich nach meiner Entlassung wurde ich in Rente geschickt. Ich gehöre zur Kategorie C, kritisch, aber besserbar. Ich komme zurecht. In unserem Staat muss niemand hungern.

Leider trinke ich zu viel. Das ging schon im Gefängnis los. Ja, man kommt schon ran an den Stoff, wenn man geschickt ist. Ich sitze in meiner Wohnung und trinke. Viel mehr ist nicht los bei mir.

Manchmal gehe ich spazieren, besonders gern im Westteil von Berlin, kannte ich kaum. Wie ärmlich das alles wirkt, wie grau, verglichen mit unserem prächtigen Sozialismus. Am Ende haben wir doch gesiegt. Unsere Opfer waren nicht umsonst.

Es muss Mitte der 90er Jahre gewesen sein, als ich im Westteil eine kleine, heruntergekommene Bar betrat, ein bisschen aus Nostalgie, als junger Mann habe ich ja eine Zeitlang in Bars verkehrt. Der Name gefiel mir, Paris Bar. Wie gerne hätte ich einmal Paris gesehen. Vielleicht war ich, ohne es mir eingestehen zu wollen, auf der Suche nach einem Abenteuer, einer Bekanntschaft, wer weiß. Ich war damals um die 70 und noch nicht jenseits von diesen Bedürfnissen, wie ich es heute bin.

In einer Ecke saß Olga Uljanowa. Ich erkannte sie sofort. Sie war ein wenig in die Breite gegangen, während mich die Jahre eher haben verschrumpeln lassen wie eine Backpflaume.

Sie war allein. Sie erkannte mich ebenfalls. Ich ging zu ihrem Tisch.

»Setz dich, mein kleiner Viktor. Trink einen Birnenlikör mit mir.«

»Du siehst gut aus, Olga.«

Sie lächelte. »Viktor, früher war es nicht nötig, mir solche Komplimente zu machen.«

»Was tust du hier?«

»Ich habe eine kleine Wohnung in Charlottenburg. Ich verbringe gern Zeit hier. Es ist hier nicht so glatt und so aufgeräumt wie im Osten. Der Westen von Berlin erinnert mich an das Moskau meiner Kindheit.«

Wir schwiegen einige Sekunden. Der Kellner brachte den Birnenlikör.

»Olga, ich habe oft an dich gedacht. Ich konnte nicht ... weißt du, ich habe lange im Gefängnis gesessen.«

»Davon habe ich gehört. Du bist ein impulsiver Mensch, Viktor. Du hattest sicher deine Gründe für diese außergewöhnliche Handlung. Bestimmt hast du aus diesem Leutnant einen besseren Menschen gemacht mit deinem radikalen Eingriff. Ich habe ihnen Geld gegeben, Viktor. Sie wollten dich liquidieren, im Krankenhaus. Als du wieder in die Partei wolltest, haben sie noch einmal nach Geld gefragt. Heute besitzen sie zum Glück genug davon.«

»Ich müsste dir danken. Aber ich schäme mich, Olga. Du hast mich so oft gerettet, und ich konnte dir nie etwas zurückgeben.«

»Das weißt du doch gar nicht, mein Kleiner.«

Wir fassten unsere Hände. Wir dachten beide das Gleiche. Da bin ich sicher. Wir konnten jederzeit aufstehen. Wir konnten in ihre Wohnung gehen. Oder in meine. Nichts hinderte uns. Zum ersten Mal hinderte uns nichts.

»Es ist zu spät«, sagte Olga. »Es ist vorbei.«

»Können wir nichts dagegen tun?«

»Es hat mich sehr gefreut, dich wiederzusehen. Ich werde jetzt gehen. »

Sie winkte dem Kellner. Mir schien, als unterdrückte sie Tränen. Aber vielleicht war das nur eine Wunschvorstellung. Dass sie wenigstens traurig ist.

»Eines noch. Was ist aus deinem Freund geworden? Für den du diese Tat begangen hast?«

»Günter. Sie haben ihn lebend an Land gebracht und ihm dann einen Genickschuss verpasst. Er ist der Erste gewesen, der an der Grenze gestorben ist. Die Westmedien haben eine große Sache daraus gemacht. Das ›Neue Deutschland‹ hat dann berichtet, dass Günter ein homosexueller Prostituierter und Berufskrimineller gewesen sei. Das stimmte natürlich nicht. Sie wollten alles kaputt machen, nicht nur seinen Körper.«

»Aber du bist wieder in der Partei.«

»Als wir uns zum ersten Mal getroffen haben – weißt du noch? Du hast gesagt, Stalin ist für uns alle wie ein Vater. So falsch war das gar nicht.«

Olga lachte zum ersten Mal. »Wir können nichts dagegen tun. Wie in einer Familie. Die Familie bleibt immer. Das stimmt. Leb wohl, mein Viktor.«

Sie stand umständlich auf und griff nach einem Stock, den ich erst jetzt bemerkte. Olga ging mühsam zur Tür, eines ihrer Beine zog sie nach. Auf der Kantstraße winkte sie nach einem Taxi.

Es dauerte Wochen, bis ich in meiner Jackentasche den Zettel fand, den sie mir hineingesteckt hatte. Auf dem Zettel stand: »Schlaf wohl, du kleiner Trompeter. Uns bleibt immer Belgrad.«

Sie ist nie wieder nach Berlin zurückgekommen. Ich habe monatelang jeden Tag vor ihrer Wohnung gewartet, bis eines Tages die Möbelpacker kamen. Die Nichte von Wladimir Iljitsch Lenin war gestorben.

# VII

Peuckert hat immer sehr auf seine Ernährung geachtet. Viel Tee. Viel Obst. Wenig Fleisch. Er ist ein Asket. Wenn er Alkohol trank, dann nie mehr als ein Glas. Dieses Glas hat er in kleinen, vorsichtigen Schlucken geleert, wie ein Vögelchen. Es war für ihn eine Erleichterung, als die ersten Bioläden in der DDR aufmachten. Meistens sind das, bis heute, Filialen von westdeutschen Ketten, Bio Company, Alnatura, Basic. Dieses randständige Geschäft hat der Osten dem Westen überlassen, auf dem Biosektor hat die DDR wenig Ehrgeiz entwickelt. Wenn du auf dem Biotrip bist, giltst du als potentieller Regimegegner, ein bisschen so, als ob du im Wiener Café verkehrst oder jeden Sonntag in die Kirche gehst. Ein richtiger Proletarier trinkt in großen Schlucken und isst schon zum Frühstück Schnitzel. Weil der Mensch ein Mensch ist, drum braucht er was zu essen, bitte sehr. In dieser Hinsicht bin ich ein lebendes Arbeiterdenkmal.

Yoga ist populärer. In den Schriften der sozialistischen Klassiker und auch im Liedgut der Arbeiterbewegung findest du nichts, womit eine Ablehnung fernöstlicher Entspannungsmethoden sich rechtfertigen ließe. Soll sich das Volk ruhig entspannen, warum denn nicht.

Einmal hat Peuckert mich in die Yoga-Schule mitgenommen. Das war am zweiten Sonntag im September, dem offiziellen Gedenktag für die Opfer des Faschismus. Die Schule lag am Kollwitzplatz, das weiß ich noch, und die Yogalehrerin war natürlich bildschön. Das sind Yogalehrerinnen fast immer. Ich fragte

Peuckert: »Alterchen, machst du Yoga, um schöne Menschen zu sehen, oder willst du selber schön werden?« Da war er ein bisschen sauer, zu Recht. Übertrieben eitel ist er wirklich nicht.

Die Yogalehrerin sprach vor den Übungen ein paar Worte zum Gedenktag. Dabei senkte sie den Kopf und schloss die Augen. Es war warm, ein bisschen Sommer war noch übrig. Das Septemberlicht schimmerte in ihrem kastanienbraunen Haar. Die Yogalehrerin erinnerte an den Mut der Antifaschisten in Buchenwald und an die antifaschistische Grundhaltung der DDR. Dann sagte sie, dass wir jetzt alle den Sonnengruß machen sollen, um damit die Antifaschisten zu ehren. Der Sonnengruß ist eine der einfachen Yoga-Übungen, auch Anfänger kriegen den hin. Wir machten also den Sonnengruß. Die Yogalehrerin blieb dabei stehen. Nach einigen Sekunden hob sie den Kopf und sah uns an. »Spürt ihr die antifaschistische Energie?«, fragte sie. »Spürt ihr, wie sie fließt?«

Die zwei Stunden waren anstrengend, aber ich fand es ganz gut. Das mit dem Sonnengruß zu Ehren der Antifaschisten war aber ganz klar Kitsch. Peuckert schmunzelte, als ich ihm das sagte. »Sie war mal eine große Hoffnung der Partei. Dann ist sie ausgetreten. Sie hat so lange Ärger gemacht, bis ihr die Partei die Yogaschule geschenkt hat, um ihre Energie in andere Kanäle zu lenken. Spirituelle Kanäle. Hat geklappt.«

»Ja, sie ist schon gut.«

»Du musst ein Interview mit Gysi machen. Das ist nicht schwierig, er gibt gerne Interviews. Es gibt einige Geschichten über sie und ihn. Sie heißt Sahra Wagenknecht.« Ein paar Tage nach diesem Gespräch erschien eine Geschichte, die ihn bekannt gemacht hat. Er muss lange recherchiert haben. Ich wusste nichts davon. Peuckert misstraute mir, das war offensichtlich. Oder war er ein anderer als der, den ich zu kennen glaubte?

# ROBOTRON

Sie haben gedroht, mir das Bürgergeld zu streichen, falls ich nicht unverzüglich eine Arbeit aufnehme. Binnen zwei Wochen ist die Meldung beim Amt fällig. Ich brauche keinen Zusatzverdienst, das Bürgergeld reicht vollkommen, aber darum geht es ja nicht. In der DDR haben wir nicht nur das Recht auf Arbeit, sondern auch die Pflicht zu arbeiten. Ein Überbleibsel aus jener Zeit, als das Land von Tischlern und Dachdeckern regiert wurde. Von Leuten, die schon mit 14 in eine Fabrik mussten, wo ihre Lehrmeister ihnen Kopfnüsse verpassten. Heute besteht die Nomenklatura aus zartfingrigen Absolventen der Parteihochschulen, aber das proletarische Leben wird immer noch schwülstig verehrt.

Ich klicke mich durch die Stellenangebote im Nationalnetz. Die üblichen Hilfsarbeiten auf den Ölfeldern, Bohrwerksreiniger, Pipelineläuter, Knochenjobs, für die sie meist nur noch Leute aus dem Westen finden. Aber dann entdecke ich doch etwas Interessantes. Gesucht werden Tellerwäscher und Masseure. Das eigentlich Spannende ist der Arbeitgeber: VEB Kombinat Robotron in Dresden. Die Hightech-Schmiede der DDR, die volkseigene Antwort auf Apple, Microsoft, Samsung und Co. Da wollte ich schon lange mal hin. Einmal den Ort aus der Nähe sehen, an dem sie unsere legendären Computer machen. Den superschnellen Taschen-Computer R 4000, den die Partei allen Kindern zum Schulanfang in die Zuckertüte steckt. Oder den wirklich mit sämtlichen Raffinessen ausgestatteten Volkscomputer R 601, dessen Preis-Leistungs-Verhältnis westliche Touristen immer wieder zu Verstößen gegen die Zollgesetze der DDR animiert.

Ich bewerbe mich per Netzbrief in Dresden. Ich sei Praktiker der Grinberg-Methode und würde gern als Masseur bei ihnen arbeiten. Ein Ausbildungszertifikat hänge ich an, es ist gefälscht, die Kosten waren nicht unerheblich. Schon nach einer halben Stunde kommt Antwort: »Grinberg-Methode? Es geht bei uns um einfache Massagen. Verspannte Nacken, schmerzende Bandscheiben, Kopfweh nach der Bildschirmarbeit.«

Gerade die Grinberg-Methode, schreibe ich zurück, sei für diese Probleme eine geniale Lösung. Keine Ahnung, ob das stimmt, aber sie glauben mir. Ich bekomme einen Vertrag, am nächsten Ersten werde ich in Dresden erwartet. Zuvor lasse ich mir von einem Freund die Grinberg-Methode erklären. In der Bundesrepublik ist Grinberg heute extrem erfolgreich. Eine Verbindung aus Massage und therapeutischem Parlando. Eine Physiotherapie für die Seele, sagt der Freund. Seit sie massenhaft arbeitslose West-Therapeuten ins Land lassen, wird die Methode auch bei uns angeboten. Mittlerweile gibt es sogar DDR-Bürger, die in derartigen Künsten ausgebildet sind. Ich gehöre nun dazu, mit einem echten Stempel auf dem gefälschten Kopfbogen.

Der Freund zeigt mir ein paar typische Handgriffe, ich darf sie an ihm ausprobieren. Er findet, ich bin begabt.

Heiner Müller hat mal gesagt, diktatorische Staaten gehen unter, weil die Enkel der Staatsgründer musische Neigungen entwickeln. Falls es nicht musische Neigungen sind, möchte man hinzufügen, dann vielleicht ein allzu großes Interesse an psychologischen Problemen. Das hält keine Diktatur auf Dauer aus. Entweder funktionieren die Bürger, oder sie kümmern sich um ihre Seelen. Eines Tages wird die DDR nicht nur reich, sondern auch weich sein. Und genau dann geht sie unter.

Beim Anblick der Robotron-Zentrale wird dir der Nacken steif. Ein Turm, mitten in Dresdens Stadtzentrum, 60 Geschosse, Fassade aus Spiegelglas. Der Turm hat die Form eines riesigen R. R wie Robotron. Um das R herum zieht sich ein Betonwall, weiß, etwa vier Meter hoch. Ähnlichkeiten mit der Berliner Mauer sind bestimmt kein Zufall. Im Westfernsehen habe ich eine Dokumentation über Robotron gesehen. Die Journalisten wollten das Innere des Turms filmen, aber es gab keine Genehmigung. Wie es bei Robotron im Allerheiligsten aussieht, durfte nur an einem Modell dargestellt werden. Auf den unteren Etagen liegen die Reinsträume. Darüber Hunderte von Büros für die Creme der ostdeutschen Computerintelligenz. Weiter oben residiert ihr Parteisekretär. Ganz in der Höhe allein das Büro von Professor Mehdorn, dem Generaldirektor.

Hartmut Mehdorn hatte den Westjournalisten ein Interview gegeben. Er sprach über das »Wunder von Dresden«. Robotron-Computer sind heute genauso gut wie die Spitzengeräte aus Asien und Amerika, eine überraschende Entwicklung, wenn man bedenkt, wie hilflos unsere Mikroelektronik noch vor zwei Jahrzehnten wirkte. Mehdorn erklärte das Wunder mit der menschlichen Qualität der sozialistischen Produktion. Selbstverständlich gäbe es in Dresden Wettbewerb, er sei ein ausgemachter Freund des Wettbewerbs, aber seine Leute konkurrieren unentfremdet. Alle bekommen das gleiche Gehalt, man kämpft nicht um die dickste Lohntüte, sondern um den Status des wertvollsten Mitarbeiters. Wer bringt seine Fähigkeiten am besten in den Produktionsprozess ein, wer trägt am meisten zum Ansehen des Kombinates bei. Mehdorn hatte Karl Marx zitiert. Der wahre Mensch gibt sich erst im Sozialismus zu erkennen. Der innerste Mensch, der von der Gesellschaft zu seinem innersten Menschsein befreite Mensch.

»Spielregel Nummer eins: Der Turm ist tabu. Absolut und definitiv tabu. Tabuer geht's gar nicht.«

Ich sitze bei Robotron in der Kaderabteilung. Ziemlich edles Büro, gekühlte Luft, riesiger 3D-Monitor. Ein junger Kadermann erklärt mir, was ich im Werk tun darf, und vor allem, was ich nicht tun darf.

»Spielregel Nummer zwei: Lauf unseren Leuten nicht vor den Füßen rum. Die haben zu tun.«

Nur das Stammpersonal darf den Sperrkreis um den Turm betreten. Ich soll mich in der Nähe meiner Massagekabine aufhalten, in einem älteren Teil des Werks, weitab vom Turm. »Unsere Erfolge machen das Ausland nervös«, sagt der Kadermann. »Da müssen wir die Gardinen dicht halten.«

Die Kabine steht am Ende einer Ladenstraße. Links nebenan die Louis-Vuitton-Verkaufsstelle, rechts der Rolex-Stützpunkt. Ich teile mir den Raum mit zwei Kollegen, zu jeder Tages- und Nachtzeit ist hier eine erquickende Massage im Angebot. Als Neuling mache ich zuerst die ungeliebte Schicht zwischen zehn Uhr abends und sechs Uhr morgens, die Saure-Gurken-Zeit. In den ersten Nächten lässt sich kaum ein Angestellter blicken, und wenn, dann sind die Leute schweigsam. Ich knete an ihren Nacken und Schultern herum, sie bedanken sich knapp, bevor sie wieder hinter dem Betonwall verschwinden. Keine Ahnung, ob sie mit meinen Künsten zufrieden sind. Ich bin hier, weil ich das

Innenleben des Robotron-Planeten kennenlernen will, die Gründe für ihren Erfolg, wie sie ticken, woran sie glauben, aber im Moment habe ich nur mit der Außenhülle einiger wortkarger Computerfreaks zu tun. Der berühmte Turm, den ich so gern aus der Nähe sehen möchte, scheint unerreichbar fern. Gleich am ersten Abend bin ich zu dem einzigen Durchlass in der weißen Mauer gegangen und habe in die Fenster eines Wachgebäudes geschaut. Eine schmale eiserne Tür, davor sitzen Uniformierte. Einer entdeckt mich, drohend springt er auf und greift an seine Pistolentasche.

Die Stunden nach Mitternacht sind zäh. Man kämpft gegen den Schlaf. Ich habe Dutzende Artikel über den Israeli Avi Grinberg in meinem Handcomputer gespeichert. Ein R 2002 übrigens, Spitzenprodukt aus Dresden, ultraklein und federleicht. Mit brennenden Augen lese ich von der Methode, die ich hier angeblich praktiziere. Bereits Ende der 70er hat Avi Grinberg eine Synthese aus den damaligen Hotspots der Körper- und Seelenarbeit geschaffen. Biodynamische Entspannungsmassage, Atemtechnik, Energielehre nach Wilhelm Reich. Ein Best of, vollkommen unideologisch.

»Pennen Sie schon?« Die Stimme schreckt mich aus allen Gedanken. Sie ist metallisch-heiser, scharf und durchdringend. Kommandoton, kein Zweifel. Es ist Donnerstagmorgen, drei Uhr. Vor mir steht Hartmut Mehdorn, ich erkenne ihn sofort.

»Nein, Genosse Generaldirektor«, sage ich und nehme Haltung an. Mehdorn soll wissen, dass ich weiß, wer er ist. Vermutlich macht er gerade einen nächtlichen Kontrollgang durch sein Reich, ohne Begleitung.

»Massage gefällig, Genosse Generaldirektor?« Ich sage das eher zum Auflockern der Situation, um etwas souveräner zu erscheinen, wenn ich schon mit Händen an der Hosennaht vor ihm stehe. Mehdorn winkt nur ab und geht weiter. Aber dann, nach ein paar Schritten, bleibt er doch stehen. Ich sehe, wie es in ihm arbeitet. Er kommt zurück. Wie so viele große Männer ist der Generaldirektor erstaunlich klein. Als er sich bei mir in den Sessel fallen lässt, ragen seine Schultern kaum über den Rand der Lehne hinaus. »Na, dann machen Sie mich mal locker!«, sagt er und schließt die Augen.

Ich kenne ein paar Fakten aus Mehdorns Biographie. Als junger Mann war er Leistungssportler, Ruderer, Anfang der 60er hat er in Westberlin sogar eine Landesmeisterschaft gewonnen. Trotz des vorgerückten Alters scheint Mehdorn noch gut in Form. Ein Muskelpaket. Wo ich auch hinfasse, Schultergürtel, Nacken, überall ist es fest. Besonders die Kinnpartie wirkt, als wäre sie aus Stahl. Es dauert ein bisschen, bis mir klar wird, dass es sich nicht um normale Muskelspannung handelt. Dafür fehlt dem Gewebe das Spiel. Ich drücke und presse, nichts gibt nach. Als ich Mehdorns Schläfen berühre und mit sanft kreisender Bewegung meine Finger Richtung Kinnspitze wandern lasse, stöhnt er auf. Auch ohne solide Grinberg-Ausbildung ahne ich, wo hier der Hammer hängt.

»Neigung zu Kopfschmerzen, Herr Mehdorn?«

Ich lasse den Genossen Generaldirektor einfach weg, jetzt, wo wir uns so nahe gekommen sind.

Mehdorn öffnet die Augen, schnaubt Luft durch seine Nasenflügel. »Neigung? Aspirin ist meine Leibspeise.«

Avi Grinberg empfiehlt bei starken Verspannungen der Klienten einen stärkeren körperlichen Einsatz des Therapeuten.

»Ich würde das gern etwas gründlicher machen«, sage ich vorsichtig. »Ich denke, nur so kann ich wirklich was gegen Ihren Kopfschmerz tun.«

»Wohl eine Art Wunderheiler?« Er lacht verächtlich, zieht trotzdem gehorsam das Hemd aus. Gewaltig wölbt sich der Trapezmuskel im Rücken des Generaldirektors. Ich schließe den Vorhang.

Hartmut Mehdorns Entschluss, 1997 in die DDR zu gehen und die Führung bei Robotron zu übernehmen, hat im Westen wilden Hass ausgelöst. Fahnenflucht, hieß es, Verrat. Es war das Jaulen von Leuten, die sich durch die zunehmende Arroganz der DDR ohnehin gedemütigt fühlten. Wie man hörte, wurde Mehdorn damals sogar die Leitung der Bundesbahn angeboten, um ihn zum Bleiben zu bewegen. In der DDR avancierte er zu einer Art Superstar, eine Generaldirektoren-Legende, mit Professorentitel und vielen Auftritten im Fernsehen. Er hat das Ohr der Parteispitze, auf Kongressen bestaunen sie ihn als Wundertier. Vor Westjournalisten verweist Mehdorn stets auf die enormen Gestaltungsmöglichkeiten seines Amtes, aber er lässt auch Sympathien für sozialistische Ideale durchblicken, die man dem einstigen Burschenschaftler und Reserveoffizier der Bundeswehr nicht ohne weiteres zugetraut hätte.

Ich bin nervös. Kann ich Mehdorn, der nun bäuchlings vor mir liegt, mit meinen schmalen Kenntnissen täuschen? Lässt sich ein Mann wie Mehdorn überhaupt täuschen? Ich sehe mich schon als Hochstapler entlarvt und an den betriebseigenen Pranger gestellt.

Konzentriert streiche ich über Mehdorns Rücken. Der Generaldirektor hat sein Gesicht zur Seite gedreht, die Augen blinzeln müde.

»Langer Arbeitstag, Herr Mehdorn. Es ist drei Uhr morgens. Sie brauchen Schlaf.«

»Schlaf – was ist das?«, kommt es von unten.

Im Lauf der nächsten Viertelstunde erkunde ich Mehdorns Dorsalmuskulatur. Ich beginne am Schultergürtel, gehe dann in die zentralen Rückenpartien über. Langsam suche ich mir einen Weg durchs Muskelgebirge. Die Kraftfelder in Mehdorns Körper sind genau zu spüren. Es sind mächtige Kraftfelder. Die ungeheuren Energiereservoire eines Mannes, der als Platzhirsch zur Welt gekommen ist. Ozeane aus Testosteron und Adrenalin. Aber die Energie scheint wie festgefroren. Geronnen, verdichtet, zum Block gepresst. Besonders extrem ist es, als ich in die Gesichtsregion komme. Ich will Mehdorns Kinnspitze nach unten ziehen, um den Mund etwas zu öffnen, aber nichts passiert. Sein Kiefer ist ein Muskelkrampf, der Mund eine Panzerluke. Ich erhöhe Druck und Tempo, ich streiche, reibe, presse, schlage. Ich attackiere die steinernen Massen, bis mir der Schweiß auf die Stirn tritt. Tief atmen! Ruhig! Immer tiefer! Ich bewege mich nicht mehr. Er soll spüren, wie die Luft um ihn in Schwingung ist. Wie sein Körper pulsiert.

Irgendwann beginnt Mehdorn zu seufzen. Ein paar Minuten später stöhnt er plötzlich auf, erst leise, dann kräftiger. Seine Gesichtszüge haben sich entspannt, er wirkt jünger jetzt, die Haut ist gerötet, fasst sich warm an. Avi Grinberg meint, eine Massage nach seinen Regeln könne eine tiefenpsychologische Behandlung ersetzen. Mit emotionalen Durchbrüchen sei jederzeit zu rechnen. Irgendwo habe ich den Begriff Panzerschmelze gelesen.

In Mehdorns Augenwinkel entdecke ich eine Träne. Höchste Zeit für Teil zwei der therapeutischen Intervention à la Grinberg, das psychoanalytische Gespräch.

»Herr Mehdorn, irgendwas läuft schief. Wenn ich Ihre Körpersprache jetzt mal als Botschaft nehme.«

»Alles ist gut!«, sagt er mit merkwürdig hoher Stimme.

»Ihr Körper, Herr Mehdorn, verrät etwas anderes.«

»Mein Körper funktioniert!«

»Ja. Aber Sie fühlen sich nicht wohl in Ihrem Körper. Wollen Sie darüber reden?«

»Nein!«

»Dann werden Sie weiter unglücklich sein.«

Mehdorn beginnt zu schluchzen. Sein Leib ist in schlangenartige Bewegung geraten. Zuckungen laufen durch den gesamten Muskelapparat.

»Ich habe Kopfschmerzen jeden Tag. Ich schlafe nicht.«

»Wie ist es mit Sex, Herr Mehdorn?«

Er jault auf.

Ich finde, er könnte sein Leben optimistischer betrachten. Er ist Chef eines der spannendsten Unternehmen der Welt. Supergehalt, Ruhm, vermutlich Zugriff auf die heißesten Frauen der DDR. Als ich ihm das sage, stürzen Tränen aus seinen Augen. Es scheint der falsche Trost, hundertprozentig. Aber ich habe doch recht, verdammt noch mal.

»Ich verstehe das nicht, Herr Mehdorn. Sie sind der Boss von Robotron! Sie sind der mächtigste Computerbauer der Welt!« Vielleicht hilft Mehdorn ja die klare Ansprache unter Männern. »Herr Mehdorn! Millionen Kerle auf dieser Welt stünden wahnsinnig gern da, wo Sie stehen.«

»Was wissen Sie denn, wo ich stehe!«, ruft er. Über sein Gesicht rauschen die Elementarzustände. Verzweiflung, Angst, Wut, Hass. »Kommen Sie mit!«, schreit er plötzlich. Die Stimme klingt nicht mehr nach Metall. Da ist nur noch hysterische Auflösung. »Kommen Sie mit! Ich zeige Ihnen, wie ich leide. Wie weh das tut.«

Er springt auf und stürmt aus der Kabine. Wir laufen Richtung Turm. Die Volkspolizisten im Wachhäuschen salutieren: »Keine besonderen Vorkommnisse, Genosse Generaldirektor!« Mehdorn antwortet nicht.

Dann stehen wir vorm Turm. Eine stählerne Schleuse, weder Klinken noch Schlösser. Mehdorn schaut in ein Kameraauge, sagt laut und deutlich seinen Namen. Vermutlich prüft ein Sensor die Retina und seine Stimme. Druckluft zischt in den Türverriegelungen. Hinter der Schleuse beginnt eine faszinierende Hightech-Landschaft. Videowände voll flackernder Organigramme, grellweiß leuchtende Cybertische, überall drehen sich Roboterarme. Sie heben Teile aus Computergehäusen, schwenken in andere Computergehäuse hinein, drehen sich wieder heraus. Überraschenderweise sind nirgendwo Arbeiter zu sehen.

»Geht es ganz ohne Menschen?«, frage ich.

»Als ich hier angefangen habe«, flüstert Mehdorn heiser, »gab es noch Versuche, Computer zu bauen. Das ist lange vorbei.«

»Und das? Was ist das hier?«

Er reibt sich die geröteten Augen. »Schmierentheater. Das ist Schmierentheater!«

Wie eine Marionette stolpert Mehdorn durch endlose Reihen still vor sich hin arbeitender Maschinen. »Eine Montagestraße«, ruft er. »Vollautomatisch. Schweizer Fabrikat.«

Er zeigt auf einen Punkt am äußersten Rand der Halle. »Da vorn kommen Spitzengeräte aus Japan, Korea und den USA aufs Band. Die werden komplett auseinandergenommen, alle Logos unkenntlich gemacht. Danach setzen Roboter die Bauteile neu zusammen. Der beste Prozessor kommt von Apple, bei den Grafikkarten nehmen wir Sony, wegen der Farben, die größten Speicher baut Samsung.«

Mehdorn sinkt auf einem Stapel Computergehäuse zusammen. »War alles meine Idee.«

Er presst seine Stirn an die stählerne Hülle eines Roboters. Vermutlich haben seine Kopfschmerzen sich zurückgemeldet.

»Ich habe doch alles versucht«, wimmert er. »Güte, Strenge, Drohung, Schmeichelei, es war sinnlos. Der Ostmensch ist nicht motiviert. Sie träumen nicht vom Erfolg. Sie zittern nicht vor Misserfolgen. Sie kennen die Gier nicht. Ich sage: Seid doch mal kreativ! Ihr müsst das Alte zerstören, damit was Neues entsteht. Aber wieso denn, antworten die, das Alte funktioniert doch prima. Das können wir doch so lassen.«

Der Generaldirektor vergräbt sein Gesicht in den Händen. »Verstehen Sie?! Das ist eine Verpackungsfabrik, die ich hier leite. Gegen mich war Potjomkin ein grundehrlicher Mensch.«

»Aber es gibt doch eine Robotron-Belegschaft«, sage ich entsetzt. »Die kommt jeden Tag ins Werk, zieht weiße Kittel an, geht acht Stunden später wieder nach Hause. Ich habe diese Leute selber massiert. Wo sind die? Was machen die?«

Ein bitteres Lachen schüttelt Mehdorn. »Hauptabteilung vierundzwanzig. Vortäuschung wirtschaftlicher Aktivitäten, Simulation produktiver Prozesse. Das sind alles ausgewählte Kader.«

Er starrt ins Leere. Seine Augen sind knallrot. »In diesem Land wird Öl verkauft. Weiter passiert nichts.«

Ich betrachte eine riesige Videowand, auf der Organigramme flackern. Simulationen eines Produktionsprozesses, den es nicht gibt. In meinem Rücken jammert der Robotron-Generaldirektor. »Ich hätte Bahnchef werden können. Drüben, in der Heimat. Ich habe Sehnsucht. So eine Sehnsucht.«

Als ich mich Sekunden später umdrehe, ist Mehdorn verschwunden. Ich rufe, niemand antwortet. Allein stehe ich in einer gespenstisch leeren Halle, in der Computer auseinander- und wieder zusammengebaut werden.

Kurz darauf höre ich das Zischen, mit dem sich hier Türen öffnen. Ein Mann und eine Frau in weißen Kitteln haben die Halle betreten. Ich gehe hinter einem Roboter in Deckung. Die beiden müssen ebenfalls zur Hauptabteilung 24 gehören, keine Ahnung, wie ich denen meine Anwesenheit erklären soll.

Der Mann legt sich auf einen Cybertisch, die Frau öffnet seinen Hosenschlitz. Verblüfft starre ich hinüber, Gott sei Dank haben die beiden keinen Blick für ihre Umgebung. Als das Stöhnen des Mannes die Drehgeräusche der Roboterarme übertönt, krieche ich Richtung Ausgang. Etliche Schleusen liegen vor mir, aber nur das Hineinkommen ist ein Problem. Von innnen lässt sich jede Tür durch Drücken eines roten Knopfes mühelos öffnen.

Es ist kurz nach fünf. Die Sonne erscheint über den Berghängen im Osten der Stadt. Natürlich ist es möglich, dass mein Erlebnis keinerlei Konsequenzen hat. Mehdorn steht psychisch auf der Kippe, vielleicht hat er mich bereits vergessen. Ebenso gut ist vorstellbar, dass sich in diesem Moment ein Exekutionskommando Richtung Massagekabine auf den Weg macht. Ich habe eine tolle Story, aber ich bin nicht glücklich. Bestimmt ist es das Beste, sich blitzartig aus dem Staub zu machen. Eine Krankschreibung reiche ich nach. Ich lasse mir vom Amt irgendeine Tätigkeit zuweisen, wenn es sein muss, gehe ich wieder als Jubeldemonstrant zum FDGB.

Zwei Stunden später stehe ich mit meinem Gepäck am Dresdner Hauptbahnhof. Erregte bayerische Stimmen sind zu hören. Eine Kolonne bundesdeutscher Gastarbeiter reinigt die Marmortreppe, die von den Gleisen zur Stadt führt. Sie diskutieren über das Achtelfinale der Champions League. Vorgestern hat Dynamo Dresden haushoch bei den Bayern gewonnen. Hinterher haben sie Uli Hoeneß im DDR-Fernsehen gefragt, ob er Mitleid mit seinem ehemaligen Verein habe. Hoeneß hatte lächelnd verneint. Er sei der Manager von Dynamo Dresden. Hier fühle er sich zu Hause, hier lebe seine Familie, hier zahle er seine Steuern.

»Der Hoeneß lügt, wenn er dös Maul aufmacht«, ruft einer der Männer erbittert.

»Moanst, er hat doch Mitleid?«, fragt sein Nebenmann hoffnungsvoll.

»Noa! I moan die Steuer. In der DDR hams doch gar keine Steuer mehr.«

PS: Anderthalb Jahre vergingen, bis ich meine Robotron-Geschichte endlich publizieren konnte. Weil niemand mir glaubte. Es wurde behauptet, ich sei während einer Nachtschicht eingeschlafen und hätte die Begegnung mit Hartmut Mehdorn nur geträumt.

Anderthalb Jahre, in denen ich nie frei von Sorge gelebt habe. Mein Herz raste, wenn ich nachts auf der Straße hinter mir Schritte hörte. Wenn bei einsamen Spaziergängen im Wald ein Wanderer auf mich zukam, das Pilzmesser in der Hand. Erst nach der kalifornischen Virus-Affäre, als die gesamte Produktion bei Apple monatelang ausfiel und plötzlich

auch keine neuen Robotron-Computer mehr auf den Markt kamen, änderte sich die Stimmung. Zwar werde ich von linksgläubigen Zeitgenossen nach wie vor als antisozialistischer Hetzer angefeindet, aber immer häufiger verweisen Kollegen im Westen auf meine Dresdner Erlebnisse, wenn über den tatsächlichen Zustand der DDR-Ökonomie diskutiert wird.
PPS: Mein Erfolg als Grinberg-Therapeut hat mich natürlich weiter beschäftigt. Eine Panzerschmelze sei auch für erfahrene Therapeuten ein seltenes Ergebnis, hat der Freund mir versichert. Ich habe eine Ausbildung zum Praktiker der Grinberg-Methode begonnen. Ein zweites Standbein kann im heutigen Berufsleben sicher nicht schaden.

# VIII

Peuckert hat natürlich nie die Ausbildung zum Grinberg-Therapeuten gemacht. Das ist einfach erfunden. Der Rest seines Textes entspricht meiner Meinung nach halbwegs den Tatsachen, bis auf die Schwierigkeiten, die er angeblich jahrelang hatte, um einen Abnehmer für den Text zu finden. Viele im Westen hassen Mehdorn, weil er in seiner Westzeit der härteste aller harten Hunde gewesen ist. Eine Geschichte, in der Mehdorn weint, reißen sie dir in der BRD aus den Händen. Selbst wenn anschließend nie wieder eine Anzeige von Robotron geschaltet wird – Mehdorn weint! Wahnsinn.

Diese Geschichte hat Peuckert also bekannt gemacht, obwohl er unter einem erfundenen, auffällig unauffälligen Autorennamen erschien, Thomas Stark. Zum ersten Mal hieß es, dass da einer so ähnlich arbeitet wie der Günter Wallraff im Westen, mit vollem Einsatz der Person. Ich sehe da eher Parallelen zum amerikanischen New Journalism. Wieder habe ich mich gefragt, warum er damit durchkommt. Bis mir auffiel, dass Mehdorn nach dem Erscheinen der Geschichte gefeuert wurde. Wenn ich, nur mal theoretisch, bei der Stasi ein hohes Tier wäre und mir überlegen würde, wie man den Wichtigtuer Mehdorn elegant los wird, na, dann würde ich wohl einen meiner literarisch begabten Leute so eine Geschichte verfassen lassen.

Mehdorn hat gegen Peuckert geklagt. Er musste vor einem

DDR-Gericht klagen, der Ärmste. Die Mühe hätte er sich sparen können.

Es vergingen nur ein paar Monate, bis sein nächster Text erschien. Peuckert wurde mutiger.

# BUCHMESSE LEIPZIG

1.

Traditionell beginnt die Leipziger Buchmesse mit einer Rede ihres charismatischen Direktors. Sascha Anderson, hier von allen nur »der Bücherpapst« genannt, kommt bei solchen Gelegenheiten gern auf die Stationen seines langen Karrierewegs zu sprechen. Der 60-Jährige redet blumig, im Sound des frühen Brecht der expressionistischen Balladen. »Ich stamme aus den literarischen Wäldern des Prenzlauer Bergs. Schon in meiner Mutter Leib versehen mit dieser fatalen Leidenschaft für Bücher und für all jene, die sie zu schreiben vermögen. Nie wird mir das Wissen um die Bücherwelt zu groß oder zu schwer. Die einzige Gier meines Lebens ist die Neugier.«

Das klingt hochtrabend, aber es entspricht der Wahrheit. Während der langen Buchmessetage ist Anderson förmlich überall, stets hat er ein offenes Ohr für seine Gäste, zieht nicht nur prominente Literaten ins Gespräch, sondern taucht überraschend noch in der kleinsten Verlagskoje auf. Er steht bescheiden am Rand abendlicher Diskussionsrunden, sagt wenig, macht sich ab und zu ein paar Notizen.

Nach Anderson springt Kulturminister Gregor Gysi ans Pult. Schon der Anblick seines fröhlich glänzenden Kugelkopfes treibt die Stimmung im Publikum weit nach oben. Gysi spricht kurz und pointiert, die Leute wischen sich Lachtränen aus den Augen. »Leser dank Laser«, wortspielt der

Minister und meint damit die Technologie der neuen Buchspeicher von Robotron. Rechtzeitig zur Messe haben sie in einem gewaltigen Kraftakt alle Texte der sogenannten progressiven Weltliteratur digitalisiert und im Empfangsbereich des DDR-Nationalnetzes kostenfrei zum Herunterladen bereitgestellt.

»Die progressive Weltliteratur«, sagt Gysi, »ist die Speisepilzpopulation im Wald der Texte.«

Wie zuvor Anderson benutzt auch der Minister den Wald als Metapher, was der intellektuellen Zuhörerschaft in Leipzig sofort auffällt. Man spürt, wie sie in den Reihen grübeln. Steckt eine Absicht dahinter? Etwa ein Fingerzeig auf anstehende kulturpolitische Maßnahmen? Werden hier Kurskorrekturen angekündigt, vielleicht die Bereitschaft der SED, im Land mehr literarische Wildnis zuzulassen?

»Unser Nationalnetz«, sagt Gysi dann allerdings, »stellt ausschließlich die progressive Weltliteratur dem allgemeinen Genuss zur Verfügung. Es wird da draußen einige geben« – der Minister äugt schelmisch über den Rand seiner Lesebrille –, »die nun sagen, ja, das sind die Speisepilze. Aber wir essen so gerne auch mal eine Stinkmorchel. Liebe kritische Freunde« – Gysi wird vom Lachen des Auditoriums angesteckt –, »liebe kritische Freunde! Stinkmorcheln servieren wir nicht in unserem Nationalnetz. Wer unbedingt Dünnschiss will, muss sich seinen Magen woanders verderben.«

2.

»Jana wartet stumm, das Madonnengesicht umweht vom schimmernden Aschblond langer, voller Locken, noch immer trägt sie Handschuhe, deren mattes Grau mit dem Rot knielanger Stiefel betörend kontrastiert; und während in Christians Kopf die Orthodoxie weiter um Einfluss kämpft, hat in seinen Lenden bereits ein dissidentischer Diskurs begonnen.«

Geschätzte 2000 Besucher kommen in die größte Halle des Messegeländes, um Maria Kant zu hören. Der Superstar der ostdeutschen Literatur wird mit feurigem Applaus begrüßt, die Gesichter der Leute haben etwas Schwärmerisches. Maria Kant wirkt klein und verletzlich vor dem Riesenauditorium, Jeans und Kapuzenjacke lassen sie wie eine Studentin aussehen. Sascha Anderson nennt die Kant in seiner Anmoderation die schönste Seite unserer Nationalliteratur.

In der knisternden Stille liest Maria Kant aus ihrem neuen Roman »Nachsaison«. Hauptfiguren sind Christian und Jana. Die beiden Enddreißiger – er ein Chefingenieur auf Neubrandenburgs Ölfeldern, sie Oberärztin in Potsdam – begegnen sich im Spätsommer am Strand von Hiddensee. Wie in allen Kant-Romanen geht es um rauschhafte Liebe, die in unterkühlte DDR-Wohlstandswelten einbricht. Kants Figuren sind beruflich erfolgreich, gutsituiert und durchaus der Meinung, sie lebten in der besten aller Welten. Bis ein wildes Begehren ihre Hirne zu versengen beginnt.

»Ein Diskurs, der Christian nun vorwärtsreißt, heraus aus allen Zähmungen, in die letzte unkorrigierbare Nähe zu dieser Frau, an deren Körper er im selben Moment die Verwandlung spürt, das Werden von Transparenz, Öffnung; und es ist diese Verwandlung, oder, um es besser zu sagen: der Sog, den sie in seinem Unterleib auslöst, der beide in einen Strudel hautweicher Berührungen stürzt, in das alte Spiel geteilter Düfte, die Vermischung flüssiger Essenzen.«

Maria Kant schreibt von der Liebe im Sozialismus, von ihrer Erstarrung und Deformation, von bürokratischen Routinen und trennenden Mauern, und wenn sie von der Liebe schreibt, meint sie damit auch und vor allem Sex. Die populärste Autorin des Landes schreibt pornografisch, aber auf Thomas-Mann-Niveau. Lange, kunstvoll gebaute Sätze, die das sinnliche Begehren bis in letzte Verästelungen sezieren, dann jedoch die Wonnen der körperlichen Liebe dreist zupackend beschreiben.

»Einen Augenblick lang überraschen Christian die Töne, die aus dem Leib der Frau heraufdringen, von ganz weit innen herauf, dunkle, volltönende Laute, auf den tiefsten aller Vokale gestimmt, das magische U, sie überraschen, fast erschrecken sie ihn, bis er begreift, dass es die Lust selber ist, die im Körper der Geliebten zu singen anfängt; und dann, dann beginnt etwas, von dem Christian viel später sagen wird, dass es der Fick seines Lebens gewesen ist, Loch und Schwanz, Stoßen und Reiben, Fließen und Ergießen, ein schweißnasser Ritt, weit über die Grenzen des Sag- und Vorstellbaren hinaus. ›Ich brauche es kräftiger‹, stöhnt Jana, und Christian versteht das als Befehl –«

Wie Sirenengesang schwebt Maria Kants mädchenhaft helle Stimme durch die Leipziger Messehalle. Das Publikum hält den Atem an.

3.

Von solchen Erfolgen kann der gemeine DDR-Schriftsteller nur träumen. Die Literatur hat ihre einst so gewaltige Bedeutung verloren, jeder merkt es, der eine Buchhandlung oder öffentliche Bibliothek betritt. Wenige Kunden, dösende Angestellte, Staub auf den ausliegenden Büchern. Das Gysi-

Ministerium tönt unverdrossen vom »Leseland DDR«, teure Kampagnen werden gestartet, etwa ein nagelneues »Bitterfeld-Stipendium«. Alle Bitterfeld-Stipendiaten bekommen einen Schreibplatz mitten in einem großen Industriebetrieb. Ein Tisch, in einer Werkhalle, ein Pult, irgendwo am Fließband. Man setzt sie direkt hinein ins proletarische Treiben, der Arbeiter darf ihnen jederzeit über die Schulter schauen, sie dürfen das Gleiche beim Arbeiter tun. Was auf diese Weise entsteht, wird veröffentlicht. Es kann nicht unwichtig sein, davon sind die Funktionäre überzeugt.

Malte Mirsch ist 24 Jahre jung und seit kurzem im Genuss dieser Förderung. Mit wuchtigen Schritten betritt der Autor die Koje, in der sein Verlag zur Pressekonferenz bittet. Mirsch trägt Schiebermütze, derbe Lederjacke, Zimmermannshosen. Ein dröhnendes »Mahlzeit, Kollegen!« begrüßt die anwesenden Journalisten. Rasch füllt der Duft seines Aftershaves den kleinen Raum. Etwas betörend Intensives, nobel, vielleicht Gucci oder Dior.

Mirschs erster Roman »Wärmetauscher« ist zur Buchmesse erschienen. Eine Jugendgeschichte aus der DDR unserer Jahre. Das Porträt einer Generation, die auch die des Autors ist, erklärt sein Lektor. Sehr realistisch und außerordentlich packend geschrieben.

Was er denn für das Wichtigste an seiner Generation halte, wird Mirsch aus dem Publikum gefragt. »Die gesunde Härte«, kommt es ohne Zögern. »Wir haben Öl unter den Nägeln. Aber das stört uns nicht.« Als der Schriftsteller eine gewisse Ratlosigkeit bei den Zuhörern bemerkt, wird seine Stimme laut: »Unser ästhetisches Ideal ist die Ofenzone einer modernen Großraffinerie. Unser Temperament entspricht den Druckverhältnissen am Fuß einer Eruptivbohrung.«

In der vordersten Reihe stellt sich ein Herr als Mitarbeiter der Hamburger »Zeit« vor. Ob in Mirschs Roman auch Kritik am politischen Alltag der DDR ihren Platz finde. Mirsch hat seine Lederjacke abgestreift. Darunter trägt er ein ärmelloses Shirt, das die prächtigen Bizepse gut zur Geltung bringt. Seine Arme sind kunstvoll tätowiert, bis hinunter zu den Handgelenken. Drohend schaut er dem Frager ins Gesicht. »Gewisse Formen des bürgerlichen Geschwafels gehen mir auf den Sack!«

Sein Lektor lächelt. Mirschs Literatur sei zukunftsweisend, was den Sozialistischen Realismus in der DDR angehe. »Wenn ich von Scheiße schreibe«, ruft Mirsch dazwischen, »dann stinkt das auch.«

Ich hebe die Hand. »Apropos! Ihr Aftershave duftet großartig, Herr Mirsch. Dior oder Gucci, frage ich mich die ganze Zeit.« Mirsch scheint erfreut. »Weder noch«, antwortet er. »Das ist was Neues. Aus dem VEB Florena Waldheim. Heißt ›Magischer Wald‹. Geil, oder? Dagegen riecht Dior doch wie Pissrinne früh um sieben.«

4.

Die kleine Galerie liegt im Erdgeschoss eines Abrisshauses, es ist bitter kalt. Volker Grau liest. Der 75-Jährige ist der letzte literarische Dissident der DDR. Grau taucht nicht bei der Buchmesse auf, kein Verlag hat ein Werk von ihm in seinen Katalogen. Wer den gebürtigen Dresdner erleben will, muss die wohlige Wärme der Messehallen hinter sich lassen. So wie jene zwei Dutzend ältere Herrschaften, die hier in Decken gewickelt auf Klapphockern der Galerie sitzen.

Grau hat ein neues Theaterstück geschrieben, »Lenny und Leyla«, man darf es als Modernisierung von Büchners

Komödie »Leonce und Lena« verstehen. Auch bei Grau treffen sich zwei Kinder der Nomenklatura, um ihre Welt in Grund und Boden zu reden. Sie sprechen niemals direkt, stets in listiger Anspielung.

Leyla: »Der Wohlstand ist ein ganz besonderer Stand. Man steht auf dem Kopf, und der Himmel liegt einem zu Füßen.«

Lenny: »Der Wohlstand ist ein Anstand. Er hält die Menschen auf Abstand und verhindert so den Aufstand.«

Im Publikum wird beifällig geraunt, die kritische Pointe hat in Leipzig noch immer ihre Verehrer, auch wenn sie mittlerweile alle einen weißen Haarschopf tragen.

Am Ende kehrt Lenny reumütig in den Schoß der Familie zurück, um eine Karriere als Manager des väterlichen Ölkonzerns zu starten. Leyla flüstert sehnsuchtsvoll den Mond an: »O mein Gott, ich könnte lieben, warum denn nicht? Einen Mann, der auf mich zuträte und mit heiserer Stimme flüsterte: Ich bin das Politbüro des Waldes. Ich bin der Generalsekretär der Quellen. Ich arbeite im Apparat der Farne und Moose.«

Als Grau in seinem weichen Sächsisch diese letzten Sätze liest, läuft mir ein Schauder über den Rücken. Das Politbüro des Waldes! Anderson, Gysi, Grau – alle reden sie vom Wald. Der Wald der Texte, die literarischen Wälder des Prenzlauer Bergs. Und Mirschs Aftershave? Magischer Wald! Aus Waldheim! Ist das Paranoia, nach drei Tagen Buchmesse? Oder liegt hier tatsächlich etwas in der Luft? Ist der Wald ein neuer Schlüssel zu alten Geheimnissen dieses Landes?

Wer könnte darüber besser Auskunft geben als der ehrwürdige Volker Grau? Spät am Abend steht er in der zugigen Galerie unter seinen Lesern, ein Glas Rotwein in der Hand. Als es einen Augenblick still ist, nutze ich die Chance.

»Sie schreiben vom Politbüro des Waldes, Herr Grau. Der Wald scheint mir im Moment eine Art zentrale Metapher. Nicht nur in der neuesten DDR-Literatur, sondern auch in den Reden unserer Funktionäre. Was hat es damit auf sich?«

Jetzt erst bemerke ich, dass auch Sascha Anderson anwesend ist. Der Buchmessedirektor sitzt verborgen hinter einem Pfeiler, in mehrere Decken gehüllt. Grau schweigt lange, endlos lange. Aus der Nähe sind seine Augen überraschend groß. Die riesigen Augen eines Mannes, der viel gesehen hat. Epochen, Kriege, Zeitenwenden. Dann lächelt er, kaum sichtbar. »Wer zu spät in den Wald geht, wird mit Säuberung bestraft.«

In ergriffener Regungslosigkeit sinnen die Zuhörer diesem Dichterwort nach. Nur Sascha Anderson hat sein Notizbuch gezogen. Mit flüchtiger Hand schreibt er etwas hinein. Vermutlich will er Graus Äußerung für die Nachwelt aufbewahren. Aus Andersons Brusttasche dringt ein Schnarren. Ein Rauschen und Fiepen wie von einem altertümlichen Walkie-Talkie. Die Geräusche eines Nachmittags tief im Dschungel.

Auch Volker Grau hört es. Er wird blass um die Nasenspitze.

»Der Wald ist gar kein Wald«, flüstert der alte Dichter. »Es ist Stalins langer Schatten.«

Mit raschen Schritten läuft Grau zum Ausgang der Galerie. Er öffnet die verwitterte Stahltür, stemmt sich gegen den eisigen Wind und ist nach wenigen Augenblicken in der undurchdringlich finsteren Leipziger Nacht verschwunden.

# IX

Der Journalist aus dem Westen, der in der Pressekonferenz des Jungautors Malte Mirsch die kritische Frage stellt, bin ich. Mirsch, der Mann mit Öl unter den Nägeln, der Kerl mit dem Temperament einer tätowierten Eruptivbohrung, mit anderen Worten: das größte Arschloch östlich der Elbe.

Wir sind gemeinsam ein bisschen auf der Buchmesse gelustwandelt. Sascha Anderson kam uns entgegen, hat Peuckert gleich erkannt und ihn ans Herz gedrückt. Sie kennen sich aus der Wendezeit. Anderson hat sich für Karriere entschieden, aber er nimmt es augenscheinlich keinem übel, wenn er anders tickt. Es muss auch Leute geben, die keine Karriere machen.

Mich kannte er ebenfalls. Woher? Das dürfen Sie mich nicht fragen, ich habe keine Ahnung. Peuckert musste mich jedenfalls nicht vorstellen.

»Ich habe deine Mehdorngeschichte außerordentlich geschätzt«, sagte Anderson zu Peuckert. »Vorzüglich. Wir beide teilen diese Leidenschaft für die Neugier. Die einzige Gier meines Lebens ist die Neugier.«

Peuckert wusste nicht, was er antworten sollte. Also schwieg er und lächelte vieldeutig in sich hinein.

»In einigen Wochen erhält unsere große, kleine, unvergleichliche Kati den Walter-Benjamin-Preis. Da wird es auf der Bühne auch ein Gespräch mit Kati geben, um sie uns allen noch näher zu bringen, vulgo: ein Interview. Zehn, fünfzehn federleichte Minuten, direkt nach der Preisverleihung. Hast du Lust, diese schöne Aufgabe zu übernehmen? Du darfst unbequeme Fragen stellen. Frag, was immer du möchtest. Du hast diese leidenschaftliche Neugier. Ich setze das durch.«

Der Walter-Benjamin-Preis ist etwas Ähnliches wie der Bambi im Westen. Alle wichtigen Leute sind da, alle. Und das soll ein als Moderator völlig unerfahrener, politisch unzuverlässiger Typ wie mein Freund Peuckert übernehmen? Ich habe mich gefragt, ob Anderson im Wald der Texte versehentlich in einen Fliegenpilz gebissen hat.

Nein. Der war einfach nur ein Menschenkenner.

Peuckert wurde blass. Er versuchte, etwas zu sagen. Aber er war so eingeschüchtert, dass er nicht mal ein Nein über die Lippen brachte.

Anderson lachte. »Schon gut. Ich will dich nicht erschrecken. Ich möchte dir nur zeigen, wer deine Freunde sind. Aber ihr kommt, ja? Ich lasse euch zwei Karten schicken.« Anschließend überreichte er uns beiden seine Visitenkarte.

Und so begab es sich, dass Peuckert und ich den Friedrichstadtpalast aufsuchten und drei Reihen hinter der alten Margot Platz nahmen, Peuckert in einem etwas zu weiten Anzug, ich in einem etwas zu engen. Und wer moderierte das Gespräch? – Anderson.

# WIE VIELE KESSEL BUNTES HÄLT DER MENSCH AUS?

Moderator: Genossinnen und Genossen, Damen und Herren, ich heiße Sie willkommen. Und es ist mir eine besondere Freude, meine Gesprächspartnerin zu begrüßen, eine der größten Sportlerinnen und Unterhaltungskünstlerinnen der Republik, die Genossin Katarina Witt.

*Beifall.*

Gestern wurde zum 20. Mal vom Genossen Gregor Gysi im Palast der Republik der wichtigste Medienpreis unseres Staates verliehen, der Walter-Benjamin-Preis. Sie alle wissen, dass unser Gast wieder einmal zu den Preisträgern gehört, in der Kategorie Unterhaltung. Dies soll uns Anlass sein, mit der Genossin Witt über Fernsehen, Kultur und Unterhaltung im Sozialismus nachzudenken und natürlich auch über die Rolle der Frau in unserem Staat.

Witt: Denn mal los!

Moderator: Liebe Kati – ich darf dich so nennen, oder? Wir kennen uns lange …

*Witt lacht.*

Moderator: Du hast den Walter-Benjamin-Preis für die Sendung »Straße der Besten« bekommen, die du gemeinsam mit Kai Pflaume moderierst. Ich frage jetzt einfach mal, wie kam es dazu.

Witt: Also, das war zuerst eine sehr erfolgreiche Reihe in England. Und die DDR hat sich 2003 die Rechte gekauft. Ein paar Westsender waren auch dran, es ist ja klar, was für ein Potential in der Idee steckt. Wir haben wohl ein bisschen mehr geboten als die anderen, da waren wir mal wieder die Sieger im Wettstreit der Systeme …

*Beifall.*

… und haben das Konzept in zwei, drei Punkten verändert. Im Original müssen die Kandidaten im Dschungel Mutproben bestehen, auch mal eklige Sachen essen, und das Publikum wählt nach und nach Kandidaten raus, das gibt es bei uns ja alles genauso. Aber bei uns kommt der gesellschaftlich-emanzipatorische Faktor dazu. Wenn ein Kandidat oder eine Kandidatin im kubanischen Dschungel in einem Wasserloch mit giftigen Fröschen steht und dann nach den wichtigsten Beschlüssen des letzten Parteitags gefragt wird …

Moderator: Das ist dann schon mehr als Unterhaltung.

Witt: Genau. Das ist dann auch politische Bildung. Oder wenn die Kandidaten in der Dschungelprüfung ein paar Sterne gewonnen haben, was bedeutet, dass es zum Abendessen nicht nur Reis und Bohnen gibt, sondern was Besseres, dann tauchen Kai und ich manchmal im Dschungellager auf und fragen, ob sie bereit sind, ihre Sterne für die Volkssolidarität zu spenden. Das kostet die Kandidaten oft Überwindung, aber mit solidarischem Verhalten gewinnen sie die Sympathie des Publikums und werden vielleicht am Ende Bester des Dschungels. Nicht etwa »Dschungelkönig«, wie es in den kapitalistischen Ländern heißt, wo ähnliche Sendungen produziert werden. Bei uns heißt es »Bester des Dschungels«!

*Beifall.*

Moderator: Aber das ist alles freiwillig.

Witt: Natürlich. Zuerst sollte die Sendung übrigens anders

heißen, nämlich »Wie wir heute arbeiten, so werden wir morgen leben«. Dieser Titel war zu sperrig. Aber dieser Satz, diese alte Parteilosung beschreibt im Grunde die Idee unseres Dschungel-Lagers. Heute verzichten wir mal auf was, tragen unsere Kämpfe aus, nehmen Schwierigkeiten in Kauf, auch bei der Versorgung mit Artikeln des täglichen Bedarfs …

*Heiterkeit und Beifall.*

… aber am Ende wartet die Morgenröte einer neuen Zeit! Das ist die Geschichte des Sozialismus, das ist die Geschichte unserer Republik in, in …

Moderator: … einer Nussschale?

Witt: Genau. Vielleicht sollte ich noch etwas zu den Kandidatinnen und Kandidaten im Dschungel sagen. Im Kapitalismus sind es meistens Künstler, deren Karriere ein bisschen ins Stocken gekommen ist oder die im Grunde noch nicht viel geleistet haben. Da geht es um Karriere, um Eitelkeit und Geld. Wir dagegen stellen den pädagogischen Aspekt in den Vordergrund. Wir gehen schon mal zu einem Kollegen hin, der politisch vom Weg abgekommen ist, der oder die Schwierigkeiten hat, und sagen: Da hast du eine Chance! Es ist schwierig, Kandidat zu sein, aber auf diese Weise kannst du deinem Staat etwas zurückgeben, und hinterher reden wir nicht mehr über den Mist, den du gebaut hast. Wie du im Dschungel arbeitest, so wirst du morgen leben. Da ist eigentlich jeder dankbar, und es sagt fast nie jemand nein.

Moderator: Ich denke an Katrin Sass.

Witt: Unsere Siegerin in der vergangenen Staffel! Ich bewundere sie. Eine ganz große Kollegin. Sie hat in einer Gesprächsschau ziemlich üble Sachen über uns gesagt. Das hat uns wirklich verletzt, vor allem, weil es im Westfernsehen war. Wenn sie es wenigstens bei uns gemacht hätte. »Wie blöd muss man sein, um da hinzugehen«, »die müssen vor der Kamera Schwänze fressen«, ich will das gar nicht alles wiederholen. Da sind wir zu ihr hingegangen und haben gesagt, Katrin, schau es dir doch einfach mal aus der Nähe an. Sie war dann wirklich großartig, war sich für nichts zu schade. Obwohl die Zuschauer sie immer wieder in die härtesten Prüfungen gewählt haben. Diese fetten Maden, die sie essen musste ... Es freut mich so für sie, dass sie gewonnen hat.

Moderator: Das hat sie menschlich weitergebracht. Wenn ein Mensch über sich hinauswächst, wenn eine sozialistische Persönlichkeit reift – da schaut man gern zu. Und am Ende gibt es kein Geld, sondern einen ideellen Preis, die Liebe und Achtung des Publikums. Kati, du stehst für den Widerstand gegen die Verflachung und gegen den Kommerz, wie man ihn leider jeden Abend in den Westkanälen erleben muss.

Witt: Ach, »Ein Kessel Buntes« ist ja nun auch keine große Kunst. Wie viele Kessel Buntes hält der Mensch eigentlich aus? Manchmal denke ich ...

Moderator (lachend): Kati, wir alle lieben deinen Humor! Wie hältst du dich eigentlich fit? Einer Frau, die so aussieht wie du, muss ich diese Frage einfach stellen.

Witt: Die richtige Ernährung ist der Schlüssel. Ich trinke jeden Tag drei Liter Wasser. Natürliche Ernährung, das ist ja auch in unserer Sendung ein wichtiger Aspekt. Die Kandidaten essen viel Rohkost, Gemüse, rohes Fleisch, und Rohkost ist gesund, auch wenn das im Einzelfall vielleicht mal ein bisschen ungewohnt aussieht. Bei allem, was unsere Kandidaten essen müssen, fragen wir uns vorher, ob das auch wirklich gesund ist. Wenn dann jemand sagt, die fressen Würmer und Schwänze, dann weiß so eine Person einfach zu wenig über Rohkost. Da müssen wir noch viel Aufklärung leisten.

Moderator: Wir sollten auch über die Rolle der Frau in unserem Land sprechen. Im Westen gibt es ja eine Frauenquote …

Witt: Wir haben das nicht nötig. Wenn der gesellschaftliche Hauptwiderspruch gelöst ist, also, wenn die Arbeit befreit ist, dann sind die Nebenwidersprüche nebensächlich, das sagt ja schon das Wort Nebenwiderspruch. Für mich ist entscheidend, ob ein politischer oder wirtschaftlicher Führer auf der Seite der Arbeiterklasse und damit der Menschheit steht. Menschheit sind wir alle. Ob das dann im Einzelfall ein Mann ist oder eine Frau, interessiert mich nicht.

*Beifall.*

Moderator: Wir sind stolz auf unsere Frauen. Ein sowjetischer Autor hat mal geschrieben: Die Frau ist die Werkbank der Liebe.

*Beifall.*

Witt: Entscheidend ist, dass es bei uns keine entfremdete Arbeit gibt. Wir arbeiten für uns selbst, nicht für den Profit anderer. Wo immer ich als Frau im Produktionsprozess meinen Beitrag leiste, ich arbeite immer für mich selbst. Ich darf immer stolz auf mich sein, egal, ob ich in einer Fabrik stehe oder vor der Kamera.

Moderator: Ein schöneres Schlusswort, liebe Kati, könnte niemand finden.

# X

Ich musste dabei die ganze Zeit an den armen Ronny Brestling denken, ihren Ex, wie er tot in der Badewanne lag, offiziell gestorben an plötzlichem Herztod. Und daran, wie Kati es geschafft hatte, einige Monate lang auf herzzerreißende Weise die trauernde Witwe zu spielen, obwohl sie Ronny vor seinem Ende mindestens ein halbes Jahr lang nur auf der Titelseite des »Neuen Deutschland« zu Gesicht bekommen hatte. Kati fällt immer auf die Füße, sie ist wirklich eine starke Frau. Jetzt war sie auch als Olympiabotschafterin unterwegs, gemeinsam mit der jungen, wilden Schriftstellerin Maria Kant und der altehrwürdigen Multimediakünstlerin Vera Oelschlegel, der Yoko Ono der DDR. Drei Frauen, drei Generationen, drei Engel für Olympia. Berlin 2020. Das würde sicher klappen. Ich hatte Kati sogar mal mit Abdul, dem Scheich aus Katar, den ich im Palasthotel immerhin recht gut gekannt habe, in den Nachrichten gesehen. Abdul war jetzt Sportminister. Abduls Stimme hatte die DDR bei ihrer Olympiabewerbung sicher, das sah man auf den ersten Blick.

Und dann fiel mir wieder Greta ein.

Für Peuckert und mich war es eine gute Zeit, in jenen Monaten, vielleicht die beste. Peuckert nahm zwei Kilo zu, ich ging regelmäßig zum Yoga, nein, nicht nur wegen Sahra.

Wir haben beide daran geglaubt, beruflich allmählich Fuß zu fassen. Peuckert hatte eine Wohnung im Bötzowviertel gefunden, ganz nahe am Volkspark Friedrichshain. Da saß er gerne an der Milchbar, im Park, alleine, trank sehr langsam seinen Latte macchiato und widmete sich seinem Lieblingssport. Er betrachtete Leute. Ich hatte eine nette kleine Wohnung in der Pappelallee und konnte die Miete bezahlen, beides ziemlich erstaunlich. Offiziell gehörten die Wohnungen alle dem Staat. Aber wer in der Verwaltung die richtigen Personen kannte, der konnte für ein Schmiergeld an einen Erbpachtvertrag für 99 Jahre herankommen. Fast alle Wohnungen befanden sich also in den Händen von irgendwelchen Leuten, die Beziehungen hatten, und was für Leute das waren, kann man sich ja denken. Die Wohnungen haben sie weitervermietet, und zwar teuer. Klar, sie waren sowieso reich, die Miete haben sie nicht gebraucht. Aber wo steht geschrieben, dass ein reicher Mensch keinen Spaß daran haben kann, noch ein bisschen reicher zu werden? Das ist immer und überall so gewesen.

Ich gebe zu, dass ich nach der Preisverleihung Sascha Anderson angerufen habe. Ich gebe zu, dass ich ihm zu seiner hervorragenden Moderation gratuliert habe, ich habe ihm das Ohr vollgesülzt wegen dieser in Wahrheit erbärmlichen, kriecherischen Untertanenshow. Und, ja, der gute Sascha war entzückt. Er hat gefragt, ob er etwas für mich tun kann. So bin ich an die süße kleine Wohnung gekommen. Ich gebe es zu. Sie gehört ihm, und die Miete ist niedrig. Stimmt alles.

Aber wieso wusste Peuckert das? Er wusste es sofort. Da macht man sich Gedanken, oder?

»Dir ist hoffentlich klar, dass deine Wohnung abgehört wird. Sie gehört immerhin Sascha Anderson.«

Mit dieser kleinen Bemerkung, ganz nebenbei, in der Milchbar, im Park, hat er mir zu verstehen gegeben, dass er Bescheid weiß. Woher? Woher nur? Es hat Tage gedauert, bis bei mir der Groschen gefallen ist. Dann habe ich ihm auf den Kopf zugesagt, dass er ebenfalls bei unserem Freund angerufen hat. Anders konnte es nicht sein.

Er hat es sofort zugegeben. Was sei schon dabei? Ich könne ihm das wohl kaum zum Vorwurf machen, sagte er. Wo ich es doch selber auch gemacht habe. Stimmt. Aber mir ließen zwei Details keine Ruhe. Erstens, Anderson hat Peuckert von meinem Anruf berichtet, mir aber hat er umgekehrt kein Wörtchen darüber erzählt, dass er Peuckert ebenfalls bei der Wohnungssuche behilflich war. Zweitens, ich habe eine kleine Zweiraumwohnung gekriegt, Peuckert aber bekam vier Zimmer, Dachgeschoss mit Terrasse und Fußbodenheizung, in einer Stadtvilla, die Renzo Piano entworfen hat. Seltsam. Wie nahe standen die beiden sich wirklich? Was hatte Anderson noch gleich zu Peuckert gesagt, als wir uns auf der Buchmesse trafen? »Ich möchte dir zeigen, wer deine Freunde sind.«

So ist das Gift des Misstrauens immer tiefer in unsere Beziehung eingesickert. Wir verstanden uns weiterhin gut, aber wir sind beide etwas vorsichtiger geworden. Wir lachten, wir gingen aus, wir erzählten uns vieles, aber es gab jetzt Momente, in denen wir, beide, genau darauf aufpassten, was wir sagten. Heute denke ich, dass sie das beabsichtigt haben. Sie haben mit uns gespielt. Sie hatten ihren Spaß. Heute, rückblickend, tut mir das alles wahnsinnig leid. Aber heute weiß ich ja auch Bescheid.

Ich bekam immer mehr Aufträge, meistens Routinezeug. Hier eine Pressekonferenz des Bauministeriums zur Eröffnung des neuen Flughafens, dort eine kleine Geschichte über den Ausbau des Tierparks zum modernsten Zoo der Welt oder auch ein Feuilleton über Mode – die DDR hatte ihre eigene, schräge Mode, zum Beispiel trugen fast alle jungen Männer

Brillen, die der Originalbrille von Erich Honecker nachempfunden waren. Inzwischen schrieb ich für mehrere Zeitungen, sogar wieder für wichtige. Auch das machte mich manchmal misstrauisch. Meine Vergangenheit schien völlig vergessen zu sein. Aber meistens genoss ich es einfach nur, Geld in der Tasche zu haben.

Einmal bin ich ins Wiener Café gegangen, habe an der Theke meine Kreditkarte herausgeholt und eine Lokalrunde geordert. »Hier ist meine Karte, buchen Sie bitte ein Freigetränk für jeden Gast. Sagen Sie aber nicht, von wem es kommt. Ich hole die Karte später wieder ab.«

Danach bin ich hinausgegangen und habe von der anderen Straßenseite aus beobachtet, durch das beleuchtete Fenster, wie die Gäste sich wunderten und sich fragten, wer wohl ihr Wohltäter sei. Verstehen Sie? Ich war in der DDR angekommen.

Deshalb habe ich mich nicht darüber gewundert, dass ich sogar den neuen Wirtschaftsminister interviewen durfte. Alle im Westen verachteten ihn. Ich habe ihn gemocht. Wir sind doch alle, mehr oder weniger, Varietékünstler in diesem Leben. Wir tanzen auf einer dünnen Stange. Manche stürzen ab, andere nicht.

# DER MINISTER

Es ist überraschend einfach, als Westjournalist einen Termin beim Wirtschaftsminister der DDR zu bekommen. Wer die Sicherheitschecks überstanden hat, darf sich im Ministerium frei bewegen, das hat er durchgesetzt.

Im 132. Stockwerk des Karl-Liebknecht-Hauses am Alexanderplatz wartet Karl-Theodor Guttenberg an der Aufzugtür, allein, ohne Leibwächter oder auch nur einen Assistenten. Verhaltenes Lächeln. Fester Händedruck. Routinefragen nach der Anreise. Lief alles glatt an der Grenze?

Das alles wirkt angemessen und sympathisch. Er biedert sich nicht an, das hat er nicht nötig. Aber es ist auch keine Reserve spürbar. Ein Profi, was sonst. Sehr wahrscheinlich genießt er die Situation. Das zu zeigen, wäre unprofessionell.

Durch das Vorzimmer, zwei Sekretärinnen, ein Sekretär, kommen wir ins zweite Vorzimmer, eine Sekretärin, von da kommen wir in sein Büro. Die Sitzgruppe: Art Déco. Auf dem Schreibtisch stehen Fotos der Familie und ein Foto von Schloss Guttenberg. An den drei Wänden zwei Gerhard Richter und ein Warhol, eine der Wände hat der Streetart-Künstler Banksy mit Szenen aus New York und Berlin bemalt. Basketballer, Straßenmusiker, ein Mädchen im FDJ-Hemd, das an der Weltzeituhr sitzt und in sein Tragphon tippt.

Die vierte Wand ist aus Glas, der Blick geht auf den zweiten der Zwillingstürme, das Rosa-Luxemburg-Haus, in dem das Ministerium für Energie und Außenhandel sitzt.

Wir unterhalten uns über die Aussicht. Er erklärt ein paar Urkunden, die etwas versteckt in einer Ecke untergebracht sind – Politiker des Jahres 2009, Sprachwahrer des Jahres 2009, wegen seines ehrlichen Umgangs mit der deutschen Sprache, Mann des Jahres, Bestangezogener deutscher Politiker, Orden wider den tierischen Ernst. Alle, die Titel zu vergeben hatten, lagen ihm im Westen zu Füßen. Die Promotionsurkunde ist natürlich nicht dabei. Aber die Einbürgerungsurkunde der DDR.

»Am stolzesten«, sagt Guttenberg ironisch, »bin ich natürlich auf den Titel Grünkohlkönig.«

Ich frage ihn, ob er nicht wütend ist auf die westdeutsche Presse.

»Ohne Sie und Ihre Kollegen wäre ich nicht da, wo ich heute bin. Am richtigen Ort. Da, wo ich etwas bewegen kann.«

Das klingt auswendig gelernt, nach Politikersprache, aber er setzt dabei wieder seine Ironie ein. »Setzen wir uns?«

Karl-Theodor zu Guttenberg, geboren 1971 in München, ist Aufsichtsrat gewesen, Bundestagsabgeordneter für die CSU, Mitglied der Parlamentarischen Versammlung des Europarates, Generalsekretär der CSU, Wirtschaftsminister, Verteidigungsminister und noch ein paar Sachen. Nicht wenige hielten ihn für den nächsten Bundeskanzler. Dann haben sich anonyme Rechercheure im Netz seine Promotion vorgeknöpft, die zum Teil abgeschrieben war, der größte Teil der westdeutschen Presse stieg darauf ein. Als auch seine Parteifreunde nach und nach von ihm abfielen, war es vorbei.

Am 23. Februar 2011 hat die Universität Bayreuth ihm den Doktortitel aberkannt. Am 1. März ist er von allen Ämtern zurückgetreten. Im Juli fuhr er mit seiner Familie in die DDR. Im November trat er in die Ost-CDU ein und wurde der erste Wirtschaftsminister der DDR.

Bis dahin gab es diverse Ministerien für die einzelnen Wirtschaftszweige, Minister für Erzbergbau, für Elektrotechnik, für Leichtindustrie, für Kommunikation und künstliche Intelligenz – davon ist nur das Energieministerium übrig geblieben.

Und Karl-Theodor Guttenberg, der in seiner neuen Heimat den Adelstitel abgelegt hat, ist jetzt in der Bundesrepublik der meistgehasste Mann, noch vor Mehdorn. Das belegen Umfragen. Der Blender. Der Verräter. Der skrupellose Karrierist. Sie haben in seiner Biographie jeden Stein umgedreht. War da nicht immer schon diese Geltungssucht? Ein Redaktionspraktikum bei der »Welt« hat er zu einer »Tätigkeit als freier Journalist« aufgeblasen. So einer ist das.

»Ich habe meine Jobs als Minister gut gemacht. Habe ich in der Politik Fehler gemacht? Ein paar, sicher. Aber im Großen und Ganzen war ich gut. Besser als die meisten. Deshalb bin ich jetzt hier. Es ist der Ehrgeiz der DDR, die besten Leute für das Land arbeiten zu lassen, die besten Künstler, die fähigsten Experten, die klügsten Köpfe. Ich habe mich nicht aufgedrängt. Es war ein Angebot. Ich habe es angenommen.«

In kurzer Zeit hat Guttenberg die DDR-Wirtschaft durcheinandergewirbelt und neu zusammengesetzt. Die Betriebe dürfen einen großen Teil ihrer Gewinne selbst behalten und frei darüber entscheiden. Wer zu tief ins Defizit gerät, wird dichtgemacht. Die Zeitungen berichten neuerdings relativ offen über Korruption, angeblich hat Guttenberg das durchgesetzt. Die Gründung von privaten Kleinunternehmen wurde erleichtert. Das Öl reicht noch für 30, 40 Jahre, vielleicht 50. Die Preise sinken, seit die Amis das Fracking entdeckt haben. Wieder einmal hat der Kapitalismus den Sozialismus an der Gurgel gepackt und drückt langsam zu. Guttenberg sagt, dass man die DDR dringend fit machen muss für den Weltmarkt. Das ist ein neuer Ton.

Die Affäre? Ich hatte vermutet, er würde an diesem Punkt abblocken. Das Gegenteil ist der Fall.

»Ich habe nicht alles richtig gemacht. Wer tut das schon? Sie? Die Promotion war hingeschludert. Ich war überfordert in diesen Monaten, zu vieles gleichzeitig, seitdem vermeide ich solche Situationen. Und? Bin ich darüber gestürzt, dass ich meinem Amt nicht gewachsen gewesen bin? Im Gegenteil. Ich war eine Provokation. Ich war einigen Parteifreunden auch zu stark geworden. Die sind nicht weniger ehrgeizig als ich, nur vielleicht ein bisschen weniger gut in dem, was sie machen. Und ihr in den Medien seid deren Werkzeug gewesen.«

Guttenberg zündet sich eine Zigarette an. In der DDR ist das immer noch kein Problem.

»Was ich im Westen beklage, ist die Verrohung des Diskurses, diese ganze Häme mit Diffamierung und Denunziationen. Da war eine Art Meinungskartell am Werk. Wenn Sie solche Maßstäbe an Politiker so unbarmherzig und rigoros anlegen, dann können Sie sich in Zukunft welche im Kloster ausleihen.«

»Ich kann nachvollziehen, was Sie sagen. Aber was ich nicht verstehe – Sie sind kein Sozialist. Sie haben im Westen gesagt, das Wort Gerechtigkeit werde von vielen nur als

Umverteilungsgerechtigkeit verstanden, Sie seien für Leistungsgerechtigkeit. Sie sind gegen Mindestlöhne gewesen und dagegen, dass der Staat Unternehmen rettet. Was machen Sie dann hier?«

Er lacht. »Schauen Sie, wenn Sie Rohstoffe haben in dieser Qualität und Menge, dann ist erst mal genug für alle da. Das ist eine völlig andere Situation. Das Wirtschaftsministerium könnte auch Zukunftsministerium heißen. So interpretiere ich meine Aufgabe. In den letzten zwanzig Jahren war es ziemlich egal, wie die Wirtschaftspolitik aussah, da konnte man nicht viel falsch machen.«

»Kriegen Sie nicht Ärger, wenn Sie so etwas sagen?«

»Dass ich frei reden kann, habe ich mir ausbedungen, und generell steht es gar nicht so schlecht um die Meinungsfreiheit in der DDR. Denken Sie an all diese kritischen Blogger. Ich bin stolz auf unser Land. Im Vergleich zu vielen anderen Staaten ist die DDR eine lupenreine Demokratie. Würde der Wirtschaftsminister der USA in diesem Ton mit einem Journalisten reden? Vielleicht, wenn er achtzig ist und ein Dokumentarfilm über seine Karriere gemacht wird. Zu verbessern gibt es immer etwas, und darüber rede ich auch offen mit meinen Kollegen und Genossen.«

Er sieht immer noch gut aus. Das war ja im Westen immer ein Thema, sein Aussehen. Es war damals ziemlich neu, dass so etwas bei einem Mann zum Thema gemacht wurde. Ich glaube, die Frage nach seinem Aussehen lasse ich weg.

»Sind Sie ein Verräter?«

»Ich bin jemand, der aus einem Land weggegangen ist, wo man es ihm schwer gemacht hat, in ein Land, wo für ihn vieles einfacher ist. Nennt man das Verrat?«

»Aber ein Sozialist sind Sie nicht.«

»Ich bin in der CDU der DDR. Gott meint es gut mit diesem Staat. Fragen Sie Gott, ob er Sozialist ist.«

»Es gibt viele Umweltprobleme. Also, Probleme mit der Schöpfung.«

»Leider. Darüber sollten Sie mit der zuständigen Ministerin reden. Ich mische mich nicht in die Ressorts von Kolleginnen ein. Sie sehen, ich habe etwas gelernt.«

»Und – wie wollen Sie die DDR fit machen für den Weltmarkt? Wenn der Ölpreis weiter fällt, ist doch irgendwann wieder die Situation von neunzehnhundertneunundachtzig da.«

»Was ist unsere Ressource, wenn das Öl eines Tages ausfällt? In welchem Bereich sind wir richtig gut? Ich sage es Ihnen: Sicherheit. Wir haben es geschafft, das Internetz in den Griff zu kriegen, wir haben unser Nationalnetz und für den Rest Inhaltsfilter, von denen andere Länder nur träumen können. Wir wissen, wie man ein System hochmotivierter Kundschafter aufbaut, die den Bürger und die Bürgerin vor Schmutz, vor Verirrungen, vor Lügen und vor Propaganda schützen. Ich weiß, wovon ich rede, ich bin ja selber im Westen ein Opfer dieses Schmutzes geworden. Wir fangen gerade erst damit an, unser Weiß-wie zu exportieren, die Nachfrage ist enorm. Amerikaner, Russen, Chinesen, alles steht Schlange. Die DDR steht erst am Anfang ihrer Erfolgsgeschichte, glauben Sie mir. Wir sind kein Auslaufmodell, wir sind ein Zukunftsmodell.«

Guttenberg steht auf. Ende des Gesprächs? Nein.

»Wenn Sie Lust haben, zeige ich Ihnen unsere Dachterrasse. Haben Sie noch ein paar Minuten?«

Der Blick reicht bis über die Stadtgrenzen hinaus. Es ist kühler hier oben. Eine Bar, Liegestühle.

»Wunderschön, nicht wahr? Die Mitarbeiter des Ministeriums feiern hier gern.«

»Im Westen hätten Sie Bundeskanzler werden können. Sie sind noch jung für einen Politiker. Was ist hier Ihre Perspektive?«

»Das ist die Standardfrage bei euch Journalisten. Was wollen Sie als Nächstes werden? An welchem Stuhl sägen Sie? Ich bin nicht der Ehrgeizling, für den Sie mich halten. Ich bin immer gefragt worden – hast du Lust, das und das zu machen? Wenn Sie eine interessante Aufgabe für mich haben, rufen Sie mich einfach an, ich denke darüber nach, und dann bekommen Sie eine Antwort. Kommen Sie gut nach Hause. Sie dürfen alles verwenden, was ich gesagt habe.«

»Eine Frage noch?«

»Nur zu.«

»Die Leute, die Ihre Promotion im Nationalnetz zerpflückt haben – wissen Sie inzwischen, wer das war?«

»Selbstverständlich.«

»Und?«

»Ich bin denen beinahe dankbar. Vor meiner Rache muss niemand Angst haben. Wirklich nicht. Wissen Sie, ich habe heute den schönsten Beruf der Welt. Außer Papst, selbstverständlich.«

# XI

Die Interviewpassagen sind interessant, der Rest war Routine. Ich habe Kleinkram geschrieben, ein bisschen psychologisierend manchmal, wie man es halt macht, wenn man über jemanden ein Porträt zu verfassen hat und diese Person nicht wirklich kennt. Man reimt sich etwas zusammen. Man nimmt Witterung auf. Wenn du als Journalist versuchst, etwas über einen Menschen herauszufinden, orientierst du dich an seinen Worten, an seiner Körpersprache, an seiner Biographie, aber das alles kann in Wirklichkeit unwichtig sein. Unter der sichtbaren Oberfläche kann sich etwas befinden, was nur dieser Mensch selber kennt und das ihn mehr beeinflusst als alles andere. Vielleicht weiß nicht mal er selbst über sich Bescheid. Kennen Sie sich selbst, bis in die letzte Verästelung? Ja? Ich glaube, Sie irren sich.

Dann passierte etwas, das alles veränderte. Peuckert veröffentlichte wieder einmal eine seiner Reportagen.

# VEB KUNSTHANDEL

Ich bin das erste Mal in Bayern. Der Volkspolizist am Grenzübergang hat gefragt, ob ich in die Berge will. Die meisten DDR-Bürger wollen das, also habe ich genickt.

Aber ich will nicht in die Berge. Ich habe einen Tipp bekommen. Es gibt einen Mann in Bayern, der möchte eine Geschichte erzählen. Seine Geschichte. Sie hat mit der DDR zu tun, mit ein paar Geheimnissen unserer jüngeren Vergangenheit. Viel Zeit bleibt nicht, der Mann liegt im Sterben.

Eine Villa am Tegernsee. Das Anwesen wird bewacht – Beamte mit Knopf im Ohr, Maschinenpistolen –, aber man erwartet mich.

Der Mann liegt auf einem Bett, er bekommt Infusionen. Er ist nicht alt, Mitte 50 vielleicht. Interessantes Gesicht.

Wir haben einen gemeinsamen Bekannten, der hat mich empfohlen. Der Mann will alles erzählen, seine ganze Geschichte, von A bis Z. Wenn er tot ist, könne ich damit machen, was ich wolle.

Das Tonband läuft. Er beginnt leise, stockend, man spürt, dass er Schmerzen hat. Dann wird seine Rede flüssiger, lebendiger, fast beschwingt.

Mein Berufsleben habe ich der Kunst gewidmet. Der großen Kunst, der wirklich großen. Ich kann Ihnen genau sagen, wie das angefangen hat. Mit einem Artikel im »Sputnik«, Mitte der 70er. Sie erinnern sich an den »Sputnik«? Eine sowjetische Illustrierte, die druckten bunte Geschichten aus aller Welt. Ein Amerikaner hatte den Picasso seiner Familie verkauft, für etwas mehr als 20 Millionen Dollar. Sein Großvater war kurz nach dem Ersten Weltkrieg in Paris und entdeckte das Bild bei Picasso im Atelier. Es gefiel ihm, er bezahlte 200 Dollar. Und jetzt, gut 50 Jahre später, verkauft sein Enkel dieses Bild für 20 Millionen.

Der »Sputnik« sah die Sache kritisch. Ein abschreckendes Beispiel westlichen Spekulantentums. Ein Beweis für die kunstfeindliche Haltung der Bourgeoisie. Auf mich machte es einen ganz anderen Eindruck. Was mit diesem Bild passiert war, preislich, meine ich. Ich habe mir das sofort ausgerechnet. Von 200 Dollar auf 20 Millionen, in etwas mehr als 50 Jahren. Einfache Rechenaufgabe, verblüffendes Ergebnis. Jedenfalls für mich. Seit dem Augenblick des Erstverkaufs ist das Bild jeden Tag 1000 Dollar teurer geworden. Jeden Tag, den der liebe Gott hat werden lassen, werktags wie feiertags, in Kriegs- und Friedenszeiten, immer 1000 Dollar, ob's regnet oder schneit. Insgesamt eine Wertsteigerung um den Faktor 100 000! Für ein kleines, handliches Bild, dessen Aufbewahrung dich nichts kostet. Du stellst das Bild in eine Ecke, sitzt still dabei und siehst zu, wie es teurer wird. 1000 Dollar täglich! Knapp 42 Dollar die Stunde! 50 Jahre lang!

Meine schönsten Jugenderinnerungen: Ich sitze zu Hause und sehe mir Bildbände an. Zum Beispiel Picasso, da war ich ja nun angefüttert, aber auch Rembrandt, Dürer, Goya, van Gogh, was immer in den Bibliotheken zu finden war. In jedem Buch sind 50 oder sogar mehr Gemälde abgebildet, meist die allerberühmtesten. Ich habe bloß gedacht, diese Bilder sind im Original zusammen eine Milliarde Dollar wert. Oder auch zwei. Das sind Schätze aus Tausendundeiner Nacht. Das ist die Grabkammer des Pharao.

Ich komme aus einfachen Verhältnissen, wissen Sie. Meine Eltern haben schwer gearbeitet, Kunst kannten die vom Wandkalender. Als ich mit 18 sagte, ich will Kunstwissenschaft studieren, staunten die nur. Was kannst du denn da mal beruflich machen, Junge? Es gab eine Handvoll Studienplätze in der DDR und fünfzigmal so viele Bewerber. Meine Schulnoten waren bescheiden, Stallgeruch hatte ich auch keinen. Kein Museumsdirektor in der Familie, kein Professor, kein Chefarzt. Aber ich bin an meinem 18. Geburtstag in die Partei eingetreten, da ging's.

Angefangen habe ich nach dem Studium beim Zentralrat der FDJ, Abteilung Bildende Kunst. September 84 war das. Der Jugendverband hatte seine eigene Sammlung, ich machte die Ankäufe. Die Künstler kamen mit ihren Preisvorstellungen, wir hatten unser Budget, da wurde knallhart verhandelt. Es war spannend. Zur gleichen Zeit fing ich an, für mich privat Bilder zu erwerben, ganz klein und vorsichtig, bloß kein Aufsehen. Leipziger Schule, die hatten ein gewisses Marktpotential, das würde sich entwickeln, da war ich mir sicher.

Schon im ersten Jahr durfte ich in den Westen, Art Cologne, Art Basel, die Geschäfte beobachten. Es war ja so, dass auch führende Genossen gesehen haben, was da für Gelder flossen auf dem internationalen Kunstmarkt. In den 80ern versteigerte Sotheby's einen van Gogh für 144 Millionen Dollar. Das wurde dann Standard. Sammler gaben mehr als 100 Millionen für Bilder aus, das wurde so üblich. Das haben die Genossen schon gesehen. Nach jeder Reise habe ich einen ausführlichen Bericht geschrieben, habe ich gern gemacht, wie entwickeln sich die Preise, kann man Sprünge beobachten, gibt es Künstler mit außerordentlichem Potential. Beschreibung, Analyse, Schlussfolgerung. Solche Berichte wurden von diesem und jenem gelesen, das ging von den ZK-Abteilungen bis nach Lichtenberg, zu Mielkes Leuten.

Eines Tages passierte es dann. In meinem Büro klingelt das Telefon. Eine hohe, etwas asthmatische Männerstimme, Berliner Dialekt, trotzdem mit Aura. Unbedingt. Der Mann wusste, wer er war. »Hier ist der Alex«, schnauft es am Telefon. »Ick hab deinen Werdejang beobachtet, Jenosse. Jefällt mir, wat du machst. Dich kann ick jebrauchen.«

Ich hab bloß die Luft angehalten. Natürlich wusste ich, wer dran war. Es gab nur den einen Alex in der DDR. Den großen Alex, wie er genannt wurde. So bin ich zu meinem Chef gekommen, ins Ministerium für Außenhandel, Ende 85 war das. Da hatte ich zum ersten Mal mit echter Kunst zu tun. Ich meine, die wirklich was wert war. Meine Aufgabe, ganz knapp gesagt, bestand darin, Werke der Bildenden Kunst, die in der DDR nicht gebraucht wurden, für die es aber Nachfrage auf den internationalen Märkten gab, also diese Werke zu erfassen und einer Verwertung zuzuführen. Die DDR war ja chronisch klamm mit Devisen, das war existentiell, das kann man sich heute überhaupt nicht mehr vorstellen. Wir mussten weltweit Öl kaufen, für teuer Geld, das wir nicht hatten. Ein Witz.

Ich habe Museumsbestände durchforstet, besonders die kleinen Klitschen in den Kreisstädten. Wenn ein Direktor gehortet hat, ich sage mal als Beispiel, der hatte drei Bilder von Liebermann, wenn ich den also beim Horten erwischte, dann bin ich hin und habe mit ihm geredet. »Hör mal, Genosse! Zwei Liebermänner reichen vollkommen aus für dich. Damit sind deine Besucher zufrieden, du sollst es auch sein.« Der sträubte sich natürlich, wollte seinen Liebermann nicht hergeben, klar. In so einem Fall war es gut, dass wir eine Art Parallelstruktur hatten. Einerseits gehörte Alex zum Außenhandel, andererseits war er ans MfS angebunden. Das Ministerium für Staatssicherheit.

Tja, im Grunde interessante Zeiten. Machte der Museumsknabe Schwierigkeiten, habe ich in Lichtenberg angerufen, Normannenstraße, Vorzimmer von Mielke. Die stellten blitzartig wieder auf Kreisebene durch. In weniger als einer Stunde erschien der Chef der örtlichen Dienststelle, nahm den Kollegen beiseite und redete mit ihm Tacheles. Dann hatte ich meinen Liebermann. Schön sauber in ein Laken gepackt, vorne im Auto auf den Nebensitz, und ab ging's Richtung Heimat.

Es waren nicht nur Museen. Da gab es alte Leute in unserer Republik, die hatten Millionenwerte in ihren Wohnungen hängen. Ich erinnere mich an ein uraltes Paar in Dresden, die besaßen eine Sammlung deutscher Impressionisten. Corinth, Slevogt, Sterl, lauter kleine Bildchen, aber jedes ein paar 100 000 Dollar wert. Das war absurd, die beiden konnten kaum noch sehen, und an der Wand hängen die unglaublichsten Schaustücke. Da bin ich manchmal nicht fein gewesen. Ich hatte Parteiauftrag. Sicherung der Zahlungsbilanz der DDR, darunter machte es Alex nicht. Mit unserer Zahlungsbilanz stand es in den 80ern immer Spitz auf Knopf, wir konnten auf bürgerliche Empfindsamkeit keine Rücksicht mehr nehmen. Im Fall der Impressionisten drohte ich bloß mit dem Staatsanwalt, drei Jahrzehnte ohne Vermögenssteuer, da verstanden unsere Behörden keinen Spaß. Die alten Leutchen nahmen erst mal ihre Herztropfen. Es gab ein korrektes Übernahmeprotokoll, Dienstsiegel hatte ich am Mann, die waren froh, dass sie heil aus der Sache rauskamen. Hinterher haben wir sogar noch zusammen Kaffee getrunken.

Als ich mit meinen Impressionisten bei Alex ankam, sagte der: »Dafür kriegst du das Ritterkreuz.« Beim nächsten Republikgeburtstag war es tatsächlich so weit. Erich hat mir persönlich den Orden angeheftet, damals ist er schon ganz zittrig gewesen. Vaterländischer Verdienstorden in Silber. Ich war noch keine 30. Schöne Zeiten, man war jung, beruflich lief es gut, ich machte tolle Reisen. Ab und zu kaufte ich ein Bild für mich, in Leipzig, frisch von der Staffelei weg. Am Wochenende saß ich dann im stillen Kämmerlein und überschlug, was meine Sachen wert waren.

Ich muss erst mal einen Schluck Wasser trinken. Ich rede mir den Mund fusselig mit meinen Erinnerungen.

Wo war ich? Die Wende. Dann kam die Wende. Schabowski stammelte im Pressezentrum von den Ölfunden, einen Tag später erschien Markus Wolf in der Volkskammer und erklärte die Hintergründe. Krenz wurde Generalsekretär, Wolf sein Stellvertreter. Die fetten Jahre begannen, aber nicht für mich. Meine Dienste wurden nicht mehr gebraucht. Die DDR sanierte ihre Zahlungsbilanz jetzt auf ganz anderen Wegen. Meine gesamten Privilegien waren futsch, mein Status, alles. Für Alex sah es im Grunde nicht viel besser aus. Er hätte Minister werden können, aber das war doch nicht zu vergleichen mit seiner Rolle früher, mit der Bedeutung, die er hatte. Wir saßen in diesen Wochen oft zusammen und grübelten. Was bringt die Zukunft? Wie machen wir uns nützlich? Ich habe die Stimme von Alex noch im Ohr. »Wir sind Koofleute, Robert. Wir wollen die großen Dinger drehen, und wir können det ooch.«

Da muss ich jetzt doch ein paar Worte über meinen Chef

verlieren. Wenn der noch im Dienst wäre, läge ich nicht hier, bewacht vom CIA. Alex hätte seine Hand über mich gehalten. Selbstkritik, diskrete Übernahme, Parteistrafe, dann wäre es gut gewesen. Wir reden von einem einstelligen Milliardenbetrag, das darf man doch nicht vergessen.

Mein Alex war ein genialer Hund. Zur Jahreswende 89/90 hat der sich alle Unterlagen aus der Wirtschaftsabteilung des Zentralkomitees besorgt. Ergebnisprotokolle der Geologen, Investitionsbedarf für Infrastruktur, wahrscheinliche Höchstfördermengen, alles, alles, noch die kleinsten Details. Dann ging er drei Tage in Klausur, da brauchte der keine Minute Schlaf und tauchte mit einem Plan wieder auf. Der hatte sich gewaschen. Und da war dann auch eine schöne Rolle für mich vorgesehen.

»Einige Ideen, die neue Devisensituation der DDR betreffend«, hat Alex sein Memorandum überschrieben. Wir bekamen sofort einen Termin bei Krenz. Krenz hat noch Wolf dazugeholt, da saßen wir dann in trauter Viererrunde. Februar 90 war das. »Jetzt reden wir mal Klartext, Jenossen«, hat mein Alex gesagt. »Um die ideologischen Fragen kümmern wir uns später.« Krenz nickte nur.

Alex hat ihnen erklärt, dass wir eine solide Ausgangsbasis haben für den Fortbestand des Sozialismus auf deutschem Boden. Aber nur, wenn wir unsere ökonomischen Hausaufgaben machen, von Anfang an. Nicht von der Hand in den Mund, sondern das Haus auf soliden Fundamenten gebaut. Krenz und Wolf machten eifrig Notizen, die wussten, dass sie zusammen nicht halb so viel von Wirtschaft verstehen wie Alex.

War ein schönes Beisammensein. Krenz tischte Dresdner Baumkuchen auf, den echten. Bis Herbst 89 wurde unsere komplette Produktion an Baumkuchen in den Westen exportiert, da musste ich mein Devisenkonto anzapfen, wenn ich den mal genießen wollte. Im Februar 90 stand er zwar schon in jeder Kaufhalle, ich habe mich trotzdem gefreut, als Krenz die Riesenteller reintragen ließ.

Alex hat den Genossen in schnellen Strichen die nächsten zwei, drei Jahrzehnte skizziert. Wir bauen eine Förderindustrie auf, kreditfinanziert, und holen in Mecklenburg aus dem Boden, was rauswill. Wenn die Geologen richtigliegen, können wir eine Zeitlang an den internationalen Ölmärkten das große Rad drehen. »Da müssen die Saudis ihren Schleier am Kopp festbinden«, hat Alex wörtlich gesagt.

Ein beträchtlicher Teil der Einnahmen fließt ins Land, in die Konsumtion. Unsere Bürger sollten sich an einem Luxus erfreuen, von dem sie bis eben nicht zu träumen wagten. Dafür würden wir einen gewissen Prozentsatz der Erlöse benötigen, aber eben längst nicht alles. Neue Industrieanlagen, Infrastruktur et cetera pp., das interessierte Alex nur am Rande. Er hatte einen Plan, und den verfolgte er entschieden. Mit revolutionärer Energie, gewissermaßen.

Und nun kam mein großer Auftritt. »Erzähl den Jenossen mal von deinem Ami«, sagte Alex. »Der mit dem Picasso.« Er kannte meine Geschichte aus dem »Sputnik«, die hatte ich ihm ganz zu Anfang unserer Zusammenarbeit erzählt, und sie hatte ihn genauso schwer beeindruckt wie mich. Krenz und Wolf hörten also die Geschichte. Dazu ein paar Anekdoten vom aktuellen Kunstmarkt. Eben hatte ein Japaner 78 Millionen Dollar für einen Renoir bezahlt und 82 Millionen für einen van Gogh. Andy Warhol ging mit 100 Millionen in den Privatverkauf, das Geld floss diskret, da gab es in der Öffentlichkeit nur Spekulationen. Ich nannte Namen von Malern, die waren vor 30 Jahren vollkommen unbekannt, und plötzlich kauft ein Sammler ihre Werke für einen höheren zweistelligen Millionenbetrag. Krenz und Wolf kriegten Augen, groß wie Untertassen. Alex knuffte mich heimlich in die Seite. Der merkte, die beiden träumten schon auf unserer Wellenlänge.

Alex bekam seinen Parteiauftrag, wie er ihn haben wollte. Innerhalb von zwei Monaten rekrutierte ich eine Truppe verlässlicher Aufkäufer, alles sturmerprobte Kommunisten, dann legten wir los. Unser Stabsquartier war im Haus des Zentralkomitees. Wir kriegten einen bestimmten Prozentsatz der Einnahmen aus den Ölverkäufen, zunächst unter Vorbehalt, nach einem Jahr, als Alex die erste Planabrechnung vorlegte, wurde das festgeklopft.

Das Wichtigste war natürlich Konspiration. Bloß keine Unruhe auf den Märkten, bloß keine Handhabe für Trittbrettfahrer. Falls auch nur ein Hauch von unserer Aktivität durchsickerte, hätte das unkalkulierbare Wirkungen. Aber wenn sich einer mit Konspiration auskannte, dann mein Alex. Der hatte im Golfkrieg alte NVA-Waffen in den Orient verkauft, an beide Kriegsgegner gleichzeitig, ohne dass die was davon merkten. Mein Alex war ein Fuchs.

Wir nutzten die Tresorräume unter der Staatsbank. Ein halbes Dutzend Bilder hing da unten immer an der Wand, als Zeugnis unseres Fleißes, gewissermaßen. Ein Rembrandt, ein Dürer, ein da Vinci, zwei, drei van Goghs, das wechselte. Der Rest lagerte hightechmäßig verpackt in den Katakomben. Wenn ein führender Genosse sich informieren wollte, zogen wir mit ihm durch die Regalreihen. Bei solchen Gelegenheiten schmiss Alex mit Namen nur so um sich: dort die Klees, hier die Mondrians, da die Kandinskys. Konnten die Genossen wenig damit anfangen, aber Alex hat ihnen am Ende eine tagesaktuelle Wertanalyse unserer Bestände in die Hand gedrückt, das verstanden sie dann schon. Natürlich konnten wir nicht auf die Milliarde genau sagen, was wir hatten, auch nicht auf zehn Milliarden, aber im Hunderter-Bereich, denke ich, lagen wir immer richtig.

Wann genau hat mein Unglück angefangen? Was war der erste Schritt in die falsche Richtung? Das sind Fragen, die martern mich jeden Tag. Ich habe ja nichts anderes mehr zu tun, ich liege nur rum. Nette Villa, oder? Wer hätte gedacht, dass ich mal in den Alpen lande. Meine persönliche Alpenfestung. Sie wollen mich holen. Aber das schaffen sie nicht. Die Amis kennen sich aus mit solchen Sachen.

Vor drei Jahren ging Alex in Rente, das Herz. Mein neuer Chef war unfähig, aber das spielte keine Rolle für mich. Ich war Urgestein in der Abteilung, ich war selbständig. Ein paar Monate später habe ich dann K. kennengelernt. Ich mag ihren Namen nicht aussprechen, Sie wissen sowieso, wer gemeint ist. Sie sehen ihr Bild andauernd in der Zeitung, vielleicht kennen Sie sogar die berühmten Nacktfotos. Eine Frau, für die man den Verstand verlieren kann, stimmt's? Die Dame hat eine Spur der Verwüstung in der Republik hinterlassen. Ich erinnere nur an die dubiose Prügelei in Adlershof, vor laufender Fernsehkamera. Olympiasieger verdrischt ZK-Sekretär. Fünf Jahre her, aber so was vergisst man ja nicht. Angeblich ist der gute Junge nervenkrank gewesen, kann man so sagen, allerdings ging es vom Herzen aus. K. hatte Schluss gemacht mit ihm, und zwei Tage später flirtet sie im Fernsehen wie aufgezogen mit Brestling, dem ZK-Sekretär. In einer Gesprächsrunde, die live übertragen wird. Der Diskuswerfer setzt sich ins Auto, rast nach Adlershof und stürmt das Studio. Seitdem gibt's übrigens keine Live-Sendungen mehr im DDR-Fernsehen, war nur ein kurzer Versuch.

Aber ich schweife ab. K. und ich, wir waren zusammen, fast anderthalb Jahre lang. Die Öffentlichkeit wusste nichts, das brachte mein Beruf mit sich. Keine Fotos, kein Händchenhalten bei Parteiveranstaltungen, gar nichts. Es war romantisch. Sie hat diese Dachgeschosswohnung im Berliner Dom, Blick auf den Palast und die Türme vom Öl-Ministerium. Nachts schlich ich zu ihr, es gab einen Trick, wie man das Licht ausschaltet, im gläsernen Fahrstuhl, der außen am Dom hochschwebt. Sonst wäre ich ja unter den Augen des gesamten Parteiapparats da raufgeflogen. In den siebten Himmel. Ich werde ein bisschen blumig. K. war die erste Frau in meinem Leben, die ich wirklich geliebt habe, auch in sexueller Hinsicht. Mehr sage ich jetzt nicht.

Ja, ich habe diese Frau geliebt. Ihr kaltes Herz habe ich nicht gespürt. Warum war ich so abgrundtief dumm? Ich weiß es nicht.

Irgendwann ahnte ich trotzdem, dass es mir nicht anders ergehen würde als den vielen Männern, die sie bereits hinter sich gelassen hatte. Für sie war unsere Geschichte nach ein paar Monaten vorbei, emotional. Sie hatte immer öfter dringende Termine, wir sahen uns wochenlang nicht. Im Bett wurde sie kalt. Sex mit einem Eiswürfel. Ich schnappte nach Luft, der berühmte Fisch auf dem Trockenen. Angst überfiel mich, regelrecht Panik.

Warum erzählt er das alles, werden Sie denken. Unglückliche Liebhaber gibt's wie Sand am Meer. Ich komme zum Eigentlichen. Sie war vom Geld fasziniert. Sie war nicht arm, weiß Gott nicht, aber sie hatte eine Schwäche für echte Großverdiener. In Amerika lernte sie einen Russen kennen, der besaß Hunderte Unternehmen überall in der Welt. Sie hat mir vorgeschwärmt von ihrem Nikolai Nikolajewitsch, mit leuchtenden Augen, da wusste ich, was die Glocke geschlagen hat. Für sie war ich immer nur ein etwas dubioser Angestellter des DDR-Außenhandels, zwar mit S-Klasse und einer hübschen Villa auf Hiddensee, aber gegen einen Oligarchen ist das natürlich bloß Trompetengold. Sie hatte keine Ahnung von den wirklichen Maßstäben. Und so kam mir die Idee, ihr ein bisschen auf die Sprünge zu helfen. Wie gesagt, ich war nicht mehr Herr meines Verstandes.

Ihr Zeitbudget wurde knapp und knapper. Ich traf sie nur noch auf Flughäfen, da saßen wir im Transitbereich und tranken Kaffee. Ich musste etwas tun. Eines Tages sorgte ich dafür, dass wir zur selben Zeit in München landeten. Von hier aus hatte ich ungestörten Zugriff auf mein Depot. Vielleicht war es eine Laune von ihr, vielleicht hatte sie Mitleid, jedenfalls endete unser Treffen im Flughafenhotel. Wir schliefen miteinander, aber es war zum Weinen. Sie passte auf, dass die Frisur keinen Schaden nahm, und neben dem Bett machte das Tragphon bling, bling. Hinterher verkniff ich mir die Frage, wann wir uns wiedersehen. Ich öffnete wortlos meinen Handkoffer und holte das Paket heraus. Dicke Transportfolie, außen irgendein Geschenkpapier. »Eine Liebesgabe«, habe ich gesagt, mit Betonung auf Liebe. »Sieh zu, dass der Zoll dich nicht kontrolliert.«

Ich habe ihr einen Luftkuss zugeworfen und bin aus dem Zimmer marschiert. Erhobenen Hauptes, aber im Herzen liebeskrank wie ein Kater bei Vollmond. Im Paket war ein Gemälde von Klimt, späte Secessions-Phase, Katalogwert 31 Millionen Dollar. Ich wusste, dass sie auf den Flitterglanz von Klimt stehen würde. Natürlich würde sie auch herausbekommen, was das Bild ungefähr wert war. Ich hatte mich preislich bewusst für untere Mittelklasse entschieden, so viel Orientierungsvermögen hatte ich schon noch. Es sollte ein Test sein. Ruft sie sofort an? Will sie mich sehen? Ist es im Bett wieder wie früher? Dann hätte ich als Nächstes aus den oberen Rängen etwas für sie ausgesucht. Warhol vielleicht, der hatte die 100-Millionen-Marke längst überschritten.

Liebe hin, Liebe her. Ich bin direkt vom Flughafen mit dem Taxi in mein Depot gefahren. Diese alte, ranzige Bude in Schwabing, Sie wissen schon, das hat ja nachher in allen Zeitungen gestanden. Da saß ich dann, zwischen meinen Schätzen, und heulte. Ich heulte zwei Stunden am Stück, bis nichts mehr aus den Augen fließen wollte. Ich liebte meine Sammlung, inbrünstig, fanatisch, mit der ganzen Kraft meines Herzens. Bis jetzt war es nur aufwärtsgegangen mit ihr, fast jedes Jahr eine Verdopplung des Buchwertes, aller fünf Jahre eine Null mehr hintendran. Und nun hatte ich zum ersten Mal eine Lücke gerissen, aus freien Stücken, bloß meiner seelischen Not gehorchend. Ich hatte mir ein Stück Fleisch aus dem Leib herausgeschnitten. Ich saß in Schwabing inmitten meiner Bilder, fast 1000 waren es, die Wertminderung war statistisch überhaupt nicht wahrnehmbar, aber ich sah nur die kleine Lücke, unten links, wo mein Klimt gestanden hatte. Ich heulte, bis mir die Augen weh taten.

Wieso ausgerechnet Schwabing, werden Sie fragen. Ich hatte die Bilder jahrelang in Berlin, in meinem Haus, dicht bei mir. Ich habe mit ihnen gelebt. Was ich als Kind vor den Bildbänden geträumt hatte, war Wirklichkeit geworden. Sie erinnern sich? Tausendundeine Nacht. Die Grabkammer des Pharao.

Aber irgendwann hatte ich doch Angst bekommen. Die

DDR ist ja, was Sicherheit angeht, immer ein bisschen irrational. Eines Tages steht ein Haufen wild gewordener Beamter vor deiner Tür, eine Verwechslung, bis man die aufklären kann, ist es zu spät. Die eigenen vier Wände sind keine feste Burg bei uns, das wissen Sie. Plötzlich erschien mir die Bundesrepublik diesbezüglich als Insel der Seligen. In München hatte ich viele Ankäufe gemacht, ich war oft in Schwabing, ein verlottertes, schläfriges Milieu, völlig aus der Zeit gefallen, jeder kreist nur um sich, niemand hat Augen für seine Nachbarn. Genau das Richtige, was meine Bedürfnisse betraf. Ab 2005 habe ich die Bilder in etlichen Tranchen nach Schwabing geschafft. Wir alle, die wir zu Alex gehörten, hatten Diplomatenpässe und Blankodokumente. Ich wurde nicht kontrolliert, selbst wenn ich mit einem Schwertransporter an der Grenze vorgefahren wäre. Das hat sich so ein kleiner Grenzbeamter doch überhaupt nicht getraut.

Der Rest ist schnell erzählt. Die Dame hat tatsächlich sofort angerufen. Sie hat so ins Telefon geschmachtet, dass ich wild entschlossen war, zum Warhol noch einen Jackson Pollock dazuzulegen. Natürlich sehen wir uns, gleich nächste Woche, wenn sie wieder zu Hause ist. Dann hat sie mir Obszönitäten ins Ohr geflüstert, es war herrlich. Männer werden nicht klüger, das ist die Steinzeit, nach wie vor.

Bevor wir uns das nächste Mal treffen konnten, empfing sie in ihrer Domklause einen anderen Besucher. Einen Nebenliebhaber, auch schon abserviert. Der hatte eine Aussprache verlangt. Sie lässt ihn rein, dummerweise. Der Mann ist wütend und eifersüchtig. Ein Akademiker, gewisse Kenntnisse der modernen Kunst sind vorhanden. Sie hat meinen Klimt nicht gerade vorgezeigt, aber das Bild hängt offen in ihrer Wohnung. Er muss sich davon überzeugt haben, dass es ein

Original ist, vielleicht, während sie kurz ins Bad geht. Wenn du im Nationalnetz nach dem Bild suchst, erscheint der Vermerk »Verschollen«. Jedenfalls läuft der Mann sofort zu einer Behörde. K. hat nicht nur Freunde bei uns, müssen Sie wissen. Ihre vielen Westkontakte, die langen Reisen ins Ausland, das ist etlichen Genossen ein Dorn im Auge.

Die Kripo wird vorstellig und erkundigt sich ganz direkt nach dem Klimt. Wahrscheinlich hat sie knallhart überlegt, was jetzt das Beste für sie ist. Sie hat sich entschieden, den Bauern zu opfern. Da hatten sie mich am Haken. Da saß ich in der Falle.

Ich war, um es ganz deutlich zu sagen, der größte Kunstdieb der jüngeren Geschichte. So richtig begriffen habe ich das erst, als sich die Schlinge zuzog. Ich wollte die Bilder, ich bekam die Bilder. Seit Anfang der 90er Jahre hatte ich Kunst aus unseren staatlichen Beständen in meinen Privatbesitz übergehen lassen. Es war so einfach. Wir kauften auf den Märkten, was die Öleinnahmen hergaben, verpackten das allermeiste und lagerten ein. Ich führte die Bücher, verstehen Sie? Das war nur ein Mausklick. Ein für Millionen erworbenes Bild verschwand aus den Unterlagen, ohne Spuren zu hinterlassen. Frisches Geld floss pausenlos nach, Alex hatte vollstes Vertrauen zu mir, außerdem war er mit tausend anderen Geschäftsideen unterwegs. Sämtliche Revisionen wurden in meinem Beisein gemacht.

Immerhin war die Dame so nett, mich anzurufen, nachdem die Kripo ihre Wohnung verlassen hatte. Ich wusste genau, was passieren würde. Sie informieren Alex, wenn der Verdacht schöpft, ist die Sache gelaufen. Den Klimt hatte ich Mitte der 90er aus unseren Büchern entfernt, Alex würde das rausfinden. Sie verhören mich auf altbekannte Weise, danach gibt es ein Narkosemittel und ab in die Spree. Vorher würden sie natürlich die Bilder aus Schwabing holen, bei Nacht und Nebel.

In welches Mauseloch krieche ich? Sie wollen die Bilder, aber sie werden auch ihre Rache wollen. So bin ich beim CIA gelandet. Mit meinen Bildern. Die Amerikaner haben schon gestaunt, als ich sie in meine Schatzkammer führte. Wow! It's big! It's marvellous! Danach haben sie diese Schwabing-Show inszeniert. Alte deutsche Kunsthändlerfamilie, Nazi-Raubkunst, mit dem vertrottelten Alten als Statisten. Sie wollten die Bilder nicht zurückgeben, aber sie einfach behalten, das wollten sie auch nicht. Die DDR wurde diskret informiert, dass man nun alles weiß, vom großen Bilderschatz im Tresor unter der Staatsbank. Ich hatte es ihnen ja erzählt. Musste ich doch. Wieso besitze ich als unbekannter DDR-Bürger Kunstwerke, die mehr als eine Milliarde Dollar wert sind? Welche Geschichte sollte ich mir da einfallen lassen? Sie haben mich ausgequetscht, und danach haben sie Katz und Maus gespielt mit den arroganten Parvenüs im Osten. Kommt doch und sagt öffentlich, dass diese Bilder euch gehören. Erzählt der ganzen Welt, wie ihr euer heiliges Volkseigentum in schmutzige Spekulationsgeschäfte steckt. Los, macht es überall bekannt, die Folgen werden grausam sein. Das ist der Kalte Krieg. Der war schon immer grausam.

Nun liege ich hier. Blick auf die Alpen, aber ein halbes Gramm Morphium jeden Tag. Ich hoffe, Ihnen ist klar, was auf den Kunstmärkten passiert, wenn Sie mit meiner Geschichte an die Öffentlichkeit gehen. Schussfahrt in den Abgrund. Das werden Verluste für die DDR-Volkswirtschaft, da müssen meine Genossen mehr als nur einen Fünfjahrplan korrigieren. Ich sage immer noch meine Genossen, merken Sie das? Meine DDR, da komme ich nicht los. Heimat ist Heimat.

Ich bin müde. Die Ärzte sagen, es liegt am Morphium. Aber was wissen die Ärzte. Ich habe gelebt. Auch ich war in Arkadien. Vorbei.

Die Dame hat mich sofort aus ihrem Gedächtnis gestrichen. In ihrem Herzen war ich sowieso nie drin. Ihr Herz ist ein Eispalast. Ich habe mein Leben ruiniert für sie. Selber schuld. Ihrer Karriere hat es nicht geschadet, wie sie jeden Tag in der Zeitung lesen. Manchmal frage ich mich, ob sie es sogar geschafft hat, den Klimt zu behalten. Ich stelle mir vor, wie mein Chef bei ihr in der Domklause erscheint, um das Bild abzuholen. Sie empfängt ihn im Negligé. Die beiden werden rasch handelseinig. Das würde ich ihr zutrauen. Auf jeden Fall traue ich ihr das zu.

## XII

Das ist wirklich ein Scoop gewesen, falls Sie das Wort kennen. Eine Geschichte, die ihren Autor in den Orbit schießt. Die Story lief überall, sogar in Australien. Peuckert wurde in Talkshows eingeladen, natürlich nur im Westen. Er wirkte sicher, aber ich merkte, dass er sich seine Sätze vorher zurechtgelegt und auswendig gelernt hatte. RTL hat ihm eine eigene Sendung angeboten, »Peuckert packt aus«. Einmal im Monat sollte er eine Enthüllungsgeschichte aus der DDR präsentieren. Die wollten das sogar für ihn recherchieren, er hätte nur den Kopf vor die Kamera halten müssen.

Ich habe mich gefragt, wie er mit dieser Art Ruhm zurechtkommt. So etwas lag ihm doch überhaupt nicht. Etwa zehn Tage nach seinem großen Erfolg trafen wir uns im Ganymed, dem teuersten Restaurant von Berlin. Er hatte das Lokal vorgeschlagen. »Es gibt etwas zu feiern«, sagte er am Tragphon, »ich lade ein.« Er war wie immer, redete leise, bewegte sich schnell und doch vorsichtig, aber er trank mehr als üblich, vier Biere oder fünf, ich hab's nicht gezählt, aber es fiel mir halt auf. Das RTL-Angebot wollte er tatsächlich annehmen. Aber der Sender hatte es nach ein paar Tagen wieder zurückgezogen. Die planten, einen eigenen DDR-Kanal aufzumachen, und hielten es für unklug, ihren neuen Geschäftspartner zu brüskieren. »Schade«, sagte er. »Das wäre eine neue Erfahrung gewesen.«

»Du hasst neue Erfahrungen«, sagte ich. Peuckert lachte

und bestellte sich ein weiteres Bier. Zum ersten Mal hörte ich ihn laut lachen. Ich spürte den Impuls, ihm von meinem Verdacht zu erzählen. Dem Verdacht, dass er für sie arbeitet. Inzwischen glaubte ich nicht mehr daran, er riskierte zu viel. Die Kunsthandelsgeschichte konnte dem Politbüro unmöglich gefallen haben. Oder gab es auch da wieder eine politische Intrige, einen internen Machtkampf, dessen Werkzeug er war? Um zu wissen, wem eine Geschichte auf lange Sicht nützt, musst du im Besitz sämtlicher Informationen sein, und was wusste ich schon? Ich wollte reinen Tisch machen, unsere Freundschaft wieder auf eine ehrliche Basis stellen, aber irgendwas hielt mich davon ab. Ich glaube, es war die routinierte Handbewegung, mit der er das Bier bestellte.

Ich habe ihn gewarnt. Alles war möglich, er konnte ausgebürgert werden, verhaftet, sie konnten ihm ein Verfahren wegen Steuerhinterziehung anhängen, das geht immer. Er konnte einen Unfall haben. Er konnte spurlos verschwinden. Es war auch denkbar, dass sie ihn noch eine Weile machen ließen. Aus wissenschaftlichem Interesse. Sie betrieben gern Verhaltensforschung.

Zwei Wochen danach fuhr er in die Uckermark.

# IN DER VERBANNUNG

Castorf lebt jetzt in der Verbannung. Er hat Stufe zwei, das heißt, er darf die Städte nicht mehr betreten. Auch kulturelle und politische Veranstaltungen sind tabu für ihn. Nach Berlin darf er ebenfalls nicht, obwohl das mal seine Heimat gewesen ist. Castorf meint, er sei glimpflich davongekommen. Sie hätten ihn für ein paar Jahre nach Bautzen stecken können, ins Zuchthaus. »Ick hab am Theater Anklam anjefangen«, sagt er, »det war och Verbannung.«

Besuch in Friedenfelde, Uckermark, bei Frank Castorf. Abgestürzt aus dem europäischen Theaterhimmel in ein winziges Dorf, das früher von fleißigen Bauern bewohnt gewesen ist. Noch stehen die Ställe und Traktorenhallen, aber das Moos wuchert an ihren Wänden. Ein Betonplattenweg führt zum alten Gutshaus. Halb eingestürztes Dach und leere Fensterhöhlen, man sieht die Spuren einstiger Brände. Eine malerische Ruine ist Gut Friedenfelde heute, ein bisschen spooky, vom Dach grüßt der Wetterhahn, den kein Wind je wieder aus seiner rostigen Starre erlöst. Hier wohnt Castorf. In drei Sälen links neben dem Hauptportal. Bröckliger Stuck, Parkett mit Löchern, die fehlenden Fensterscheiben sind durch Folie ersetzt. Es gibt ein Feldbett in Castorfs Räumen, einen Kanonenofen, eine Waschschüssel. In der Etage darüber – die Zimmer kleiner, dafür Balkone mit schmiedeeiserner Brüstung – haben sich die Ehefrau des Regisseurs und seine Geliebte wohnlich eingerichtet, zusammen mit Castorfs Kindern.

Im rechten Flügel des Hauses wird Theater gespielt. Der Zuschauerraum ein wild zusammengewürfeltes Sitzmobiliar, Bierbänke, Sofas, Kinosessel. Die kleine Guckkastenbühne ist an den Seiten mit Sperrholz verkleidet. »Ick mache hier ehrlichet Theater«, sagt Castorf, »ick bin weder enttäuscht noch entmutigt. Beleidigt bin ick och nich.«

Für 14 Uhr ist die erste Probe des Tages angesetzt. Früher geht nicht, ein paar von Castorfs Leuten kommen schlecht aus dem Bett. Zeit genug, um über die jüngere Vergangenheit zu reden. Über den Eklat von Bayreuth, über Castorfs Ausbürgerung im Herbst 2013 und vor allem über seine illegale Wiedereinreise in die DDR. Fast 30 Jahre lang ist Castorf der ästhetische Imperator des DDR-Theaters gewesen. Eine halbe Ewigkeit leitete er eine große Bühne in Ostberlin und machte seinen Tempel der künstlerischen Unzucht daraus. Bei Castorf gab es Rock' n' Roll, Sex, das Fieber einer messerscharfen und trotzdem bodenständigen Intellektualität. Wenn Nora einen Staubsauger durch ihr Puppenheim zerrte und minutenlang nichts anderes tat, als Staub zu saugen, wenn der Volksfeind Doktor Stockmann seine hyperventilierende Kulturkritik kurz unterbrach, um die eigene Tochter zu bespringen, verstand man die Binnenspannung moderner Dramen plötzlich auf ganz eigene Weise. Castorfs Theater war heiß. Eine nonkonformistische Gedankenparty, bei der die geistigen Getränke in Strömen flossen.

Von der offiziellen Kulturpolitik wurde das alles mit verkniffenem Misstrauen beobachtet, oft genug im »Neuen Deutschland« scharf angegangen, aber dann eben doch zähneknirschend geduldet als Ausweis der eigenen Toleranz und natürlich wegen Castorfs internationaler Reputation. Bis der Wagner-Clan den Künstler vergangenes Jahr nach Bayreuth einlud, einen »Ring« zu inszenieren. Was der wilde Mann auf dem fränkischen Hügel trieb, war zu viel. Castorf ging zu weit. Er übertrieb den Spaß. Es donnerte aus parteiamtlichen Himmeln, kurz, aber heftig, ein Blitzstrahl teilte die dünnen Wolken der Toleranz. Eine historische Schrecksekunde lang war Castorf der größte anzunehmende Feind der DDR. Das Land entzog ihm die Staatsbürgerschaft. Sollte der Ketzer im Exil verfaulen. Biermann reloaded.

Aber nur wenige Tage nach seinem Rausschmiss ließ sich Castorf in einer nebligen Nacht über die Elbe rudern, vorbei an träumenden Grenzposten. Freunde chauffierten den Regisseur nach Berlin, zu Dienstbeginn stand er vor der Pforte des Kulturministeriums und wartete auf Gregor Gysi. Was hat er an jenem Morgen eigentlich zum Kulturminister gesagt? »›Ick bin jelernter DDR-Mensch‹, hab ick jesacht. ›Bautzen is mir mental näher als Bayreuth. Die Lügen von Bautzen sind wenigstens ehrlich.‹«

Und Gysi lässt sich erweichen. Er verschafft dem Renegaten einen neuen DDR-Pass, sorgt dafür, dass sein Prozess milde ausgeht; sogar das übliche Verfahren, Verbannte der Stufe zwei in leerstehenden dörflichen Plattenbauten unterzubringen, wird für Castorf außer Kraft gesetzt. Er darf im Friedenfelder Gutshaus wohnen, das vor hundert Jahren mal der Familie von Arnim gehörte, wie fast alles in dieser Gegend. Zuletzt haben sie im Haus einen Dorfkonsum betrieben, danach fühlten sich hier nur noch die Ratten wohl.

Castorfs Bayreuther »Ring« hatte gezeigt, wie gut sich die letzten zweieinhalb Jahrzehnte der DDR in einer germanischen Mythenoper spiegeln lassen. Erdöl ist der Betriebsstoff der modernen Zivilisation, der sagenhafte Goldschatz im Untergrund, die Quelle des großen Weltenbrandes. Wegen ihres Ölreichtums ist die DDR heute in gewaltige Entscheidungsschlachten involviert. Entfesselte Naturenergie contra zähmend-maßvolle Menschenkraft, weltenstürzende Besitzgier versus weltenbauende Liebe. Aber das Land will von all dem nichts wissen. Castorfs »Ring« erzählte in ebenso ironischer wie luzider Schärfe von einem Staat, der über Nacht stinkreich und mächtig geworden ist, sich auf der Weltbühne aber wie ein trotziges Kind benimmt. Man erhebt Anspruch auf allgemeinstes Wohlbefinden, ohne über die Kosten auch nur nachdenken zu wollen. Man konsumiert und verbraucht, als gäbe es kein Morgen. Wir dürfen jetzt auch mal! Das ist die mentale Grundhaltung, mit der heute in der DDR Politik gemacht wird. Castorfs Regieschwert, so stellte sich heraus, schnitt mitten in das kollektive schlechte Gewissen des Landes, ins Verdrängte und Tabuierte. Der Regisseur beschmutzte das Nest nicht nur, aus dem er kam, er drohte damit, es unbewohnbar zu machen.

Castorf bläst die Backen auf. »Ick weeß nich, warum die det so verbiestert kommuniziert haben. Wagner is Terrorist, det wollt ick einfach mal uffs Tapet bringen. Walhall, Stalingrad, die Bohrtürme von Mecklenburg, det sind Kraftlinien. Damit kann ick wat anfangen im Theater.«

Auf weitere Diskussionen will er sich nicht einlassen, das Thema Bayreuth ist durch. »Det janze Intellektuelle interessiert mir jarnich so sehr. Ick will jetzt lieber Kaffe trinken. Ick hab keen Herd bei mir unten. Aber die Frauen oben machen wat.«

Viertel nach zwei sitzen nur Castorf und die Souffleuse im Probenraum. Keine Spur von Ungeduld beim Regisseur. Seine Schauspieler kriegen alle Bürgergeld. »Die ham et nich nötig, uff Abendkasse zu spielen. Die traben hier an, weil se det Theater lieben. Wie icke.«

Kurz danach erscheint Castorfs Regieassistent, eine halbe Stunde später ist die Truppe vollzählig. Auf der Bühne steht unverfälschte DDR-Landbevölkerung, jedenfalls das, was von ihr übriggeblieben ist. Wie fast alle Dörfer hat sich auch Friedenfelde geleert, seit die Lebensmittel billig importiert werden. Das üppige Bürgergeld lässt sich angenehmer in den großen Städten ausgeben, wo es Warenhäuser und Kaufhallen gibt und HO-Gaststätten, die rund um die Uhr geöffnet sind. Bleibt ein Rest von Einsiedlern und sonstigen Käuzen, die es am besten mit sich allein aushalten. Und natürlich die Verbannten sämtlicher Strafstufen, denen auf Jahre hinweg der Zutritt zu allen Städten verboten ist.

So wie Castorf, der nun Regieanweisungen auf die Bühne ruft. Sie proben »Faust«, erster und zweiter Teil. Ausgerechnet Goethe, ausgerechnet in der Uckermark. Für Castorf geradezu Künstlerpflicht. »Kunst is Ausnahmezustand«, sagt er. »Wenn ick normal sein will, kann ick mir ins Bett legen.«

Kevin spielt den Faust. Ein bulliger Glatzkopf, teurer Jeansanzug, Springerstiefel und Diamanthalsband. Vor 25 Jahren kam Kevin in Friedenfelde zur Welt. Er hat im Moment viel Schorf im Gesicht, unterm rechten Auge leuchtet schwarz eine Beule. Am Wochenende wollte Kevins Gang Sonnenwende feiern, draußen am See. Die Jungs schichteten kunstvoll Holzstöße in Hakenkreuzform auf, als eine männliche Wandergruppe der FDJ an ihrem Thingplatz erschien. Es kam zu Wortgefechten und danach zu einer Keilerei, die sich bis ins Prenzlauer Kreiskrankenhaus fortsetzte.

»Ick seh det nich, Kevin«, schreit Castorf aus dem Zuschauerraum. »Ick seh nich, det du wirklich wat willst. Der

Typ hat eben jesacht, er kann dir allet verschaffen. Allet! Jeld, Drogen, Frauen. Sojar richtich jung kannste wieder werden. Du weeßt selber nich, wat de jenau willst. Du weeßt nur, det de willst! Du willst und willst und willst! Vastehste, Kevin?! Ick gloobe nich, det du nich weest, wie det is, wenn man wat will. Denk an früher! Als et noch keen Öl jab. Da hamse det alle jekannt. Wolle mal, Kevin! Los, mach ma!«

Oben auf der Bühne wirft Kevin einen Tisch um, Schüsseln und Gläser zerspringen am Boden. Man erkennt nicht genau, ob der massige Schauspieler jetzt eine Regieanweisung umsetzt oder irgendwie nur in Wut geraten ist. »Ja«, schreit Castorf. Kevin greift sich eine Schüssel, die heil geblieben ist, voll mit einer undefinierbaren weißen Masse, vielleicht ist es Kartoffelsalat. Er drückt die Schüssel seinem Gegenüber ins Gesicht. »Ja!«, jubelt Castorf. »Ja, ja, ja!«

Kevins Bühnenpartner, dem nun weiße Masse aus dem Gesicht bröckelt, heißt Werner. Er spielt Mephisto. Werner ist mal LPG-Vorsitzender in Friedenfelde gewesen, aber gleich nach 89 hat es ihn in die Erdölwirtschaft verschlagen. Als Brigadier auf einem Ölfeld konnte Werner den Lockungen des schnellen Geldes nicht widerstehen. Er und seine Kumpane schickten Hunderte von Tankern auf eigene Rechnung nach Hamburg, beim großen Neubrandenburger Ölprozess war Werner ein Hauptangeklagter. Er bekam zehn Jahre, die er restlos absitzen musste, danach haben sie ihm die Rückkehr in sein Dorf erlaubt. Werner ist ein kleiner Mann mit Tätowierungen überall im Gesicht. Für Castorf die Idealbesetzung. »Det Aasige is keene Maske bei Werner. Natürlich will Mephisto den Faust bescheißen, von Anfang an. Werner weeß, wat damit jemeint is.«

Bleibt noch Gretchen, die junge Anna Pawliczek aus dem

Nachbarort Gerswalde. Die blondmähnige Anna ist gelernte Köchin und wiegt mindestens 180 Pfund, allerdings sind die höchst vorteilhaft verteilt. Anna ist das, was man früher eine Dorfschönheit nannte. Während der Probe wirft der Regisseur seiner Darstellerin unentwegt feurige Blicke zu, doch Anna ist Kevins Braut, und das muss vermutlich sogar Castorf respektieren.

Nach anderthalb Stunden ist bereits Probenschluss. Kevin und Anna wollen noch in die Kuba-Halle, eine tropische Badelandschaft unter gläserner Riesenkuppel, die neueste Freizeitattraktion von Prenzlau. Sie laden Castorf ein mitzukommen, aber für Castorf ist Prenzlau eine verbotene Stadt.

In vier Wochen soll Premiere sein. Alle Karten sind längst ausverkauft, eigentlich gab es schon vor Probenbeginn keine freien Plätze mehr. Auch die nächste Castorf-Premiere wird ein Ereignis im deutsch-deutschen Kulturbetrieb. Aficionados aus Ost wie West werden sich klammheimlich auf den Weg nach Friedenfelde machen. Badeausflug in die Uckermark, nennen sie das, oder Schlössertour rund um Prenzlau. Wenn die Stunde der Aufführung naht, werden sie auf verschlungenen Pfaden Friedenfelde erreichen, im Schutz der Dämmerung, immer hoffend, nicht doch noch an einer Straßensperre der Volkspolizei zu stranden. Es ist ihnen egal, dass ihre Gesichter gefilmt werden, von Stasi-Observationskommandos, die in Jägerhäusern lauern. Sie stehen im Bann des Magiers. Sie wollen den neuen Castorf sehen, und wenn es die Existenz kostet.

»Det is Theater«, sagt Castorf. »Wenn de mit'm Arsch im Feuer sitzt, und merkst et jar nich.«

Rapsfelder blasen ihr Giftgelb in den dämmernden Himmel über Friedenfelde, vom Hochmoor ziehen weiße Nebelfäden herüber. Über der Ruine des Gutshauses hängt schwer ein orangener Vollmond. Der Mond ist eigentlich kalt, man weiß es, aber in diesem Moment scheint er wie ein riesiger Feuerball. Da ist er, der Ausnahmezustand. Die nächtliche Sonne von Friedenfelde. Heiß genug, um von hier aus den Rest des Landes in ein reinigendes Flammenbad zu tauchen.

# XIII

Zur gleichen Zeit bekam ich ein Angebot, das man nicht ablehnen kann. Ich ging noch immer hin und wieder zu Sahra. Inzwischen hatte ich über das Anfängerprogramm hinaus ein paar kompliziertere Yogastellungen gelernt, das Rad, das Kamel. Während Peuckert seine melancholische Reise in die Uckermark unternahm, eine Reise zu den Hoffnungen und dem Idol seiner Jugend, so sah ich es jedenfalls, ging ich vielleicht sogar ein wenig öfter als sonst zu Sahra. Es ist nicht so, wie Sie denken. Ich wollte nichts von ihr – und selbst wenn es so gewesen wäre, was konnte ich ihr schon bieten? Nein, ich hörte ihr einfach gern zu. Nach der letzten Yogastunde blieben immer vier, fünf Schüler an der kleinen Bar sitzen, tranken Fruchtcocktails oder Mineralwasser aus Fiji, das so teuer war wie alter Whisky. Sahra mixte sich einen Virgin Colada. Draußen sank die Sonne.

Dann erzählte sie. Sie wusste, dass wir nur da waren, um ihr zuzuhören. Manchmal zitierte sie eine Viertelstunde lang auswendig aus den Schriften von Hegel, von Lenin, Schopenhauer oder Feuerbach. Die sozialistischen Klassiker, ihre Vorläufer und die Denker des Bürgertums. Danach interpretierte oder kritisierte sie die Texte, wie die Propheten, die vor ihren Schülern den tieferen Sinn der hinterlassenen Schriften freilegen. Am Ende ihres Vortrages skizzierte sie mögliche Konsequenzen für die praktische Politik.

Sie sprach über die großen Zukunftshoffnungen und über

das, was aus ihnen gemacht worden war, von den Opportunisten, den Kleinbürgern und den Karrieristen. Ich spürte das Feuer in ihr. Was wäre aus dem Land geworden, wenn sie den Machtkampf gewonnen hätte, dessen Details und Frontverläufe ich nicht kannte und dessen Ergebnis ihre Versetzung aus dem Politbüro in dieses mittelgroße Yogastudio gewesen war? Wäre alles besser? Wäre alles noch schlimmer? Ich weiß es nicht. Ich hörte ihr gern zu. Dabei dachte ich an den alten Viktor Erdmann. So wie ich musste er sich gefühlt haben, als er ein 16-jähriger Kurier des Widerstands war, in einer Berliner Wohnküche zum ersten Mal Olga Uljanowa gegenübersaß und ihr zuhörte, wie sie ihm von der großen Sowjetunion erzählte.

Eines frühen Abends klingelte mein Tragphon. Sahra warf mir einen strafenden Blick zu. Ich ging rasch auf die Terrasse. Ein Redakteur der »Zeit« fragte mich, ob ich mir ein öffentliches Interview zutraute, vor Publikum. Wenn man mich fragt, ob ich mir etwas zutraue, sage ich meistens ja.

Es sollte eine neue Gesprächsreihe geben, Thema: die beiden deutschen Staaten, im weitesten Sinn. Zum Auftakt hätten sie eine Zusage von Gregor Gysi bekommen. Die DDR-Seite habe angeregt, dass ich den Minister befrage. Der Redakteur war mindestens ebenso erstaunt wie ich.

Kaum war dieses Telefonat beendet, rief Sascha Anderson an. »Du siehst, wir kümmern uns um unsere Freunde«, sagte er. »Es ist gewiss eine Chance, o ja. Du kannst das entspannt angehen, wie eine Yogaübung, du machst doch Yoga. Wenn ihr beide euch wohlfühlt, ist es genau richtig. Dehnen, strecken, sich fallen lassen. Mach mit Gysi den Sonnengruß.«

Eigentlich duzten wir uns gar nicht. Er war nett. Über Peuckert, auf den er wegen der Kunsthandelsgeschichte nach menschlichem Ermessen eine ziemliche Wut haben musste, verlor er kein Wort.

Sie hatten mich ausgewählt, weil sie mich für harmlos hielten, war es das? Ich beschloss, nach der »99 Fragen«-Methode vorzugehen. Ein Westjournalist, Moritz von Uslar, hat ein Interviewformat erfunden, bei dem man genau 99 Fragen auf den Gesprächspartner abfeuert, blitzschnell, so dass der oder die andere kaum Zeit zum Überlegen hat. Die Fragen sind manchmal banal, manchmal tückisch. Es kommt darauf an, schnell im Kopf zu sein, aber das war Gysi ja. Ich suchte mir eines dieser Interviews aus, das der Kollege vor einiger Zeit mit einem russischen Fotomodell geführt hatte. Ich würde Gysi zum größten Teil genau die Fragen stellen, die das russische Fotomodell beantworten musste. Diese Idee war postmodern und würde ihm gefallen. Außerdem überlegte ich mir ein paar wenige Fragen speziell für ihn. Ich würde ihn natürlich nach Sahra fragen. Das war knifflig. Aber im Großen und Ganzen konnte nichts schiefgehen.

# 99 FRAGEN AN GREGOR GYSI

Öffentliches Interview im Berghain, dem Westberliner Spielcasino mit Partyzone und den berühmten Toiletten, in denen alles erlaubt ist. Er hat sich diesen Ort gewünscht. Gregor Gysi, 67, seit 20 Jahren Kulturminister der DDR, ist so weit entfernt vom Klischee des Funktionärs, dass es eigentlich nur inszeniert sein kann. Es gibt – aufs angenehmste – kein echt brisantes oder zwingendes Thema mit ihm zu besprechen; aber man kann mit ihm, dem Kommunikationsprofi, dem Talkshow-Gestählten, der alten Plaudertasche, natürlich über praktisch alles sprechen, ohne dass es langweilig wird, von den Umweltproblemen in Bitterfeld bis zur Wahl der richtigen Partycracker. Er faltet die Hände. Egal, wie ernst dieses Gesicht guckt, die Gysi-Äuglein amüsieren sich schon mal. Einige hundert Zuhörer, schätzungsweise zwei Drittel West, ein Drittel Ost. Nervös ist er überhaupt nicht, er genießt. Cool ist er schon. Wir plappern erst mal irgendwas.

**1 Schon privat hier gewesen?**

Lange her. Ich gehöre nicht mehr zur Zielgruppe. Der Türsteher würde mich nicht reinlassen. Heute musste er.

**2 Auch Drogen probiert?**

Nur das Übliche. *Er zuckt mit keiner Wimper.*

**3 Sex oder Liebe?**

Liebe. Mit Sex.

**4 Gay oder straight?**

Ist doch beides in Ordnung.

**5 Der beste Trick, um Frauen rumzukriegen?**

Zuhören. Deshalb scheitere ich so oft.

**6 Was ist Porno-Pingpong?**

Da besucht man zu zweit eine Online-Videothek und liest sich die Titel der Pornofilme vor, die vorrätig sind. Wer als Erster lacht, hat verloren.

**7 Hardcore oder Normcore?**

Was ist denn Normcore? Das habe ich ja noch nie gehört.

*Der Interviewer erklärt eines der Hypewörter des Jahres. Normcore, das ist die zum Status erhobene Normalität.*

Bei mir ist die Normalität Hardcore. Weil es die in meinem Leben nicht gibt.

**8 Radeberger oder Club-Cola?**

Rotwein.

**9 Robotron oder Apple?**

Robotron. *Er grinst.*

**10 Prenzlauer Berg oder Pankow?**

Zum Ausgehen Prenzlauer Berg, zum Wohnen Pankow.

**11 Silly oder Keimzeit?**

Oh. Darf ich die Frage schriftlich beantworten?

*Die Westler lachen, aus der Ostecke kommen ein paar Pfiffe.*

**12 »Die Legende von Paul und Paula« oder »Spur der Steine«?**

Beide schön. Es war natürlich falsch, »Spur der Steine« zu verbieten, damals. Toller Film. Nächstes Jahr kommt das Remake mit Christoph Waltz in der Hauptrolle, als Balla. »Paul und Paula« machen wir in Hollywood, mit DiCaprio und Kate Winslet.

**13 Lebender Lieblingsautor?**

International Houellebecq und Murakami. Zur DDR-Literatur sage ich nichts. Der Minister hält sich da besser raus.

**14 Letztes DDR-Buch, das Sie gelesen haben?**

*Er überlegt.* Lebenslauf, zweiter Absatz. Von Hermann Kant.

**15 Schon mal Gedichte geschrieben?**

Wenn ich Gedichte schreibe, dann klingt das so, als ob die Puhdys Mozarts »Kleine Nachtmusik« spielen.

**16 Wie sieht eine perfekte Theaterinszenierung aus?**

Das Stück von Brecht, von Heiner Müller oder von Pollesch. In den Hauptrollen Angelica Domröse, Rolf Hoppe und Henry Hübchen. Regie … meinetwegen Castorf.

Zusammen mit Katharina Thalbach, damit ich mich amüsieren kann. Und wenn die sich streiten, darf ich vermitteln.

**17 Wie war es in Bayreuth?**

Wagner ist nicht so meins. Seit wir das finanziell unterstützen, krieg ich immer Karten. Ich verschenke die auch manchmal.

*Ende der Aufwärmphase. Er fühlt sich immer noch wohl.*

**18 Jemals davon geträumt, 20 Zentimeter größer zu sein?**

Jede Nacht.

*Das Publikum lacht. Das nimmt so eine Öffentlichkeitsrakete wie er natürlich wahr und will mehr davon. Die Gefahr ist, dass das hier zu lieb wird. Ist es schon an der Zeit, seine Schmerzgrenze zu testen?*

**19 Ist die DDR zu reich?**

Wozu?

*Da fällt mir auf die Schnelle nichts ein. Ja, wozu eigentlich? Also weiter.*

**20 Zensur, gut oder schlecht?**

Schlecht. Manchmal leider unvermeidlich. Wir arbeiten daran, sie abzuschaffen.

*Wie lange ist er schon Minister? Ziemlich frech, die Antwort. Da muss man wohl nachfassen.*

**21 Wann ist es unvermeidlich?**

Wenn die Errungenschaften des Sozialismus in Gefahr sind.

*Im Publikum rumort es, die Ostfraktion mag diese Fragen nicht. Er hat ein paar Freunde mitgebracht, schon klar. Aber da muss er durch.*

**22 Entscheiden Sie selbst, ob etwas verboten wird oder nicht?**

Nie alleine. Aber das letzte Wort habe ich schon.

**23 Was ist schlecht am Sozialismus?**

Der Sozialismus von heute ist immer schlechter als der Sozialismus von morgen.

**24 Was ist gut am Kapitalismus?**

Dass er irgendwann garantiert vom Sozialismus abgelöst wird.

*So was hat er auf der Festplatte gespeichert.*

**25 Was haben Sie von Erich Honecker gelernt?**

Dass Brillen nicht jedem stehen.

**26 Was wurde auf der letzten ZK-Sitzung besprochen?**

Wir werden das garantierte Grundeinkommen erhöhen. Wir wollen die Versorgung der Alten und Kranken verbessern. Kultur kam nur am Rand vor. Wir denken darüber nach, Theaterzuschauer zu subventionieren. Wer ins Theater geht, bekommt Geld. Gut für die Volksbildung. Die Theaterleute sind natürlich dagegen. Und Geld haben die Leute sowieso schon genug. Ich weiß nicht recht.

**27 Haben Sie Thomas Gottschalk für »Ein Kessel Buntes« in die DDR geholt?**

Ach, der ist jetzt bei uns?

**28 Sind Sie größenwahnsinnig?**

Nicht in allen Dingen.

**29 Wie lautet Ihr Gruß an Daniela Katzenberger?**

Komm zu uns, wir lieben dich alle.

**30 Ihr Gruß an Sahra Wagenknecht?**

Eine reuige Sünderin ist besser als tausend Gerechte.

**31 Frauenquote?**

Unsere Frauen sind so selbstbewusst, die brauchen das nicht.

**32 Tritt die DDR eines Tages in die EU ein?**

Ich schlage den umgekehrten Weg vor. Das ist unkomplizierter.

**33 Waren Sie mal bei der Stasi?**

Erinnern Sie sich nicht? Da haben wir beide uns doch kennengelernt.

*Heiterkeit im Saal.*

**34 Tun Sie was gegen Ihren Haarausfall?**

Ich dusche seltener.

**35 Was machen Sie beruflich?**

Ich unterschreibe Sachen.

**36 Wie nehmen Sie ab?**

Ich schreibe Liebesbriefe an Sahra Wagenknecht.

*Yeah. Bei der echt absurden Antwort auf die Haarausfallfrage gab es Zwischenapplaus, hier schon wieder. Die Kunst des Unterhaltsam-nichts-Sagens hat ja eine lange Tradition, normalerweise sind Fernseh- und Medienlieblinge wie Verona Feldbusch und Michelle Hunziker da die Spitzenkönner, oder auch Fußballtrainer. Politiker und Intellektuelle können das weniger. Er kann es. Wir führen ihn in den berühmten Talenttest – er soll sein Talent von null Punkten (minimales Talent) bis zehn Punkten (maximales Talent) einschätzen.*

**37 Ihr Talent als Lady Gaga?**

Null Punkte. Sie ist ja einzigartig.

**38 Der heißeste Typ im DDR-Fernsehen?**

Ein Punkt.

**39 Werbefuzzi?**

Ich sehe es als Kompliment, wenn es heißt, dass ich Werbung für ein gutes Produkt machen kann, für unseren Staat. Sechs Punkte.

**40 Bundeskanzlerin von der Leyen?**

Im Rahmen der Möglichkeiten macht sie das gut. Eine sympathische Frau. Wie ich als euer Bundeskanzler wäre? Sieben Punkte.

*Großer Beifall. Es ist schon erstaunlich, wie souverän er mit seiner Eitelkeit spielt, er kann die blitzschnell hoch- und wieder runterfahren. Wenn sich ihm eine Chance bietet, wird er immer zupacken. Kein Wunder, dass manche seiner Genossen Angst vor ihm haben.*

**41 Staatsratsvorsitzender?**

Steht nicht zur Debatte. Also null Punkte.

**42 Stimmt es, dass Sie bei Twitter genauso viele Follower haben wie Wladimir Putin?**

Sind es so viele? Ich weiß es wirklich nicht.

**43 Kapieren Sie Putin?**

Es war ein Fehler, die Sowjetunion und den Warschauer Pakt zerfallen zu lassen. Russland hat es schwer, wir helfen immer gern. Aber die Veränderung des Kräfteverhältnisses zwischen unseren Staaten hat in Russland Ängste ausgelöst, die wir akzeptieren müssen. Ich vergleiche das gern damit, dass ein Kind erwachsen wird, damit kommen auch Eltern nicht immer zurecht. Unser Verhältnis ist heute gut, gemeinsam können wir viel erreichen. Aber wir sind nicht mehr die, die wir 1949 oder 1970 gewesen sind.

**44 Die DDR hat russische Spione ausgewiesen.**

Freunde sollten sich wirklich nicht gegenseitig ausspionieren.

**45 Braucht die DDR Atomwaffen?**

Nein.

**46 Gibt es wirklich keine Nazis in der DDR?**

Ich kann nicht in alle Köpfe hineinschauen. Wenn sie sich zu erkennen geben, gehen wir konsequent vor. Dank unseres antifaschistischen Erziehungssystems ist das Problem minimal.

**47 Den Islam finden Sie gut, oder?**

Ich bin Atheist. Politisch ist der Islam eine fortschrittliche, antiimperialistische Kraft.

**48 Schon mal Saddam Hussein getroffen?**

Nein. Er wohnt, seit wir ihm Asyl gewährt haben, an geheimem Ort in der Hauptstadt und geht offenbar selten zu Veranstaltungen des Kulturministeriums. Ich lese nur seine Interviews.

**49 Wann lassen Sie Biermann wieder einreisen?**

Wann er will. Er muss nur versprechen, Vernunft anzunehmen.

**50 Wann gewinnt Dynamo Berlin die Champions League?**

Nächstes Jahr. Fitzke, Kruschke und Maik Buchholz – das ist so, als ob Sie an der Philosophischen Fakultät Kant, Hegel und Marx als Professoren haben.

**51 Wirtschaftsminister Merz kommt in vier Monaten auf Staatsbesuch. Erste Frage an ihn?**

Wann lasst ihr euch endlich auf unser Wiedervereinigungsangebot ein?

**52 Wie geht es Gerhard Schröder?**

Fragen Sie ihn, ich gebe Ihnen seine Nummer. Ich glaube, er mag seine Aufgabe als Sprecher des Zentronik-Kombinats.

*Es ist vielleicht ein bisschen zu ernst geworden. Das Publikum ist ruhig und konzentriert. Wenn das jetzt noch eine Weile so weitergeht, fangen sie an, sich zu langweilen. Kann Gysi noch mal Gas geben?*

**53 Sie haben Rinderzüchter gelernt. Könnten Sie das heute noch?**

Mal sehen. Haben Sie zufällig eine Kuh und einen Stier da?

**54 Ist Ihr Tragphon jetzt an?**

Ich habe keins.

**55 Feuilletonchef der »FAZ«, wäre das was für Sie?**

Ich kenne Leute, die für mich arbeiten und das besser könnten.

**56 Was ist Ihr besonderes Talent?**

Verzeihen.

*Ah, er kommt wieder in Fahrt.*

**57 Welcher Westler könnte Ihren Job übernehmen, wenn es sein müsste?**

Harald Schmidt.

**58 Ihre Gemeinsamkeit mit Stefan Raab?**

Große Klappe.

**59 In den USA – New York oder LA?**

Natürlich New York.

**60 Wer ist lustiger, Woody Allen oder Wolfgang Stumph?**

Am lustigsten sind die Parteitage der SED.

**61 Haben Sie schon mal einen Orgasmus vorgetäuscht?**

Nicht auf dem Parteitag.

**62 Westberlin, wozu ist das noch gut?**

Es stört uns nicht. Wozu es gut ist, müsst ihr wissen.

**63 Kennen Sie Gastarbeiter aus der BRD?**

Unser Gärtner ist aus Bielefeld.

**64 Guter Mann?**

Er bemüht sich.

**65 Wozu braucht der Mensch eine Privatsphäre?**

Hin und wieder will man seine Ruhe haben. Wir respektieren das.

**66 Würden Sie als Strafverteidiger jeden verteidigen?**

Nein. Aber jeder hat Anspruch darauf.

**67 Viele hassen Sie. Warum?**

*Das war ein Wirkungstreffer. Er zögert.*

Ist das so?

**68 Viele hassen Sie. Warum?**

Wer hasst mich denn? Nennen Sie einen Namen.

**69 Warum möchten Leute, die Sie hassen, nicht, dass Sie ihre Namen kennen?**

Weil sie feige sind.

**70 Warum gibt es Feiglinge im Sozialismus?**

Weil der Sozialismus nicht perfekt ist. Weil der Mensch nicht perfekt ist.

**71 Würden Sie als Anwalt einen Feigling verteidigen?**

Ja.

**72 Sie würden also jemanden vor Gericht verteidigen, der Sie hasst?**

Das ist eine absurde Konstruktion, aber meinetwegen, ja, warum nicht.

**73 Und wenn der Richter nach den Motiven des Angeklagten fragt?**

Ich würde meinem Mandanten in einem solchen Verfahren raten zu schweigen.

*Er schaut nach seinen Leibwächtern. Er weiß nicht, was er machen soll.*

**74 Ihre Gemeinsamkeit mit Dolly Parton?**

*Jetzt ist er wirklich von der Rolle. Steht er auf? Geht er? Er denkt nach.*

Wenn meine Haare gemacht werden, bin ich nie dabei. Das ist ihr berühmtestes Zitat. Könnte von mir sein.

**75 Wie viel verdienen Sie?**

Sie sollten zuerst sagen, wie viel Sie verdienen.

**76 Für das Interview bekomme ich 4000 Mark. Also?**

Was ist das denn für ein Stil, den Sie hier pflegen?

*Gleich geht er.*

**77 Entschuldigen Sie bitte. Wir sind gleich fertig. Ich entschuldige mich. Können Sie verzeihen? Sie sagten, das sei Ihr besonderes Talent. Ich stelle eine leichtere Frage. Was bedeutet Ihnen Macht?**

Macht bedeutet mir gar nichts. Mein Amt gibt mir Macht, und wenn das Amt weg ist, dann ist die Macht ebenfalls weg.

**78 Was ist der verrückteste Gegenstand, den Sie jemals geschenkt bekommen haben?**

Diese Frage verstehe ich überhaupt nicht.

**79 Ihre Unterwäsche-Marke?**

Also … darauf achte ich nicht. Es geht auch keinen was an.

**80 Die beste Go-Go-Bar in New York?**

Das müssen Sie Lady Gaga fragen.

**81 Debbie Harry, Nina Hagen, Madonna, Britney Spears, wem schulden Sie am meisten?**

Nina Hagen war schon toll. Schade, dass sie nicht mehr bei uns ist. Aber ich verstehe wirklich nicht, was Sie mich da fragen. Verwechseln Sie mich?

**82 Sie sind doch Kulturminister! Wie sieht die perfekte Teetasse aus?**

Rund. Mit Tee darin.

**83 Können Sie steppen?**

Gegenfrage: Haben Sie Drogen genommen?

**84 Können Sie jodeln?**

Wenn Sie weiter solche Fragen stellen, dann werden Sie irgendwann jodeln, das verspreche ich.

**85 Können Sie jodeln?**

Ich habe das nie probiert.

**86 Wer ist lustiger, Joko oder Klaas?**

Nächste Frage.

**87 Ist Karl Lagerfeld das größte Genie auf Erden?**

*Er seufzt.* Auf jeden Fall ist er nah dran.

**88 Wie schätzen Sie sich ein – berühmt oder sehr berühmt?**

Ich bin nicht berühmt. Mein Amt bringt es mit sich, dass ich bekannt bin und so eine sonderbare Situation wie diese hier durchstehen muss. Ich tue das aus Respekt vor den Werktätigen, die eine Eintrittskarte gekauft haben.

**89 Ihre Gemeinsamkeit mit Jürgen Habermas?**

Alt und reizbar.

**90 Sind Joko und Klaas Arschgeigen oder nette Jungs oder beides?**

Wenn Sie mich so fragen: Arschgeigen.

**91 Werden Joko und Klaas jemals eine große Samstagabend-Show im Fernsehen der DDR moderieren?**

Die Arschgeigen-Show. Dafür werde ich mich persönlich einsetzen. Jeder Kandidat geigt zwei Minuten lang mit dem Arsch, der Sieger bekommt einen Sitz in der Volkskammer.

**92 Können Sie nun steppen, oder nicht?**

Ich habe schon mal gesteppt, ja. Können? Nein.

**93 Wie täuscht man einen Orgasmus eigentlich genau vor?**

Soll ich es vormachen? Es hört sich so ähnlich an wie die Arschgeige.

*Er stöhnt. Er windet sich. Wunderbar. Großes Kino. Er ist wieder total locker.*

**94 Wie viel verdienen Sie?**

Ach, das nun wieder.

**95 Viele hassen Sie. Warum?**

Na gut. Die Feinde des Sozialismus hassen mich sehr wahrscheinlich, weil ich für ein gerechtes Gesellschaftssystem stehe, das sie ablehnen. Zufrieden? Ich bin nicht bösartig, das merken Sie doch. Ich bin für jeden Spaß zu haben.

**96 Das war doch gar nicht so schwer, oder? Sie sind verhasst. Das kann doch jedem passieren.**

Ich bin nicht verhasst.

**97 Gut. Warum lieben die Menschen Sie so sehr?**

*Er schweigt lange.* Das werde ich Ihnen jetzt nicht erzählen. Für komplexe Themen ist diese journalistische Form nach meinem Dafürhalten nicht geeignet. Wir werden uns ein anderes Mal darüber unterhalten.

**98 Ihre Unterwäsche-Marke?**

Sind wir durch? Gehen wir.

**99 Lust, mal eine ganze Woche lang nichts zu sagen?**

# XIV

Ich habe das Interview aus dem Gedächtnis niedergeschrieben, es wurde ja nie veröffentlicht, und die Tonaufnahme besitze ich leider auch nicht. Die ganze Sache ist wohl ein bisschen aus dem Ruder gelaufen. Mir war klar, dass ich in der Redaktion gar nicht mehr anzurufen brauche. So hatten die sich das sicher nicht vorgestellt.

Ich weiß nicht mehr genau, wie ich nach Hause gekommen bin. Am meisten ärgert es mich, dass ich bei der Frage nach Sahra nicht nachgehakt habe. Ein handwerklicher und auch menschlicher Fehler.

In einem der Pendlerzüge, die kaum kontrolliert werden, bin ich früh am nächsten Morgen nach Westberlin gefahren. Das Glück war auf meiner Seite, es gab einen Platz in einem Flugzeug nach Düsseldorf.

Während des Interviews hatte ich hin und wieder ins Publikum gelugt. Das, was ich dort sah, hat mich tausendmal mehr interessiert als Gregor Gysi. Deshalb war ich unkonzentriert. Vielleicht ist deshalb alles so schiefgelaufen.

In der dritten Reihe saß Greta. Neben ihr saß Abdul. Scheich Abdul aus Katar, seine Exzellenz. Der Stammgast aus dem Palasthotel.

Ich werde Sie nicht mit meinen Gefühlen langweilen. Wir befinden uns alle in einem Zustand des Taumels, uns ist schwindlig, und wir merken es nicht einmal, wir halten unsere Verblendung für den Normalzustand des Seins. Das, was in den Zeitungen steht und im Fernsehen gezeigt wird, das, worüber im Internetz diskutiert wird, hat mit der Wirklichkeit weniger zu tun, als wir glauben. Wir sehen nur ein Spiegelbild, das ein anderes Spiegelbild zeigt, in welchem wiederum ein drittes Spiegelbild zu erkennen ist, und dahinter stecken unendlich viele weitere Bilder.

Mein Interesse an der Wirklichkeit war erloschen. Ich wollte nie wieder eine Geschichte schreiben, die Welt ist ein Abgrund, in den ich nicht blicken möchte. Aber das habe ich mir schon zwei-, dreimal zu oft gesagt, ich werde immer rückfällig.

Nach einigen Monaten war ich in Bochum gelandet und kellnerte in einem Lokal, im sogenannten Bermudadreieck, wo viele einfache Bierkneipen liegen. Die Leute sind arm und tragen Lumpen aus Bangladesch, aber Bier können sie sich noch leisten. Ich schlief nur drei, vier Stunden, länger hielt ich es in diesem Zustand nicht aus. Ich wohnte in einer billigen Mansardenkammer. Der Anruf kam um vier Uhr morgens. Der Mann sprach englisch.

»Wie sagt ihr Deutschen immer? Der Mensch lebt nicht vom Brot allein.«

»Scheich Abdul. War das DDR-Kulturfestival in Katar ein Erfolg?«

»Mit Kulturfestivals kann man nicht viel falsch machen, mein Freund. Ich rufe Sie an, weil Greta mich darum gebeten hat.«

»Wie geht es ihr?«

»Es geht ihr gut. Sie bedauert sehr, was Ihnen und Ihrem Freund widerfahren ist.«

»Sie hat damals im Palasthotel also für Sie gearbeitet.«

»Die Welt hat so viele Häute wie eine Zwiebel, mein Freund.

Jeder hat Interessen, jeder bemüht sich. Jeder hat einen Geheimdienst. Mein Land ist klein, aber auf die Konkurrenz achten wir schon ein wenig.«

»Haben Ihre Leute Brestling erledigt? War es Greta?«

»Auf diese Frage erwarten Sie sicher keine Antwort. Ich möchte Ihnen helfen, weil ich damit den Wunsch einer lieben Freundin erfülle. Wir haben unsere Beziehungen spielen lassen, damit Ihnen ein beruflicher Neuanfang ermöglicht wird. In der DDR geht man davon aus, dass Ihre unkonventionellen Aktivitäten auf unsere Initiative zurückgehen und dass mein Land dies zutiefst bedauert. Man wird ein Auge zudrücken. Sie sind jetzt wieder ein unbeschriebenes Blatt. Viel Glück.«

»Gilt das auch für Peuckert?«

»Wir tun, was wir tun können.« Dann legte er auf. Am nächsten Tag kündigte ich meinen Job und fuhr nach Duisburg.

# DER GÄRTNER KOMMT IMMER AUS BIELEFELD

Am besten, dachte ich, orientierst du dich am schönen Gerhard. Der schöne Gerhard ist ein Mittfünfziger aus Bielefeld mit gepflegtem Hipsterbart, reichlich Kettenschmuck und einem kaum wahrnehmbaren Bauchansatz. Eine leichte, wirklich nur ganz leichte Ähnlichkeit mit George Clooney ist schon da, mit 30 war der schöne Gerhard bestimmt eine Augenweide. Er kümmert sich seit sechs Jahren um den Garten und trägt immer Hawaiihemden wie Jürgen von der Lippe. Gerhard weiß, wo die Fettnäpfchen stehen.

»Im Westen habe ich in meinem Alter einfach nichts mehr gefunden«, sagt Gerhard. »Du weißt doch, wie es im Westen läuft.« Die DDR findet der schöne Gerhard supi.

Er wohnt in einem Apartment neben dem »Roten Oktober«. Zehn Quadratmeter. Das Apartment hat er auch erst im dritten Jahr gekriegt, vorher war Vierbettzimmer angesagt wie bei mir. Seit er das Apartment hat, teilt er es sich in jedem Sommer mit einer der Kubanerinnen. Die Kubanerinnen putzen die Zimmer. Natürlich ist es jedes Jahr eine andere, in diesem Jahr heißt sie Olga. Manche Kubaner stehen auf russische Namen, da kannst du nichts machen.

Von den 3300 Mark, die er netto kriegt, kann er sich genug zurücklegen, um im Urlaub nach Mallorca zu fliegen und seine kleine Wohnung im Westen abzuzahlen. Du brauchst ja fast kein Geld hier. Allerdings zahlt der schöne Gerhard ein bisschen Alimente für eines seiner beiden Kinder. »Die

Mutter von dem anderen Kind ist so scheiße, wenn du die kennen würdest, dann würdest du der auch kein Geld schicken.«

Ach so – wie bin ich hier überhaupt hergekommen?

Ich bin in Duisburg zum Interjob-Büro gegangen. Ich habe gesagt, dass ich ein arbeitsloser Proletarier bin. Stimmt ja auch, beinahe. Freier Autor ist Proletarier verschärft.

»Was schreiben Sie denn so, Meister?«

Der Mann am Schreibtisch, Ende 20, Anzug, Krawatte, schaut gar nicht erst hoch von seinem Robotron Flach & Federleicht. Er wirkt ziemlich genervt von den Gesprächen, die er hier täglich führen muss.

»Nichts Politisches. Mehr Kultur und so was. Ist nicht mehr gefragt. Das kann aber auch an mir liegen.« Ich mache eine bedeutungsschwere Pause. »Ich bin zu kritisch, vielleicht.«

»Das finden wir schon raus, wie kritisch Sie sind. Wollen Sie Ihre Tätigkeit in unserer Republik denn publizistisch verwerten?«

»Um Gottes willen, nein. Ich will mir eine Existenz aufbauen. Ich will mich bewähren und dann vielleicht einen Einbürgerungsantrag stellen.«

Jetzt schaut der Mann auf. »Einbürgerungen gibt es fast nie. Wir sind jetzt einundzwanzig Millionen, das genügt. Ich kann mir nicht vorstellen, dass Sie das nicht wissen.«

»Fast nie heißt nicht nie.«

Der Mann lächelt, andeutungsweise. Er rückt seinen Stuhl ein bisschen zurück und richtet sich auf. »Es wird Sie vielleicht wundern, aber uns ist es ziemlich egal, ob Sie in der BRD über Ihre Erfahrungen schreiben oder nicht. Wir sind ein freies Land. Sie kommen hinterher vielleicht nicht mehr herein, falls Sie Lügen verbreiten. Ihr Pech. Unsere Werktätigen wissen, was sie an unserem Staat haben. Die sind unverführbar. Was können Sie denn?«

»Ich habe Germanistik studiert – Entschuldigung, das war nur ein Witz.«

Der Mann lächelt immerhin höflich.

»Ich kann ganz gut kochen.«

»Da nehmen wir nur Leute mit abgeschlossener Ausbildung, Berufserfahrung und hohem Niveau. Unsere Werktätigen mögen Hobbyköche nicht sonderlich.«

»Ich … es ist mir ein bisschen peinlich. Ich singe gut. Ich hatte mal eine Band ›Ihr habt es so gewollt‹.«

Der Mann zieht eine Augenbraue hoch.

»So hieß die Band. Wir haben zwei kleinere Hits gehabt.«

Ich ziehe eine CD aus der Tasche und schiebe sie ihm zu. Er tut so, als ob er die CD nicht sieht.

»Dass in Warnemünde, im Neptun-Hotel, den gesamten Juli hindurch Elton John gastiert, das wissen Sie, oder? Für Binz konnten wir Cliff Richard gewinnen. Na ja, ich weiß, Cliff Richard ist nicht mehr allererste Garnitur. Aber Gagen nimmt der noch wie ein Junger.« Jetzt grinst er richtig breit.

»Schauen wir mal, was in den kleineren Badeorten so los ist. Auf Hiddensee, Moment« – er scrollt auf seinem Laptop – »ja, genau, auf Hiddensee gastieren ein paar Landsleute von Ihnen. Grönemeyer kennen Sie? Kurhotel Hans Beimler. Ah, und hier, unsere Größte, die Genossin Jelena Fischer, FDGB-Ferienheim ›Roter Oktober‹. Ich liebe diese Frau. Können Sie da mithalten?«

Ich sage: »Vielleicht ein Campingplatz?«

Er seufzt. »Vor mir sitzen jeden Tag viele Menschen wie Sie. Menschen, die in einem unmenschlichen System an genau diesem System gescheitert sind und die von einer besseren Zukunft an der Seite der Arbeiterklasse träumen. Ich mache mich nicht lustig über ihr Schicksal. Am falschen Ort geboren, sagen wir mal, Bochum statt Bautzen, dafür kann doch keiner etwas. Aber wir können nicht alle nehmen. Wir haben immer die Interessen unserer Werktätigen im Auge. Kämpfen Sie in der BRD für eine Wende. Das ist mein Rat.«

Dann zögert er. Und tippt wild auf seinem Robotron herum. »Sind Sie tropentauglich?«

Sechs Wochen später stehe ich mit meinem vollgeladenen Volkstrabant an der Grenze. Es ist schon ein mieses Gefühl, wie wir alle gefilzt werden bis fast auf die Unterhose, während auf der Gegenseite die dicken Schlitten aus Leipzig und Karl-Marx-Stadt einfach durchgewinkt werden.

Ich habe es geschafft. Ich bin Erster Broilerbrater im Ferienheim »Roter Oktober«.

Die Küstengegend sieht nicht sehr einladend aus. Überall Bohrtürme und Raffinerien, und da soll man Urlaub machen? Nach Hiddensee führt eine Autobahnbrücke. In Neuendorf muss ich das Auto in die Tiefgarage stellen. Die Verteilung auf die Hotels übernehmen Volkstaxis, die nichts kosten. Mein Taxifahrer kommt aus Böblingen. Der Rote Oktober ist schon von weitem sichtbar, ein achtstöckiger Koloss, für den sie das halbe Dorf Kloster abgerissen haben. Zwei der alten Villen sind von dem Architekten Renzo Piano ziemlich geschickt in den Hotelkomplex integriert worden, darunter das Haus, in dem früher der Dichter Gerhart Hauptmann gewohnt hat. Kulturerbe.

Gerhard nimmt mich am Personaleingang in Empfang, er sagt: »Ich bin das Kindermädchen für die Neuen. Ich führ dich erst mal rum.«

In meinem Vierbettzimmer schlafen noch Hong, eine Küchenhilfe aus Vietnam, Paul, ein Lehrersohn und zertifizierter Clown aus Hamburg, der das Unterhaltungsprogramm für die kleineren Kinder bestreitet, und Fela, ein älterer, muskelbepackter Afrikaner, der die Yogakurse leitet. Fela hat 1980 in Moskau eine Bronzemedaille im Gewichtheben gewonnen.

Der Rote Oktober erinnert ein bisschen an ein Schiff. Der Auftrag an Renzo Piano lautete, eine architektonische Hommage an den Panzerkreuzer Potemkin zu schaffen, der in der Oktoberrevolution eine wichtige Rolle gespielt hat. Ganz oben sind gewaltige Schornsteine zu sehen, in den Schornsteinen sind die Dachhäuser der teuersten Kategorie und die Wohnbüros untergebracht, für Konferenzen und Internetzkonferenzen, in der DDR heißt so etwas »Interbüro«.

Der wichtigste und spektakulärste Teil des Ferienheimes ist der Tropenstrand, eine Glaskuppel von 80 Meter Höhe und 400 Meter Tiefe, die weit ins Meer hineinreicht. Das Wasser, original Ostseewasser, wird auf 29 Grad erwärmt. Die Fische kommen aus der Karibik, es sind nur harmlose Sorten. Am Strand stehen Bambushütten, in denen die Gäste, falls sie mögen, auch mal die Nacht verbringen können, jüngere Pärchen machen davon gern Gebrauch. Hinter dem Strand beginnt ein Dschungel, natürlich mit gepflegten Spazierwegen, in dem bunte Papageien fliegen und kleine Affen herumturnen. Es ist sehr heiß.

»Ganz eindrucksvoll, oder«, sagt Gerhard. »Die Affen sind leider ein Problem. Die klauen den Gästen in den Restaurants das Essen vom Teller. Vielleicht werden die durch computeranimierte Kopien ersetzt. Aber die müssen total echt wirken, ganz so weit sind wir noch nicht.«

Am überraschendsten ist der Horizont. Wer am Strand steht, sieht eine unbegreifliche, tiefblaue Weite vor sich, über der ein hellblauer Himmel sich wölbt, wie ich ihn so klar noch nie gesehen habe. Zwei Wölkchen stehen am Himmel wie von einem Maler hingetupft. In der Ferne sind ein paar Inseln zu erahnen, ein Atoll mit Palmen. Hin und wieder fliegen Pelikane vorbei.

»Wahnsinn«, sage ich.

»Jeder hält es für echt«, sagt Gerhard. »Daran hat die Elite der US-amerikanischen Computerbranche drei Jahre lang gebastelt. Der Horizont ist das Teuerste am ganzen Ferienheim gewesen. Wir sagen nicht, dass es eine Animation ist. Das steht nirgends. Aber die Leute wissen es natürlich.«

Er sagt immer »wir«, das fällt mir auf.

»Es ist toll. Aber der Ostseestrand ist doch auch ganz schön.«

»Wir haben hier draußen eine ganze Menge Bohrtürme. Das hast du bei der Hinfahrt sicher bemerkt. Wenn die Animation im März für ein paar Tage zur Wartung heruntergefahren wird, kannst du sie sehen. Falls du im März da bist. Aber das wird wohl kaum der Fall sein. Da schließen wir für zwei Wochen, und der größte Teil des Personals wird in Urlaub geschickt. Das Wasser muss auch gefiltert werden. Wenn du hier badest, kannst du das Wasser ruhig schlucken, da passiert nichts. Draußen würde ich dir davon dringend abraten. Aber jetzt zeige ich dir deinen Arbeitsplatz.«

Hinter dem Strand und vor dem Dschungel befinden sich die Restaurants und die Bars. Es gibt ein französisches Restaurant und eine Thaiküche, einen Burgerladen, einen Kubaner, einen Russen, einen Chinesen, das »Gastmahl des Meeres«, an einem Stand dreht sich ein Spanferkel am Spieß. Ganz am Ende, kurz vorm Ausgang, steht eine kleine Bude.

»Sieht poplig aus, ist aber beliebt. Eine kleine Verbeugung

des Managements, 'tschuldigung, der Betriebsleitung, vor den kulinarischen Traditionen der Republik. Die Broilerbraterei. Du musst die Viecher nur aufspießen und sie eine Stunde braten lassen, gewürzt sind sie schon. Geöffnet ist von zwölf bis vierundzwanzig Uhr. Um elf musst du die ersten Spieße aufhängen. Lust auf ein Käffchen? Ich hab Marken.«

So also habe ich den schönen Gerhard kennengelernt.

Über die Leute in meinem Zimmer kann ich nicht viel sagen. Die wanken in der Nacht hinein, fallen ins Bett und kriechen morgens wieder hinaus, Richtung Gemeinschaftsdusche. Fela, der Gewichtheber, schleicht nachts immer noch kurz in das geschlossene Fitness-Studio des Ferienheims, zum Trainieren. Fela weiß über Yoga nicht viel mehr als ich, kein Vergleich mit Sahra. Sie haben ihn wegen seiner Medaille eingestellt und wegen seines eindrucksvollen Aussehens. Wenn der beim Yoga den Hund macht, verdunkelt sich der Himmel.

Ich kriege 2500 netto, im Westen wäre das nicht drin. Aber es ist eine Scheißarbeit. Erster Broilerbrater? Ich frage mich die ganze Zeit, wo eigentlich der Zweite Broilerbrater bleibt. Der ist Theorie. Freie Tage: auch Theorie. Wenn du länger als zwei, drei Tage krank bist, schmeißen sie dich raus, erzählt Fela. Von Fela erfahre ich auch, dass angeblich ziemlich viele Stellen im Personalplan stehen und auch mit dem Ministerium abgerechnet werden, nur, diese Leute gibt es überhaupt nicht. Vermutlich ist auch der Zweite Broilerbrater so ein Fall. Der Direktor steckt wahrscheinlich das Geld ein. Fela hat das von jemand gehört, der es auch wieder von jemand gehört hat. Richtig hart zu machen sind solche Informationen nicht.

Den Direktor, einen Dr. Schmattke aus Rostock, sieht man nie. Aber es soll ihn geben. Die Arbeit macht die Stellvertretende Direktorin, Conchita Juarez, die sie bei einem Luxushotel an der Costa del Sol abgeworben haben.

Originalton Fela: »Arbeit immer Ausländer. Groß Geld und Befehle immer DDR.« Zumindest findet man sich schnell zurecht bei dieser klaren Sachlage.

Nach Mitternacht, wenn ich schon auf den Felgen gehe, kratze ich immer noch das Fett von den Spießen ab und putze alles, das dauert eine Stunde. Es rächt sich, wenn man das Putzen auf den Morgen verschiebt, dann ist das Fett schon getrocknet und klebt wie Kaugummi. Damit pünktlich um 12 Uhr geöffnet werden kann, muss ich spätestens um 10 Uhr 45 am Stand sein. Der Arbeitstag ist also mehr als 14 Stunden lang. Die großzügigen Pausen, wie sie im Arbeitsgesetzbuch der DDR stehen, kann man wie gesagt vergessen. Das Arbeitsgesetzbuch hat literarische Bedeutung, keine praktische.

Wenn mal weniger los ist, bitte ich einen der Bademeister, nebenher kurz aufzupassen, mache die Klappe am Stand zu, spurte aufs Personalklo oder rauche schnell eine Zigarette. Essen muss ich auch bei laufendem Betrieb, und was esse ich wohl? Broiler selbstverständlich, Tag für Tag Broiler, heruntergespült mit Club-Cola. Als Beilage entweder Pommes oder Brötchen, die heißen hier »Knüppel«. Was wird diese Ernährungsweise wohl langfristig mit meinem Körper anrichten? Ich mag gar nicht darüber nachdenken.

Das Schlimmste sind aber die Leute. Ich mag Menschen, im Grundsatz, diese Tatsache sollte nicht unerwähnt bleiben.

Kein »bitte«. Kein »danke«. Nur: »Zwei Broiler mit Pommes, zwei Cola.« Sie gucken mich niemals an. Ich bin Luft. Höflich sein muss ich trotzdem. Ein paar Stunden oder auch Tage hält man das aus, auf die Dauer entsteht seelischer

Stress, und seelischer Stress kann schlimmer sein als körperlicher Stress.

Vor der Bude stehen ein paar Tische und Stühle. Wenn sie ihre Broiler gegessen haben, lassen sie die Knochen und die fettigen Pappteller immer liegen. Ich habe nie, wirklich nie erlebt, dass jemand sein Zeug selbst zum Abfalleimer bringt. Dabei ist leicht zu erkennen, dass ich allein bin. Sie erwarten, dass ich zu den Tischen renne, schnell alles saubermache und wegwerfe, zusätzlich zu dem anderen Kram, den ich zu erledigen habe. Aber wehe, ein Broiler ist mal nicht ganz durch oder angebrannt, was schon mal passieren kann, wenn man so viele Bälle gleichzeitig in der Luft zu halten hat wie ich.

»He, Wessi, den Dreck hier darfst du fressen.«

»Macht ihr das so bei euch in Schwaben? Kein Wunder, dass ihr alle arbeitslos seid.«

»Von Sauberkeit haltet ihr wohl nicht viel im Kapitalismus.«

»Ich habe mein Geld auf die Theke gelegt, schnallst du das nicht, Wessi? Wie sagt man da? Da sagt man danke sehr. Was lernt ihr denn in euren Schulen? Nur das Ausbeuten, wa?«

»Ich habe gesagt, drei Broiler, zwei mit Letscho, einer nur mit Pommes ohne alles, und was gibt mir dieser Vollidiot? Einmal Letscho, zweimal Pommes. Steck es dir einfach in den Arsch, und dann versuch das Ganze noch mal von vorne.«

Alles Originalzitate, die ich an einem einzigen Tag aufgeschrieben habe. Das ist so entwürdigend, so respektlos. Wenn wir Gastarbeiter unter uns sind, nennen wir die Ossis immer nur »Bossis«.

Am schlimmsten ist es am späteren Abend, wenn viele schon betrunken sind oder zugedröhnt mit ihren Pillen.

Wodka, Wein und Cocktails gibt es in Eimern, in denen ganz viele Strohhalme stecken, damit synchron gesoffen werden kann. Dann hocken unsere Bossis am Strand und grölen: »Spaniens Himmel breitet seine Sterne über unsern Schützengräben aus. Und der Morgen grüßt schon aus der Ferne, bald geht es zu neuem Kampf hinaus.«

Die Knochen werfen sie nachts gern ins Wasser. Sie werfen die Knochen nie in den Mülleimer, aber ins Wasser immer gern. Ich kriege dann den Ärger.

Einmal haben sich vier Besoffene in einer Reihe vor die Bude gestellt und haben die Bude vollgepinkelt, während ihre Freundinnen, auch mit schwerer Schlagseite, sich fast totgelacht haben. Dazu haben sie gesungen: »Und weil der Mensch ein Mensch ist, drum muss er Wasser lassen, bitte sehr. Es macht ihn ein Geschwätz nicht blau, schafft neuen Rotwein her.«

Reichtum macht die Menschen nicht besser. Das steht fest.

Das Heim gehört der Gewerkschaft. Gewerkschaftsmitglied ist praktisch jeder DDR-Bürger. Als Mitglied hast du Anspruch auf drei Wochen kostenlosen Urlaub in einem der Heime, an der Ostsee, im Harz, im Erzgebirge, je nachdem. Der Jahresurlaub ist viel länger, acht Wochen. Den Rest des Urlaubs verbringen die Bürger auf Bali, in Florida oder an der Côte d'Azur, oder auch auf ihren Datschen, theoretisch könnten sie auch bezahlten Urlaub in den Heimen buchen, das tut aber kein Mensch. Man nimmt die drei bezahlten Wochen mit, und fertig.

»Wohlverdient« kann man den Urlaub nicht nennen. Die Arbeit in der DDR wird von den Ausländern gemacht, wenn gute Sprachkenntnisse notwendig sind, setzt man Westdeutsche ein oder auch mal Österreicher. Im Management findest du aber kaum welche von denen, eine kleine Schikane, der Sieger der Geschichte kann sich das leisten. Leitungspositionen übernehmen Amis, Briten, Russen, alles Mögliche, bunt gemischt, bei uns ist es Señora Juarez. Um die wichtigen Entscheidungen zu treffen, gibt es ganz oben in jedem Betrieb zwei, drei Bosse aus der DDR, unsichtbare Eminenzen wie Dr. Schmattke.

Daneben existiert selbstverständlich das Proletariat, die Arbeiter und Bauern. Jeder Arbeiter und Bauer, also wirklich jeder, bis auf die destruktiven Elemente, Kategorie D, besitzt einen Arbeitsvertrag, extrem gut dotiert, hervorragende Sozialleistungen. Marx und Engels tanzen in ihren Gräbern wahrscheinlich Rumba, wenn sie das sehen. Die Leute arbeiten aber nicht wirklich, nach allem, was ich beobachtet habe. Sie schauen in ihren Büros und in ihren Fabriken hin und wieder mal vorbei, so könnte man sagen. Sogar in der Putzbrigade des »Roten Oktober« gibt es ein paar DDR-Bürgerinnen, die aber noch nie jemand gesehen hat außer bei der Weihnachtsfeier des Personals. Da haben sie ihren eigenen Tisch und reden mit keinem.

So lange, bis Weihnachten, war ich nicht dort.

Angefangen habe ich im April. Am 7. Oktober wird, als Saisonhöhepunkt, der Tag der Republik gefeiert, das ist sowieso ein großes Ding. Im Ferienheim feiern sie die Große Sozialistische Oktoberrevolution gleich mit, klare Sache, wenn der Laden schon »Roter Oktober« heißt. Kaviar und Champagner zum Frühstück, von da an steigert es sich allmählich.

Der Stargast auf der Seebühne heißt natürlich Jelena Fischer. Sie gastiert, ab dem 7. Oktober, eine Woche und wohnt in einer der Suiten. Insgesamt treten sechs, sieben Bands oder Einzelkünstler auf, fast alle sind mir ein Begriff.

Costa Cordalis singt im Salon Hilde Benjamin, dem früheren Arbeitszimmer von Gerhart Hauptmann, aus dem sie eine Wand herausgebrochen haben, damit mehr Leute hineinpassen.

Das Ferienheim ist im Oktober immer ausgebucht. Der Stress steigert sich noch mal um hundert Prozent. Nur für Fela wird es ruhiger, kaum ein Gast ist nach den Strapazen der Nacht noch fit genug für Yoga. Wenn der Kurs ausfällt, darf er aber nicht Pause machen, er muss dann den Strand harken oder in der Küche helfen.

Am Abend des 7. Oktober stehe ich wie immer in meiner Bude und brate Broiler wie ein Blöder. Der Schweiß tropft mir von der Stirn auf die Hühner, aber darauf zu achten habe ich mir abgewöhnt. Die Gäste merken das ohnehin nicht, in ihrem Zustand. Die Schlange ist bestimmt 15 Meter lang. Die Leute meckern. Sie rufen: »Lahmarsch, jetzt gib doch mal Gummi«, oder: »So wie wir heute arbeiten, werden wir morgen leben. Morgen bist du demnach wohl tot, Wessi.« Solche Sachen. Meistens höre ich das gar nicht mehr.

Plötzlich löst die Schlange sich auf. Alle rennen zum Strand. Ah, Jelena Fischer betritt die Seebühne. Sie trägt ein silbriges Kleid und schimmert im Licht des künstlichen Mondes, der am Horizont hängt.

Sie stammt aus Sibirien. 1988 ist sie mit ihren Eltern nach Rheinland-Pfalz ausgewandert und hieß von da an »Helene Fischer«. Nach der Wende haben die Eltern gemerkt, dass sie sich das falsche Deutschland ausgesucht hatten, und machten rüber, wie die meisten Russlanddeutschen. Jetzt heißt sie wieder Jelena und ist in der DDR einer der großen Stars, im Westen kennt man sie ja weniger. Sie soll sehr sympathisch sein und kriegt mühelos die größten Säle voll.

Nur ein Gast wartet noch auf seinen Broiler. Es ist ein Mann von Anfang 30, kurze blonde Haare, athletische Figur. »Jetzt mach mal, Kollege«, sagt er.

»Ich beeile mich die ganze Zeit, verdammt noch mal. Wollen wir tauschen?«

Der Mann lacht. »Nee, bloß nicht. Du bist schon an der richtigen Stelle. Aber immer schön höflich bleiben, Kleiner. Wenn ich zu Schmattke gehe, fährst du morgen nach Hause in deinen schwäbischen Slum.«

Ich wäre dem liebend gern an die Gurgel gesprungen. Aber was bringt das? Als ich ihm sein Essen reiche, sagt er: »Weißt du, wir sind wirklich Kollegen. Ich bin der Torsten.«

»Ich kapiere nicht, worauf Sie anspielen.«

»Na, der Zweite Broilerbrater! Torsten aus Zwickau! Sag bloß, du kennst nicht mal meinen Namen. Ich weiß gar nicht, was du gegen deinen Arbeitsplatz hast. Beste Bezahlung, entspanntes Arbeitsklima und« – er zeigt auf den Strand – »Sozialleistungen wie im Paradies. Bei der Weihnachtsfeier sehen wir uns wieder, Kollege.« Er dreht sich um und beißt in die Hühnerbrust.

Da ist in mir etwas zerbrochen. Das alles ist so ungerecht, dass es weh tut. Sehr, sehr ungerecht. Ich habe die Schürze ausgezogen, bin aus der Bude gerannt und habe mich vor Torsten gestellt. »Du arrogantes Ostarschloch! Du Scheißbossi! Nur weil ihr Geld habt, denkt ihr, ihr könnt alles mit uns machen!«

Torsten wiegt den Kopf, als ob er nachdenkt. Dann führt er zwei Finger zum Mund und pfeift. Er winkt zwei Uniformierte von der Gesellschaft für Sport und Technik herbei, das ist der Sicherheitsdienst.

Ich haue ab. Was ich gemacht habe, heißt juristisch

»chauvinistisch-imperialistische Herabsetzung«. Dass ich rausfliege, ist wohl das Mindeste. Oder ich werde ins Gefängnis gesperrt, und der Westen darf mich freikaufen. Das Geld brauchen sie nicht, es ist eine Prinzipienfrage.

Ob die BRD in ihrer gegenwärtigen Wirtschaftslage Lust dazu hat, für meine Freiheit größere Investitionen zu tätigen, bezweifle ich stark.

Wo kann ich hin? Der schöne Gerhard wird für mich nicht seinen Kopf riskieren. Der steht doch schon kurz vor der Einbürgerung. Wie gesagt, fast nie heißt nicht nie.

Das, was nun passiert ist, klingt wie ein Märchen. Es ist aber genau so passiert. Das Leben schreibt die besten Geschichten. Das sagt man doch so, oder?

Ich laufe zum Strand. Am Strand drängen sich die Menschen, hier falle ich nicht auf mit meinen Fettspritzern im Gesicht und dem Geruch von Broiler, der aus jeder meiner Poren zum künstlichen Tropenhimmel emporsteigt wie klebriger Nebel. Langsam arbeite ich mich durch die Masse voran, der Sicherheitsdienst wird mich hier nicht so leicht entdecken.

Dann sehe ich den Bühneneingang. Die beiden Männer, die ihn bewachen, schauen nach oben, wo Jelena tanzt und singt. Ich schaffe es durchzuschlüpfen. Backstage oder hinterbühnig, wie sie hier sagen, spricht mich eine Frau an. Was mache ich hier?

Da habe ich den genialsten Einfall meines Lebens. »Ich bin aus dem Westen, aus Rheinland-Pfalz. Hier ist mein Ausweis, damit Sie nicht denken, ich rede Quatsch. Ich war in der Kindertagesstätte von Helene, ich meine natürlich Jelena, ihr Erzieher.« Vom Alter her passt es einigermaßen.

»Ja, und?«

»Sie wird sich total freuen, mich zu sehen. Ich freue mich auch total. Wie groß sie geworden ist, die kleine Helene!«

»Warten Sie, gleich ist Pause. Trinken Sie ruhig etwas.« Die Frau lächelt.

Zehn Minuten später steht Jelena Fischer vor mir. Sie ist bezaubernd, erwähnte ich das schon?

Ich sage: »Erinnerst du dich an mich? Mensch, damals in Wöllstein, du warst, Moment, vier bist du gewesen.« Ich habe früher öfter mal über Kultur geschrieben, auch Musikkritiken. Die Starbiographien kenne ich ganz gut. »Du hast in der Kita immer so gern mit den Barbiepuppen gespielt. Wie hast du deine Puppe noch gleich genannt, es war Russisch …«

Das war geraten.

»Babuschka.« Jelena Fischer strahlt.

»Und weißt du noch, wie blöd du am Anfang das Essen gefunden hast? Du wolltest immer Fleisch und Schokolade haben, aber bei uns war Schokolade doch verboten.« Das war gepokert. Alle Kinder wollen Schokolade, und im Westen kriegen sie meistens keine. Es musste doch mit dem Teufel zugehen, wenn nicht ein bisschen was dran war an dem, was ich da in Panik gestottert habe.

»Ja, klar! So war das! Wahnsinn. Und du? Wie heißt du noch gleich?«

»Ich bin der Harald. Ich habe immer die Spaghetti gekocht.«

»Ich glaube, ich erinnere mich. Was machst du hier, Harald?«

»Ich wollte dich sehen. Ich arbeite unten in der Broilerbude. Ich habe ja auch mal Musik gemacht, ich war Sänger bei ›Ihr habt es so gewollt‹.«

»Hey, die kenne ich. Ihr wart gut. ›Geküsst im Gewitter‹, das war ein geiler Song. Unglaublich, dass du das warst, ich hab das Lied so oft gehört.« Sie überlegt. »Weißt du was, nachher kommst du auf die Bühne. Wenn der Zufall uns schon zusammenführt. Du warst ja fast ein zweiter Vater für mich! Wir machen zusammen ›Geküsst im Gewitter‹.«

Und so kam es, dass ich mit Jelena Fischer, der Lady Gaga, der Shakira und der Lana Del Rey der DDR, auf Hiddensee auf der Bühne stand. »Geküsst im Gewitter«, so gut habe ich den Song noch nie gebracht. Und Jelena hat ja auch eine Wahnsinnsstimme.

Dann rief ich ins Mikrophon: »Ich grüße meinen Freund und Kollegen Torsten! Torsten, du bist der zweitgeilste Broilerbrater der Welt! Ein Hoch der internationalen Broilerbratersolidarität!«

Zu Jelena: »Darf Torsten kurz hoch?« Sie nickt.

Dann fangen wir an mit »Atemlos durch die Nacht«, ihrem Superhit. Gegen Ende kommt Torsten auf die Bühne. Er ist völlig fertig vor Stolz und Nervosität. Eine der Strophen dürfen wir zusammen singen. Wir ändern den Refrain. Wir singen: »Atemlos durch die Nacht, unser Broiler hat's gebracht.« Das Volk tobt.

Hinterher dann die Nachveranstaltungsfeier. Zwei Wochen später bin ich ausgereist, aber in allen Ehren. Torsten hat getan, was er konnte. Und Jelena – schade, dass sie so teuer ist. Ich bin sicher, im Westen würde sie auch gut ankommen.

# XV

Ich fuhr nach Hause, damit meine ich das kleine möblierte Zimmer in Bochum. Dort schrieb ich auf, was ich erlebt hatte. Danach tat ich einige Tage lang nichts, außer dass ich mich im Bermudadreieck herumtrieb und den Polkappen meiner finanziellen Reserven beim Abschmelzen zuschaute. Nachts quälten mich Albträume, in denen Greta, Abdul und Sascha Anderson die Hauptrollen spielten. Von Peuckert hörte ich nichts, gar nichts, und das beunruhigte mich.

Ich wusste nicht genau, wem ich das Manuskript anbieten sollte, wenn ich es überhaupt zu veröffentlichen versuchte. War all dies nicht viel zu unwahrscheinlich, als dass jemand es mir zu glauben geneigt wäre?

Dies ist bei der Wahrheit leider häufig der Fall, sie ist zu unwahrscheinlich. Nehmen Sie das vergangene Jahrhundert, nehmen Sie den Aufstieg eines arbeitslosen Malers zum Herrscher und Schlächter Europas, nehmen Sie den Mondflug oder die Teilung eines Landes durch eine Mauer, nehmen Sie den Fall dieser Mauer, von einem Tag auf den anderen, nehmen Sie die Entdeckung des Öls, wer hätte dies vorhergesagt, wer hätte dies alles geglaubt, bevor es tatsächlich eintraf? Ich war außerdem unsicher, was meine Kreditlinie betraf. Wie groß war der politische Überziehungskredit, den mir Abdul und seine Freunde verschafft hatten?

Das Manuskript lag, fast schon vergessen, in einer Schublade meines kleinen, verwohnten Zimmers und wartete auf den Tag, an dem ich den Mut finden würde, es wieder in die Hand zu nehmen. So befand ich mich erneut in meiner Zwischenwelt aus Träumen, Befürchtungen und Hoffnungen, als eines Abends ein alter Mann vor der Tür meines Mietshauses saß, zusammengesunken auf dem Beton der Straße. Es war früher Morgen, ich kehrte gerade von meiner allnächtlichen Runde durch das Bermudadreieck zurück.

Der Mann hatte Mühe aufzustehen. Ich hatte Mühe, auf meinen Beinen zu bleiben. Trotzdem kam mir das Gesicht des Alten bekannt vor. Seine Kleidung sah elegant aus, sie musste teuer gewesen sein. Inzwischen war sie fleckig und abgenutzt.

»Es war schwierig, Sie zu finden«, sagte der Alte. »Ich habe etwas für Sie.« Er überreichte mir ein Kuvert. »Das soll ich Ihnen geben. Es sind Peuckerts letzte Reportagen. Sorgen Sie dafür, dass sie veröffentlicht werden.«

Minuten später saßen wir in meiner Kammer, ich kochte Kaffee für uns beide. Der Mann war früher ein bekannter Wirtschaftslenker gewesen, ich kannte ihn aus dem Fernsehen und aus einem von Peuckerts Artikeln. Er hieß Mehdorn.

Peuckert und er hatten offenbar über die Jahre losen Kontakt gehalten. »Er hat mir auch hin und wieder Geld gegeben«, sagte Mehdorn. »Er hatte ein schlechtes Gewissen.« Mehdorn hielt die Tasse mit dem heißen Kaffee in seinen faltigen Händen und blies vorsichtig hinein, um die heiße Flüssigkeit abzukühlen.

Nein, er nahm Peuckert nichts übel. Er sei ein anderer Mensch geworden durch das, was damals in den Robotronwerken zwischen ihm und Peuckert geschehen sei. Für einige Monate habe er im Gefängnis gesessen, danach habe er als ehrenamtlicher Rettungssanitäter gearbeitet, jetzt lebe er als Rentner in Jena, Seniorenheim, Gesinnungskategorie B, passiv angepasst. Er konnte sich frei bewegen, nur das Bürgergeld hatten sie ihm aus pädagogischen Gründen um zwei Drittel gekürzt. Mehdorn wollte mir nicht sagen, wie und wo er an Peuckerts Texte herangekommen sei. Er riskiere ohnehin viel. Die Freude am Risiko, sagte er, die habe ich immer noch. Dies sei ihm aus seinem Managerleben geblieben, die Freude am Risiko und einige schöne Anzüge, die dringend in die Reinigung müssten.

Er war mir sympathisch. Natürlich ließ ich den Alten auf meinem Sofa übernachten. Früher, sagte er, sei sein Rücken viel zu verspannt gewesen für so ein Nachtquartier, heute könne er überall schlafen. Erst am nächsten Morgen öffnete ich das Kuvert.

# PALAST DER REPUBLIK

Ihr wollt wissen, wie's gewesen ist? Schaut euch dieses Foto an! Ich stehe da mit einem riesigen Windbeutel in der Hand. Ein zweiter Windbeutel verteilt sich über mein Gesicht, die Haare, die Kleidung. Sahne verkleistert mir den Blick, ein Teigstück klebt an meinem Ohr. Im Hintergrund wachsen pyramidenförmige Berge aus Windbeuteln gen Himmel.

Ich hatte vor Kollegen mit meinen beruflichen Kontakten in der Hauptstadt geprahlt und mit den kulinarischen Annehmlichkeiten, die sich daraus ergeben. Es sei ein Leichtes für mich, jeden Abend irgendwo in Ostberlin eine Einladung zum Essen zu erwischen. Politisches Buffet, Firmenfresserchen, private Partyküche, irgendwas laufe immer. Die Kollegen waren skeptisch, nun sitzt mir die Wette im Nacken. Gelingt es mir, einen ganzen Monat lang, Abend für Abend, eine Mahlzeit mitzunehmen? Egal, wo und wie, Hauptsache, es macht satt und kostet nichts.

Die erste Woche ist vorbei, ich bin noch im Rennen. Buletten zur Eröffnung einer Porsche-Niederlassung in Köpenick, Pelmeni beim Putin-Abend im Haus der Deutsch-Russischen-Freundschaft, Kaviarhäppchen in der Humboldt-Uni, nach Verleihung der Ehrendoktorwürde an Wirtschaftsminister Guttenberg. Heute Abend wartet etwas Besonderes auf mich. Genau ein Vierteljahrhundert liegt Günter Schabowskis denkwürdige Ansage vom 9. November 89 nun zurück: »Ich, ähm, wir, die Regierung der DDR, meine Damen und

Herren, hat sich entschlossen, äh … Ihnen mitzuteilen, dass ab sofort … äh … Öl zur Verfügung steht.«

Auf die Frage eines verdatterten Journalisten, ab wann dieses Öl denn zur Verfügung stehe, hatte Schabowski geantwortet, es stehe seines Wissens ab sofort zur Verfügung. Unverzüglich. So war es dann auch. Und deshalb feiern sie heute Abend den »25. Jahrestag des Beginns der planmäßigen Erschließung der Erdölreserven der DDR«. Mit einer Riesenparty im Palast der Republik. Musik und Tanz in allen Räumen, etwas Gutes zu essen gibt es selbstverständlich auch. Ich verdanke die Einladung einer Dame im DDR-Presseamt. »Iss dich aber auch richtig satt, Junge!«, hat sie gesagt und verheißungsvoll gelächelt.

Das berühmte Haus glänzt im letzten Abendlicht. Weiß leuchten die Marmordächer, in 1000 Kupferscheiben spiegelt sich Novemberhimmel. Von Zeit zu Zeit sieht man den Alten gern. Es gibt längst größere und prächtigere Paläste im Land. Mehr Raum, mehr Glas, mehr Licht. Aber der hier ist doch irgendwie der Urahn aller volkseigenen Tempel. Vorschein eines kommenden glücklichen Lebens. So gut wird es uns allen einmal gehen. Der Traum ist Wirklichkeit geworden, wir wissen es. Wir leben auf der Sonnenseite der Weltgeschichte, mit Schätzen gesegnet, nicht gedrückt durch eine lust- und sinnenfeindliche Religion, wie die Bürger anderer OPEC-Staaten. Die Last der SED-Herrschaft ist leicht zu tragen, ein milder Paternalismus, ein paar ideologische Verrenkungen, versüßt durch reichlich Geschenke.

Hinein also ins strahlende Licht der 9867 Kugellampen mit ihrer markanten 70er-Jahre-Ästhetik: den reich bestirnten Himmel im Großen Foyer des Palastes. Tosender Lärm, die

Luft ist geschwängert von kulinarischen Dünsten, Parfüms, Zigarettenrauch. Lachsalven steigen bis zu den Galerien empor. Überall im Foyer sind Bühnen aufgebaut, Schaubuden, in denen Volkskünstler ihr Können zeigen. Die Thüringer haben ihre singenden Sägen mitgebracht, vom Harz sind große Gruppen Kunstpfeifer gekommen. Zwei Kammbläser aus Sachsen spielen Beethovens Fünfte, ein alter Mecklenburger imitiert ein Orchester, allein mit seinem Mund. Spitzensportler präsentieren im grellen Scheinwerferlicht ihre Trainingserfolge. Das Publikum darf die wagenradgroßen Oberarme der Kugelstoßer betasten, nebenan versucht ein halbes Dutzend ausgewachsener Männer, sich hinter dem Rücken einer einzigen Olympia-Schwimmerin zu verstecken. An den Souvenirständen herrscht Andrang. Die Leute kaufen mundgeblasene Bohrtürme aus erzgebirgischem Glas und Döbelner Würstchen in Pipelineform. Spreewaldbauern haben eine Schlangengurke gezüchtet, die windet sich wie das Röhrennetz einer Großraffinerie.

Auf der Rolltreppe vor mir zwei Graubärte in Jeansanzügen. »Ich habe immer an die Weisheit der Partei geglaubt«, ruft der mit dem Brillanten am Ohr. »Und was ist das Ergebnis? Drei Millionen auf der Kante!«

Sein Kompagnon nickt freudig. »Mein neuer Fernsehsessel hat mich vierzigtausend gekostet. Hochleistungsmotor aus Eisenach. Damit fahre ich bis in die Tiefgarage.«

Im Herzen des Palastes gibt es einen magischen Raum. Der wichtigste Raum von allen, in dem traditionell auch die wichtigsten Dinge stattfinden. Kenner wissen, ich rede vom Großen Saal. Hinter seinen Türen wartet heute Abend das Festbankett. Das Bankett ist für viele Besucher der eigentliche Grund ihrer Anwesenheit. Die Gastmahle im Palast sind landesweit berühmt, legendäre Völlereien, bei denen die Teilnehmer mit fast schon mythischer Wucht über Schätze aus Küche und Keller herfallen. Auch ich betrete den Saal, schließlich bin ich hier, um mich gründlich satt zu essen.

An der großen Tafel sitzt ein sehr alter Mann neben mir. Schwerer Leib, buschige weiße Augenbrauen, die Wangen in Burgunderrot. Wie ein Märchenkönig sieht er aus. Auf seiner Brust funkelt das SED-Emblem an massivgoldener Kette, ein neuer Trend unter den Genossen, man trägt es jetzt häufig.

Der Alte nickt leutselig und beugt sich dicht an mein Ohr. »Seit achtundsechzig bin ich in der Partei an leitender Stelle. Da kannst du sicher sein, ich habe allerhand Fressereien mitgenommen.«

Er verstummt, weil in diesem Augenblick eine Gruppe hochgewachsener junger Frauen den Saal betritt. Jede Frau trägt eine leuchtend weiße Metzgerschürze um den Leib. Auf ihren Schultern balancieren sie goldene Tabletts, schwer beladen mit dampfenden Fleischstücken. Von den Rändern hängen prall gestopfte Würste herab.

»Was haben wir alles Gutes gegessen!« Der Atem des Alten ist eine Wolke aus Alkohol und Bratenduft. »Unter Walter die kräftige Sachsenküche. Rouladen, Klöße, soviel nur reinwollte. Bei Erich ging's dann mit dem Wild los. Jede Staatsjagd ein Kilo mehr auf die Wampe. Und erst das Öl! Das Öl haben wir gefeiert wie bekloppt. Da fuhr immer ein Panzerzug voll Fressalien in die Kreisleitung.«

Die Veranstalter haben eine Kulinarische Show angekündigt. Eine Kulinarische Rate-Show, so steht es auf den Einladungskarten. Moderator ist kein Geringerer als Heinz Florian Oertel, ein Altstar unter unseren Entertainern. Mit donnernder

Stimme verkündet Oertel, was da gerade von den weißbeschürzten Frauen hereingetragen wurde: »Ochsenbäckchen und Eselswurst.«

Ein kurzes grübelndes Innehalten im Publikum, dann erhebt sich wissendes Gelächter. Einzelstimmen wachsen zum machtvollen Chor. »Den Sozialismus in seinem Lauf hält weder Ochs noch Esel auf!«, schreit die Menge. »Richtig, Genossen!«, ruft Oertel, »Richtig!« Applaus und Jubel. Die angekündigten kulinarischen Rätsel beziehen sich offensichtlich auf Marksteine der DDR-Geschichte, hier auf Honeckers trotzige Absage an alle Reformwünsche, verkündet im Herbst 89, kurz vor Bekanntgabe der Ölfunde. Die aufgetragenen Speisen symbolisieren das gesuchte Ereignis, das Publikum muss es erraten. Erst nach Lösung des Rätsels darf der Verzehr beginnen.

Mit hochgerissenen Gabeln stürzen die Gäste auf die schönen Fleischerinnen zu. Ochsenbäckchen werden vom Tablett weggespießt, Eselswürste schwungvoll abgerissen. Heftig schwanken die Frauen unterm Ansturm der Gierigen.

»Hab ich einen Hunger!«, ruft eine korpulente Dame in roter Festrobe. »Dabei gab's im Betrieb schon Fleischplatte ›Fünf Kontinente‹. Fünf Sorten Edelfleisch für jeden. Känguru, Antilope, Pfau, Eisbär, Koala.«

»Auf normale Marken?«, will ihre Tischnachbarin wissen.

»Na, was denn sonst?!«

»Bei uns im Betrieb nehmen sie fünfzig Pfennig Eigenbeteiligung fürs Edelfleisch.«

»Eigenbeteiligung?« Die Rotgewandete lässt ihre Gabel sinken. »Wo leben wir denn?! Das ist doch arbeiterfeindlich! Ihr müsst die Gewerkschaft einschalten!«

Eine Wolke von Tänzerinnen schwebt in den Saal. Es

sind berückend schöne Frauen mit endlos langen Beinen. »Das Ballett des DDR-Fernsehens«, ruft Oertel und sinkt aufs Knie. Die Damen tragen weiße Ganzkörpertrikots im Glibberlook, an ihren Armen kleben sonderbare Flügel, die sie im Rhythmus der Musik auf und ab bewegen. Die Flügel sind schrundig gerippt, changierend grau, feuchter Glanz liegt auf den Oberflächen. Auch scheinen sie asymmetrisch, der rechte Flügel wirkt größer als sein Gegenstück. Nach einem letzten Akkord verharren die Tänzerinnen in breiter Front.

»Na, Genossen?«, ruft Oertel. »Wisst ihr's schon?«

Angespanntes Schweigen, aus dem Orchester ist Trommelwirbel zu hören. Niemand scheint etwas zu wissen. Doch plötzlich gellt die Stimme einer Frau durch den Raum: »Austern?« Raunen erhebt sich, der Trommelwirbel wird lauter. »Austern!«, schreit die Frau noch einmal, nun schon siegesgewiss. Und dann platzt es aus ihr heraus, stolz und glücklich, die populäre Losung, mit der sie beim letzten Parteitag die Erhöhung des bedingungslosen Grundeinkommens verkündet haben: »Wie zur Auster die Schale gehört zu uns das Soziale!«

Aus dem Trommelwirbel wird feuriger Tusch, die Tänzerinnen fließen in einer sanften Wellenbewegung auseinander. Jetzt sehen es natürlich alle. Die Damen sind Austern, die sich öffnen und schließen. Was man für Flügel hielt, sind in Wirklichkeit ihre Schalenklappen, bei der Auster bekanntlich von ungleicher Größe. Der Körper der Revuedamen, denken vermutlich viele Herren im Publikum, wäre also das Fleisch der Auster. Wie gern würden sie eines der langbeinigen Geschöpfe bis zur Neige ausschlürfen. Mit genialem Entertainerinstinkt befeuert Oertel die Stimmung des Augenblicks: »Casanova, Genossen, verspeiste täglich fünfzig Austern. Zur Stärkung seiner Manneskraft!«

»Ich fahre dieses Jahr wieder nach Kuba«, gesteht am Tisch ein älterer Herr augenzwinkernd in die Runde. »Die Kubaner lieben nicht nur unser Geld. Die lieben uns auch als Klassenbrüder.«

»Ja«, grinst sein Nebenmann, »vor allem die kubanischen Weiber. Aber nur, solange du kein warmer Klassenbruder bist.«

Mitten im Raum fährt ein Hubpodium nach oben. Ein Eisberg wird sichtbar, riesengroß, eine gewaltige Aufhäufung feinkörnigen Eises. Auf seiner Oberfläche flimmern Tausende schwarzer Punkte. Kein Zweifel, das sind Austern, eine überwältigende Menge echter Austern, die obere Schale bereits entfernt, zum sofortigen Verzehr bereit. Körbe voll Weißbrot stehen am Rand des Eisbergs, Schalen mit Zitronenvierteln, Servietten, Gabeln.

»Kaiser Vitellius«, ruft Oertel, »hat in einer einzigen Nacht eintausend Austern verschlungen. Henri Quatre aß vierhundert Stück nur als Vorspeise. Also haut rein, Genossen!«

Obwohl Austern an der Fischtheke jeder Konsum-Verkaufsstelle erhältlich sind, stürzt das Publikum wild heulend Richtung Eisberg. Es müssen alte, sehr alte Reflexe sein. Auch mein Tischnachbar, der schwergewichtige Greis, springt schnaufend vom Stuhl und lässt sich im Mahlstrom mitreißen. Man drängt und wird gedrängelt, stößt und wird gestoßen. Das große Einsammeln beginnt, alle Teller sind überfüllt, vieles fällt zu Boden, was Umstehende, die noch nicht zum Zuge kamen, höhnisch kommentieren.

Nach kurzer Zeit sind sämtliche Austern in den unteren Regionen des Eisbergs vergriffen, nur weiter oben liegen sie noch reichlich. Die ersten Gäste stehen mit ihren Füßen im Eis. Niemand kann sich auf dem locker-glibbrigen Untergrund halten, man rutscht zurück, in die Nachdrängenden hinein. Es kommt zu schmerzhaften Zusammenstößen, Schreie und Flüche werden hörbar, eine Ohrfeige schallt weithin durch den Raum, dann klatschende Schläge.

Heinz Florian Oertel gibt dem Orchester ein Zeichen. Die Nationalhymne wird intoniert, was alle sofort zur Besinnung bringt. Auf einer Videowand erscheint der Generalsekretär, einen Sektkelch in seiner erhobenen Hand. »Liebe Genossinnen und Genossen! Wer hätte vor fünfundzwanzig Jahren unserer Republik diesen Weg vorhergesagt? Wer hätte einen solchen Traum zu träumen gewagt?«

Während seiner Ansprache versinkt der Eisberg im Boden. Das Parkett schließt sich, ein Putzkommando beseitigt in Windeseile alle Spuren. An der Tafel schlürfen Glückliche letzte Austern.

Wie von Geisterhand bewegt, rollen nun mannshohe Torten in den Saal. Ein mächtiger Strom vielstöckiger Gebilde, jede einzelne Torte eine Meisterleistung des Konditorhandwerks. Wunderkerzen sprühen auf ihren oberen Etagen. Mit dramatisch erhobener Stimme zählt Oertel die Torten. Es sind genau 25 Stück, für jedes Jahr Erdölförderung eine. Das Publikum kreischt, als sich auf den Gipfeln der Tortenberge plötzlich versteckte Klappen öffnen. Köpfe fahren heraus, sie tragen lebensechte Masken der politischen Helden der DDR. Bärtige Männer vor allem, man erkennt Marxens wallendes Gesichtshaar, Stalins sorgsam frisierten Schnauzer, den zierlichen Spitzbart Walter Ulbrichts. Auch Egon Krenz' düstere Augenschatten und die bartlos-schweren Wangen haben sie erstaunlich gut hinbekommen. Die Maskierten ziehen riesige Kalaschnikow-Maschinenpistolen aus dem Inneren der Torten und schießen mit kurzen, knatternden Feuerstößen Gegenstände ins Publikum. Es sind kleine Präsente, Kugelschreiber, Taschenkalender, Wimpel und Abzeichen, die von den Gästen jubelnd erhascht werden.

Wer satt ist, steht einfach auf und räumt seinen Platz für einen Nachrücker. Man treibt wieder hinaus, ins Gewimmel der Foyers und Gänge. Von der Galerie lässt sich das Publikum gut beobachten. Bemerkenswert die jugendliche Straffheit ihrer Gesichter, vor allem bei den älteren Semestern. Die sogenannte Verjüngungsprozedur nach Manfred von Ardenne gehört heute zu den häufigsten medizinischen Verschreibungen in der DDR. Ab 40 hat jeder Anspruch auf diese Kassenleistung. Warst du schon bei Ardenne, ist eine Standardfrage unter Älterwerdenden. Man verbringt drei Tage in reinem Sauerstoff und wird aus der Kathodenstrahlröhre beschossen. Auch neue Zähne und Haare kann man sich bei Ardenne machen lassen. Der Sozialismus ist schön, hat der greise Professor in letzten Interviews gesagt, und der Mensch, der im Sozialismus lebt, soll es ebenfalls sein.

Durchs Souterrain dröhnt laute Musik. Die unsterbliche Hymne eines adoleszenten Begehrens: »I can't get no satisfaction.« Im »Jugendtreff« spielen die Stones. Wenn sich die Saaltür kurz öffnet, sieht man einen greisenhaft dürren Mick Jagger, das Mikrophon an wulstige Lippen gepresst. Draußen stehen FDJler rauchend beim Smalltalk.

»Ey, Alter, Porsche ist doch schwul. Da sitzt du drin wie 'n Funktionärsbimbo.«

»Du fährst selber 'ne Scheiß-S-Klasse. Und machst hier auf Gojko Mitić?«

»Fick dich in die Blockpartei, Alter!«

Vor den Toilettenräumen im Untergeschoss warten sie mit langen Pfauenfedern in der Hand. Die Kabinen reichen nicht, man braucht Geduld. Es gilt als unanständig, bei solchen Festen immer wieder Platz für neue Genüsse zu schaffen, aber die Leute tun es eben trotzdem.

»Warst du schon in der Espressobar?«, fragt mich am Waschbecken ein Typ mit riesiger Hornbrille, der eben seinen Mund säubert. »Da läuft eine Dissidentenshow. Urst witzig.«

Die Espressobar ist oben, unterm Dach des Hauses. Ein kreisrunder Tresen, daneben mehrere pyramidenförmige Hügel. Ich halte die sonderbaren Erhebungen zunächst für surreale Dekorationsstücke, irgendwie ägyptisch inspiriert, aber aus der Nähe sieht man, es sind Hunderte, vielleicht sogar Tausende echter Windbeutel, kunstvoll zu Pyramiden aufgeschichtet. Schneeweiß ihre Sahnefüllung, knusprig braun die Hülle aus Brandteig.

Vor dem Tresen ist eine Bühne improvisiert. Ein Mann in mittleren Jahren steht auf einem Podest, zotteliger Vollbart, schlecht sitzender Strickpullover. Er schreit. Die Zornadern in seinem Gesicht sind angeschwollen, rhythmisch spritzt ihm Speichel über die Lippen. Eine große Neun klebt an seinem Pullover, vermutlich die Startnummer, unter der er hier antritt.

»Im Begriff ›vormundschaftlicher Staat‹«, schreit er, »fasse ich meine Kritik am zeitgenössischen Sozialismus zusammen! Hindert die Staatsgewalt den Bevormundeten daran, mündig zu werden und selbstbestimmt zu leben, wird sie reaktionär.«

Das Publikum ist nicht besonders aufmerksam. Man plaudert und genießt den Kaffee und die Windbeutel.

»Wenn staatliche Autorität, wie wir sie erleben, in ihrer paternalistischen Form überhaupt noch möglich ist, dann hängt das ebenso mit frühkindlichen Empfindungen der Hilflosigkeit zusammen wie mit massenhaften Regressionen –«

Ein junger Mann im Publikum hat sich aus seinem Sessel erhoben. Ansatzlos und trotzdem überraschend kräftig wirft er einen Windbeutel Richtung Bühne. Nummer neun will ausweichen, aber es ist, als hätte der Werfer diese Meidbewegung vorausgesehen. Schmatzend zerplatzt das Gebäckstück am Kopf des Dissidenten. Die Leute sind plötzlich hellwach. Jubelnder Applaus, vielstimmiges Geschrei. Alles stürzt zu den Pyramiden. Nummer neun versucht eilends die kleine Tür am Bühnenrand zu erreichen, doch irgendein Witzbold hat von außen abgeschlossen. Dem Dissidenten bleibt kein anderer Fluchtweg als mitten durchs Publikum, wo die Windbeutel jetzt hageldicht auf ihn niedergehen. Bald ist er von oben bis unten mit Sahne beschmiert, ein Schneemann auf der Flucht.

Noch bevor der Mann im Strickpullover die Saaltür erreicht, klettert Startnummer zehn auf die Bühne. Eine Frau mit verhärmten Gesichtszügen, das Haar kurz geschnitten. Streng mustert sie ihr Publikum, wartet, bis etwas Ruhe eingetreten ist. »Gedanken zu einer Theorie des demokratischen Sozialismus«, hebt sie an. »Schon Karl Marx sagt, eine Gesellschaft ist nur so viel wert wie die schwächsten Glieder –« Weiter kommt sie nicht. Die Leute sind einmal im Schwung. Vielleicht hätte die Verhärmte interessante Dinge zu sagen, aber ein neuerlicher Windbeutelsturm fegt sie von der Bühne. Immerhin darf Nummer zehn jetzt die Hintertür benutzen.

Ein weißbärtiger Alter erscheint. Letzte Haarreste sind

zum Pferdeschwanz gebunden, eine Gitarre hängt vor seiner Brust. »Ich singe ein paar Lieder von Wolf Biermann.« Er lächelt versonnen und konzentriert sich auf den ersten Akkord. So entgeht ihm leider, dass etliche Windbeutel bereits unterwegs sind. Offensichtlich jagen sie die Dissidenten immer schneller von der Bühne. Keine Ahnung, wie viele Startnummern noch in den Katakomben warten.

Ich sage euch, wie es gewesen ist: Ich habe versucht, danebenzuzielen. Ich wollte meinen Spaß, ohne Schuld auf mich zu laden. Aber ihr könnt euch nicht vorstellen, was das für ein Genuss ist. Wenn nach einem Volltreffer die Schlagsahne auf dem Zielobjekt in einer weißen Wolke zerstäubt.

Kollateralschäden sind unvermeidlich. Etliche Gäste werden im Eifer des Gefechtes von Querschlägern getroffen. Es tut nicht weh, nur die Festkleidung ist hinterher natürlich ramponiert. Mit Sahne auf dem Sakko befindet man sich zu dieser vorgerückten Stunde allerdings in bester Gesellschaft. Kein Hemd, das jetzt nicht rotweinverschmiert ist, kaum eine Hose, die ohne Soßenfleck getragen wird. Niemand lässt sich die Stimmung verderben. Tragphone werden gezückt, ein Selbie mit bekleckerter Kleidung beweist, wie sehr man dieses Fest genossen hat. Auch ich nutze die Gelegenheit, um meinen kulinarischen Erfolg zu dokumentieren.

So schreitet die Nacht voran. Im Foyer fließen alkoholische Getränke aus zahllosen Brunnen. Roter und weißer Wein, schäumendes Bier, perlender Sekt. Wild entschlossene Zecher versuchen, mit bloßem Mund etwas von der Flut zu erhaschen, immer häufiger fallen sie dabei in Abflussrinnen. Man zieht sie aus der Rinne und geleitet die Tropfenden sanft, aber entschieden an die Garderoben. Kutten und Anoraks verdecken gnädig alle Schlacken und Krusten des Festmahls.

Vor einer Garderobe ist es laut geworden. Ein Hüne mit glasigem Blick und beschmiertem Sakko hält einen anderen Besucher am Kragen gepackt. Der Angegriffene ist Bürger der BRD, heimlich hat er sich unter die Gäste gemischt.

»Ich sage dir mal die Wahrheit!«, schreit der Hüne seinem Opfer aus nächster Nähe ins Gesicht. »Als ich jung war, bin ich in den Intershop gerannt, nur zum Riechen. Ich habe mir die Nase breit gedrückt an euren Billigautos. Für eine Westmark hätte ich tagelang Kopfstand gemacht.«

Speichelnebel sprüht dem verängstigten Bundesbürger in die Augen. Zwei Ordner nähern sich betont langsam. Kein Grund zur Eile, wenn patriotischer Zorn sich doch einmal Luft macht.

»Du hast mir meine Jugend versaut«, brüllt der Riese. »Und jetzt frisst du dich satt auf meine Kosten.«

»Ich bin Kommunist«, stammelt der Mann aus dem Westen. »Seit Jahren habe ich einen Einreiseantrag in die DDR zu laufen.«

Der Hüne glotzt blöde. Schwer zu sagen, ob ihm das gefällt. Übersiedler aus dem Westen sind nicht besonders beliebt. Die haben nicht unsere Schmerzen geteilt, nun sollen sie auch von unseren Freuden nichts abbekommen. Immerhin lässt er den Mann los. Sein schimpfendes Gebrabbel ist noch lange im Foyer zu hören.

Die Nacht vorm Palast ist kühl. Tief jagen Wolken am Novemberhimmel, Schnee liegt in der Luft. Viele Gäste haben mit Nachwirkungen des Festes zu kämpfen. In langer Reihe beugt man sich am Flussufer über die Geländer. Auf der anderen Seite der Spree thronen Marx und Engels auf ihrem

Granitsockel. Eine dünne Altmännerstimme schallt von dorther, untermalt durch zaghafte Gitarrenakkorde. Am Fuß des Denkmals der großen deutschen Philosophen sitzt der weißbärtige Dissident. Die Startnummer elf aus der Espressobar. »Du, lass dich nicht verhärten in dieser harten Zeit.« Der Mann singt jene Lieder, die im Palast der Republik niemand von ihm hören wollte. »Du, lass dich nicht verbittern in dieser bittren Zeit.«

Aus der Dunkelheit leuchtet weiß die Schlagsahne herüber. Auf seinem Kopf sitzt noch immer die Teighülle eines Windbeutels. Wie eine Kappe bedeckt sie das schüttere Haar, nur der Zopf ragt unter ihren Rändern hervor.

# NATIONALMANNSCHAFT

Kennen Sie Ronneburg? Muss man nicht kennen. Ein Kaff in Thüringen. Aber Ronneburg ist die Geburtsstadt von Rico Fitzke. Und den kennen Sie natürlich. Sein Name ist auf ewig verbunden mit dem schönsten Moment in der Geschichte des DDR-Fußballs. Der ein trauriger für unsere westlichen Nachbarn gewesen ist. Vielleicht war es der Moment, in dem die Trennung der beiden deutschen Staaten auf alle Zeit besiegelt wurde. Tiefer Hass zwischen den feindlichen Brüdern wurde sichtbar, die Welt schaute zu am Fernsehapparat und feixte.

Erinnern wir uns. Rio de Janeiro, 13. Juli 2014, 17 Uhr 43 Ortszeit. Das Finalspiel der Fußball-Weltmeisterschaft. Nach einem verzweifelten Konterangriff der Mannschaft von Jogi Löw – verzweifelt, denn wir schreiben die 89. Spielminute, und es steht eins zu sechs aus Sicht der Bundesrepublik – landet der schnelle Abschlag des DDR-Torwarts an der Mittellinie, direkt vor den Füßen von Rico Fitzke. Die bundesdeutsche Verteidigung ist beim Angriff mit nach vorn gekommen, befindet sich in diesem Augenblick noch in der Rückwärtsbewegung. Fitzke stoppt den Ball unbedrängt, läuft Richtung Tor von Manuel Neuer. Läuft mit phänomenaler Geschwindigkeit einfach an den gegnerischen Verteidigern vorbei, wie ein ICE, der asthmatische Dampflokomotiven überholt. Neuer stürzt aus dem Tor, Fitzke schießt sanft, aber unheimlich präzise durch seine Beine. Der Ball würde allein ins Tor rollen, aber der ostdeutsche Spieler umkurvt auch noch Neuer, der ins Straucheln gerät. Fitzke stoppt den Ball kurz vor der Torlinie, Neuer liegt am Boden, Lahm und Boateng sind gut zehn Meter entfernt. Mit einer unglaublich geschmeidigen Bewegung lupft Fitzke den Ball, schießt ihn seitlich an sich vorbei, vom Tor weg. Lahm und Boateng bleiben abrupt stehen, irritiert von den Ereignissen. In diesem Augenblick lässt Fitzke die rechte Ferse hinter sich nach oben schnellen und befördert den Ball mit einem artistischen Hackenschuss ins Gehäuse. Es steht eins zu sieben, und es ist Fitzkes arrogante Souveränität, die das Debakel des Westens so vollkommen macht.

Die Bundesrepublik wälzt sich hinterher in kollektiven Depressionen. In der DDR wird der Sieg als historische Offenbarung betrachtet. Zukunft triumphiert über Vergangenheit, schreibt das »Neue Deutschland«. In Brasilien siegen nicht elf junge Männer, sondern es siegt eine Gesellschaftsordnung. Und Rico Fitzke ist das Symbol dieser geschichtlichen Stunde, ihr Wappentier.

Warum hat er das getan? Warum hat Fitzke sein Tor auf eine derart beleidigende Weise geschossen? War es wirklich eine politische Geste? War es jungenhafter Übermut? Tödliche Arroganz? Um das zu erfahren, stehe ich hier. Schwarze Hose, blütenweißes Hemd, bordeauxrote Schürze vorm Bauch. Aushilfskellner beim Ball des DDR-Sports in der Ostberliner Werner-Seelenbinder-Halle. Was ist das für ein Mensch, der es geschafft hat, ein ganzes Land zu demütigen? Wer ist Rico Fitzke?

Es gibt absolut keine Möglichkeit, mit Nationalspielern der DDR auf normale Weise ins Gespräch zu kommen. Man kann jemanden wie Fitzke nicht zum Interview bitten, dafür hat die Mannschaft ihre Presseleute. Die veranstalten eine Konferenz und holen polierte Floskeln aus der Aktentasche. Im Nationalnetz lässt sich ein Dossier über Fitzke herunterladen, ein paar blasse biographische Fakten, ein bisschen ideologisches Talmi. Seine Vorfahren waren Bergarbeiter. Großvater und Vater haben für das russische Unternehmen Wismut Uranerz aus dem thüringischen Boden geholt, der Stoff, mit dem die Russen ihre Bombe bauten. Laut ND hat Fitzke sein Tor den ehemaligen Wismut-Kumpeln von Ronneburg gewidmet, besonders seinem Großvater Manfred Fitzke.

Ich will ihn heute Abend beobachten, diesen Rico Fitzke, als Aushilfskellner beim Ball des Sports. Wenn sich eine Gelegenheit ergibt, werde ich ihn ansprechen. Ich werde ihm sagen, dass mich sein Verhalten angewidert hat, obwohl ich aus demselben Land stamme wie er. Dass ich ihn für einen Verräter an den Idealen der Fairness und des Sportsgeistes halte. Für einen politischen Scharfmacher. Für einen Kalten Krieger. Ist Rico Fitzke für mich zur Obsession geworden? Geht es um gesamtdeutschen Patriotismus? Ich weiß es nicht.

Großer Ballsaal der Seelenbinder-Halle. Robert Harting tanzt mit Franziska van Almsick, der ehemalige Boxchamp Henry Maske hat sich gerade bei Katarina Witt einen Korb geholt. Ich stehe am Rand, sobald sich Gläser oder Teller leeren, trete ich diskret heran und räume ab. Es ist mir gelungen, mich in der Nähe des Tisches zu postieren, an dem die Fußballspieler sitzen. Als die Band »Satisfaction« von den Stones anstimmt, stürzt alles zur Tanzfläche, sogar die ein wenig korpulent gewordene Kati Witt hält es nicht länger an ihrem Platz. Von der Bar aus beobachtet Maske traurig das geschmeidige Tanzsolo der Eisprinzessin. Fitzke sitzt allein. Vielleicht mag er die Stones nicht, vielleicht ist der Ballartist einfach zu hochnäsig für populäre Vergnügungen.

Die Kontaktaufnahme beginne ich mit einer Kompetenzüberschreitung. »Noch ein Bier, Rico?« Ich stehe dicht hinter seiner Schulter, er sieht überrascht auf. Er wirkt nicht arrogant in diesem Moment. Anscheinend habe ich ihn erschreckt. Etwas stimmt nicht mit seinen Augen. Überhaupt ist aus der Nähe alles anders. Vielleicht, weil die Zeitungen nur geschönte Hochglanzfotos der Spieler bringen. Hat es mit dem Dämmerlicht zu tun, mit den Stroboskopblitzen, die über uns zucken? Fitzke schüttelt den Kopf, er murmelt etwas, das ich nicht verstehen kann. Es dauert nur ein paar Sekunden, aber die Begegnung nimmt mir den Wind aus den Segeln. Statt Fitzke die Meinung zu sagen, trete ich zurück. Auch seine Stimme klang ganz anders, als ich das erwartet hatte.

Zwei Minuten später muss ich in die Küche. Sie wissen, dass ich Fitzke angesprochen habe. »Was glaubst du, wer du bist, du Assi?!«, brüllt ein Oberkellner mit Kaiser-Wilhelm-Bart. Ich darf die Küche nicht wieder verlassen. Bis fünf Uhr früh befülle ich im warmen Dunst die Spülmaschinen, danach taumle ich todmüde aus der Halle. Die glorreiche Fußball-Nationalmannschaft ist längst vom Schauplatz verschwunden. Vor der Halle lungert Henry Maske. Er sieht depressiv aus. Vielleicht hat die schöne Eisprinzessin ihn an den Haupteingang bestellt und die Halle dann durch ein Seitentürchen verlassen.

Überall auf der Welt versuchen heute Journalisten, das Wunder des neuen DDR-Fußballs zu erklären. Was in Brasilien passiert ist, hatte einfach niemand auf der Rechnung.

Die DDR drückte alles an die Wand. Der Triumph am Ende in Erz gegossen durch den krachenden Sieg gegen die Bundesrepublik. Und natürlich besonders durch Fitzkes genialwiderwärtiges Tor, das augenblicklich zum Mythos der Sportgeschichte wurde. Ist es das harte Training? Die klösterliche Disziplin, die man der Mannschaft auferlegt? Die Abschirmung von allen Sorgen und Zwängen des Alltags? Die DDR ist kein Einwanderungsland. Unsere Sportfunktionäre lehnen die Globalisierung des Profifußballs ab, aus ideologischen Gründen, aber auch, weil sie es nicht nötig haben. Den Aufstieg an die Weltspitze hat die DDR allein mit einheimischem Personal geschafft. Mit Jungs aus Leipzig, Rostock oder Erfurt, die bei Betriebsklubs und Amateurvereinen das Kicken lernen. Echte Gewächse der Nation, darauf sind sie stolz. Fitzke hat als Sechsjähriger bei der BSG Wismut Ronneburg angefangen. Er spielte sich durch sämtliche Altersklassen, bis der DDR-Überverein BFC Dynamo auf sein Talent aufmerksam wurde. Wie alle wichtigen Nationalspieler rückte Fitzke in den Kader des BFC ein, jenes Klubs, zu dessen Traditionen es gehört, dass der amtierende Staatssicherheitsminister ehrenhalber die Mitgliedsnummer eins verliehen bekommt.

Das Stadion des BFC an der Ostberliner Cantianstraße ist eine Hochsicherheitszone. Während des Trainings sind Zuschauer nicht erlaubt, illegales Eindringen scheint wenig ratsam. Fitzke wohnt in einer geschlossenen Siedlung bei Oranienburg. Nach dem Training rollt ein Bus am Stadion vor, verspiegelte Scheiben, neben dem Fahrer sitzt ein Typ in Uniform.

Im Internetz findet man eine Menge Texte über Fitzke. Aus westlichen Tageszeitungen und Sportmagazinen, sogar die bundesdeutschen Feuilletons haben dem Spieler große Artikel gewidmet. Bei genauerem Hinsehen wird klar, auch von denen ist niemand wirklich dicht an Fitzke herangekommen. Die Texte sind kalt geschrieben, jeder kupfert vom anderen ab. Man bläst dürre offizielle Informationen zu persönlichen Mitteilungen auf. Einiges wirkt so, als wäre es frei erfunden.

Ich fahre nach Ronneburg. Hier wohnt Fitzkes Familie, hier kann man die treffen, die ihn von früher kennen. Sein Tor hat er den Wismut-Kumpeln gewidmet, das klang nach Anschleimerei an das sozialistische Ideal der Bodenständigkeit. Proletarische Treue zur Herkunft, Nähe zu den einfachen Menschen, blabla. Ich möchte wissen, was die Ronneburger über Fitzke denken. Hat er wirklich ihre Sympathien? Im örtlichen Telefonbuch gibt es überraschenderweise niemanden, der Fitzke heißt. Haben seine Verwandten allesamt die Stadt verlassen?

Die BSG Wismut trainiert am Rande der Stadt, im Schatten riesiger Abraumhalden, die vom Uranbergbau übrig geblieben sind. Mittags ist wenig Betrieb im Stadion, nur ein älterer Mann knattert mit dem Rasentraktor über die Felder. Bereitwillig stellt er den Motor ab, sein Thüringer Dialekt klingt gemütlich. Aber Rico Fitzke kennt er bloß aus dem Fernsehen. Als ich ihm sage, dass Fitzke vor zehn Jahren hier Fußball gespielt hat, kratzt er sich überrascht am Kopf. »Dor Rico?« Er sei schon eine Ewigkeit Platzwart, aber das habe er vergessen. In seinem Alter leider kein Wunder. Ich solle ins Vereinsheim gehen, da hat der Chef sein Büro, der wisse das alles. Er klettert wieder auf den Traktor. »Dor Rico«, höre ich ihn murmeln, bevor der Motor weitere Äußerungen seines Erstaunens übertönt.

Das Vereinsheim ist ein Plattenbau hinter der Haupttribüne. Lange Flure, alle Türen sind abgeschlossen. Am Ende eines Ganges steht plötzlich ein Mann vor mir, wie aus dem Boden gewachsen. Dick, kahlköpfig, Trainingsanzug mit dem Logo der BSG Wismut, Löwe und gekreuzte Bergmannshämmer. »Was suchen wir denn hier?«

Ich lächle offenherzig. »Ich interessiere mich für den Fußballspieler Rico Fitzke. Ich würde gern seine Entdecker treffen. Die Leute, die ihn auf den Weg gebracht haben. Ricos väterliche Förderer.«

Der Fettwanst lässt keine Gefühlsregung erkennen. Er spricht in druckreifem Bürokratendeutsch: »Wir geben keine Auskunft über den Nationalspieler Rico Fitzke. Wenden Sie sich an die Abteilung Öffentlichkeitsarbeit beim Deutschen Fußballverband.« Als ich erneut anhebe, werden seine Augen schmal. Er wechselt in einen Sprachmodus, der ihm hörbar vertrauter ist. »Ich habe hier Hausrecht. Sieh zu, dass du Land gewinnst, mein Guter!« Er würde gern körperlich werden, man spürt es. Sein Deo hat er heute Morgen auch vergessen. Hinter einer Tür bellt ein Hund. Ich erfahre in Ronneburg nichts Neues über Rico Fitzke. Nur meinen Abscheu finde ich bestätigt. Wer diesem Milieu entstammt, kann nichts anderes werden als ein unangenehmer Zeitgenosse.

Vielleicht hätte ich Fitzke entkommen lassen. Du ruinierst dein Leben, wenn du dich zu lange mit negativen Emotionen beschäftigst. Wäre da nicht Harald Martenstein, ein populärer und hochdekorierter Westjournalist. Martenstein weiß, dass ich mit Fitzke eine Rechnung offen habe. Zu einem unserer Treffs im Prenzlauer Berg – Metzer Eck, der Tisch hinten rechts, neben dem Durchgang zum Klo – bringt er ohne Vorwarnung einen Mann mit. Der Fremde ist um die

60, klein, drahtig, undurchschaubares Gesicht. Was für ein dubioser Typ, ist mein erster Gedanke.

»Wenn du ein bisschen Geld übrig hast, erzählt er dir was über Fitzke«, sagt Martenstein und lächelt maliziös.

Natürlich habe ich kein Geld übrig. Schon gar nicht für einen Mann mit undurchschaubarem Gesicht. Aber neugierig bin ich trotzdem. Ich sehe den Fremden aufmunternd an.

Er sei Privatdetektiv in Westberlin. Sein Name spiele keine Rolle. Er wolle 3000 Mark.

»Unmöglich«, sage ich. »Ich bin nicht reich.«

»Ihr seid doch alle reich«, ist seine lapidare Antwort.

Ich überlege einen Moment, ob ich einfach aufstehe und verschwinde. Aber er soll wenigstens andeuten, worum es geht.

»Fitzke ist nicht Fitzke«, sagt er. »Und ich kann es beweisen.«

3000 Mark sind zu viel, aber gegen meine Neugier komme ich nicht an. Gegen meine Lust, Fitzke zu bestrafen, auch nicht. Martenstein muss plötzlich weg. Ein Termin, sagt er und sieht so angestrengt zu Boden, dass ich weiß, er hat absolut keine Lust, mir jetzt Geld zu borgen. Feilschen bringt nichts. Der Detektiv bestellt sich einen Schoppen Wein, ich suche den nächsten Bankautomaten.

Er prüft mein Geld sorgfältig, bevor er es in die Innentasche seines Sakkos steckt. Vor etlichen Jahren sei in seinem Büro ein Japaner erschienen und habe gefragt, ob er einen Job in der DDR übernehmen könne. »Der Japaner hatte beruflich mit Fußball zu tun«, erzählt der Detektiv. »Er sucht Kinder, die Talent haben, überall in Asien. Sie gehen in seine Fußballschule. Wenn er Glück hat, verdient er eines Tages Geld mit ihnen.«

Im Portfolio des Japaners gab es einen absoluten Überflieger. Einen Jungen namens Yasuhiko. Yasuhiko war ein paar Jahre bei ihm, dann fuhren sie nach Europa.

»Der Japaner war absolut sicher«, berichtet mein Informant, »dass er den Knaben ganz oben unterbringen kann. München, Madrid, Mailand. Leider ist Yasuhiko ihm abhandengekommen. In einem Hotel, in Westberlin. Spurlos verschwunden. Die Polizei war ratlos.«

Am Ende sei der Japaner wieder nach Hause geflogen und habe seinen verlorenen Millionen nachgetrauert. Bis er eines Tages eine merkwürdige Entdeckung machte.

Irgendwie ahne ich, was ich gleich hören werde. Das war es, was mich in jener Nacht, beim Ball des Sports, so irritiert hatte. Rico Fitzkes Gesichtszüge. Die besondere Augenform. Eine sichelförmige Falte am Oberlid, die das Auge schmaler erscheinen lässt. Extrem schräg ansteigende Lidachsen.

»Der Japaner kriegt ein Foto der DDR-Nationalmannschaft in die Hände«, erzählt der Detektiv. »Einer auf dem Bild sieht seinem Yasuhiko verdammt ähnlich.«

»Fitzke«, sage ich.

»Er ist natürlich älter geworden, ein erwachsener Mann. Die Ähnlichkeit ist nicht perfekt. Aber da lässt sich mit Operationen viel machen. Der Japaner besorgt sich Videos von den DDR-Spielen. Danach hat er keine Zweifel mehr. Die Schnelligkeit, die Tricks, diese besondere Schusstechnik. So ein Drehschuss, der um die Ecke flattert. Fitzke ist sein Yasuhiko.«

»Wie kommen Sie ins Spiel?«

»Der Japaner wollte in die DDR. Sich aus der Nähe überzeugen. Sie haben ihn nicht über die Grenze gelassen. Unerwünscht. Keine Begründung, keine Diskussionen.«

»Danach kam er zu Ihnen?«

»Ich sollte mich an Fitzke ranmachen. Ihn aushorchen über seine Herkunft. Ihm eine Falle stellen.«

»Und?«

»Eher kommt man mit dem Papst ins Gespräch als mit einem Spieler von denen.«

Das hätte ich ihm sagen können! Auch er ist an den Mauern des BFC-Stadions gescheitert. Vor der Sportlersiedlung in Oranienburg hätten sie ihn beinahe verhaftet. Um mit Fans zu reden, hat er sich in Ostberliner Fußballkneipen gesetzt. Aber da war niemand, der Fitzke nur ein einziges Mal aus der Nähe erlebt hatte.

»Ich beschloss, nach Ronneburg zu fahren«, sagt er.

»Lassen Sie mich raten. Sie sind in Ronneburg auf Mauern des Schweigens gestoßen.«

»Ich bin gar nicht erst hin.«

»Wieso nicht?«

Plötzlich sei auch sein Auftraggeber verschwunden. »Ich wollte einen Vorschuss. Er sollte mir Geld ins Büro bringen. Hat er nicht gemacht. Im Hotel sagten sie, er ist abgereist, ganz plötzlich.«

Sein Glas ist leer. Er sieht mich an mit einem Blick, den Privatdetektive vermutlich aufsetzen, wenn sie andeuten wollen, dass in diesem Fall noch viel mehr zu holen ist.

»Falls ich für Sie weitermachen soll, geben Sie einfach Martenstein Bescheid.«

Ich habe viel versucht nach diesem Gespräch. Die einschlägigen Redaktionen, Spiegel, Stern, Focus, aber auch ganz unorthodoxe Adressen. Ein halbes Dutzend Mal habe ich meine Geschichte erzählt und jedes Mal gemerkt, wie bei meinen Zuhörern die Reserviertheit wächst, je länger ich rede. Soso, Rico Fitzke aus Ronneburg ist eigentlich Japaner und heißt Yasuhiko. Die Form seiner Augen ist merkwürdig. Ein Privatdetektiv kann wichtige Informationen liefern.

Warum sollte ein hochbegabter Fußballer aus Asien in der DDR eine neue Identität annehmen, fragen meine Gesprächspartner. Nur, um dort Fußball zu spielen? Sie zahlen im Osten wahnsinnig gut, das können wir uns vorstellen. Aber Spitzenfußballer werden schließlich auch im Westen Millionäre.

Ich weiß es doch auch nicht, kann ich da nur antworten. Vielleicht ein Fall von Gehirnwäsche. Es wäre nicht das erste Mal in der Geschichte des Kommunismus.

Ah ja, Gehirnwäsche, sagen die Redakteure. Natürlich, darauf hätten wir selber kommen können.

Es ist unangenehm, wenn ein vermeintlicher Kollege sich plötzlich als Spinner entpuppt. Man verspricht, mein Angebot wohlwollend zu prüfen. Niemand hat sich je wieder bei mir gemeldet.

Manchmal sitze ich nachts vor den Fotos der DDR-Nationalmannschaft. Ich habe mir ein paar teure Vergrößerungen anfertigen lassen. Es ist eine Art Suchspiel. Finde die Dinge, die nicht zusammenpassen. Rico Fitzkes Augen und Ronneburg, das hatten wir schon. Alexander Kruschke, superschneller Linksverteidiger, temperamentvoll, fintenreich, artistisch. Entstammt einer Leipziger Arbeiterfamilie. Krauses Haar, kräftige Nase und diese Haut in Schimmelpilzgrau. Möglicherweise das Ergebnis nicht ganz geglückter Bleachingprozeduren.

Maik Buchholz, rechtes Mittelfeld. Ein Junge aus Ostberlin, beide Eltern im Parteiapparat der SED beschäftigt. Hohe Wangenknochen, helle Augen, rundes Gesicht. Flachsblond wie Iwanuschka. Ich bin kein Rassist, Leute! Spart euch den Shitstorm! Ich gucke nur und mache mir meine Gedanken. Alles, was ich an Fakten berichtet habe, hat sich genauso zugetragen.

Leider bekommen auch Freunde, denen ich von Yasuhiko Fitzke erzähle, immer so angespannte Gesichter. Sie halten mich für einen enttäuschten Fan der Mannschaft von Jogi Löw. Für einen schlechten Verlierer. Ich lasse meine Geschichte also unvollendet. Nur die 3000 Mark, die ich dem Privatdetektiv gezahlt habe, wollte ich durch eine Veröffentlichung wieder einspielen. Was hiermit ja geschehen ist.

# XVI

Hier könnte dieses Buch schließen. Ich habe Peuckerts Wunsch erfüllt. Ich habe seine Texte überall angeboten, niemand wollte es wagen, sie zu drucken. Nur dieser kleine tapfere Verlag ist dazu bereit. Er steht zwischen den Fronten, wie wir beide.

Aber unsere Geschichte ist noch nicht ganz zu Ende. Es fehlt ein Kapitel. In dem Kuvert befand sich auch ein Brief.

# DER BRIEF

Lieber Martenstein,

ich habe mich oft gefragt, warum wir einander nicht in die Augen sehen können. Wir haben uns auf die Schultern geklopft, uns gegenseitig an die Brust gedrückt, unsere Wangen aneinandergerieben. Aber in die Augen gesehen haben wir uns in den vielen Jahren unserer Bekanntschaft niemals. Ich vermute, es ist Dir auch aufgefallen. Wie ich Dich kenne, hast Du Dich tapfer geweigert, daraus irgendwelche Schlussfolgerungen zu ziehen.

Aber nun ist es passiert. Wir stehen voreinander wie die ersten Menschen, nackt und ohne Geheimnisse, und wissen nicht, ob wir lachen oder weinen sollen.

Sascha, dieses kleine Ungeheuer, hat mir erzählt, dass Du in den letzten Jahren auf beiden Seiten der Front sehr umtriebig gewesen bist. Du hast mit den Grauen Männern hüben wie drüben an einem Tisch gesessen, hast ihnen wechselseitig als Hörrohr gedient und als Mundstück. Du hast sie mit Leckerbissen aus den Vorratskammern unserer Bekanntschaft gefüttert. Ich sage nicht Freundschaft, mein Alter, merkst Du das?

Als Sascha das alles erzählte, hat er wollüstig geschnurrt, Du kennst ihn ja. Wie schön, dass man wieder ein bisschen Weltvertrauen zerstören konnte. Und dann hat der liebe Sascha mit ebenso großem Behagen berichtet, dass er auch

Dich nicht im Unklaren ließ über die diversen Nebenrollen, die ich im Drama unserer langjährigen Beziehung gespielt habe. Auge um Auge, so halten sie's gerne.

Am Anfang wollten sie nur kleinere Auskünfte über Dich. Weil sie es angeblich gut mit Dir meinten. Du solltest vor weiteren Verirrungen bewahrt werden. Deine Koksgeschichten und die ewige Neigung, für eine schnelle Mark Kopf und Kragen zu riskieren. Kurioserweise spielten sie mir diese Besorgnis auf beiden Seiten vor. Hoppla, dachte ich, Martenstein ist eine Figur von gesamtdeutschem Interesse geworden. Da war ich sogar ein bisschen neidisch.

Ich dachte, tu ihnen den Gefallen. Natürlich meinen sie es niemals gut mit Leuten, über die sie Auskünfte wollen. Aber ich erzähle ihnen sowieso nur, was Dir nicht schaden kann. Im Grunde ging es darum, Dich zu schützen. Vor ihren Phantasien, aus denen so schnell Paranoia wird.

Was habe ich schon erzählt! Nichts von den Frauen, nichts von den Drogen. Nichts von gewissen Wegen, sich ein bisschen mehr Geld zu verschaffen, als durch die sogenannte ehrliche Arbeit zu holen ist. Wenn man mit den Grauen Herren zusammensitzt, wird erstaunlich viel über abstrakte moralische Fragen geredet. Ist Dir das aufgefallen? Alle haben ein schlechtes Gewissen, deshalb herrscht moralischer Redezwang. Moral ist ein betäubendes Gas, das in solchen Runden nur allzu gern inhaliert wird.

Ich habe ihnen erzählt, wie sehr wir beide im falschen Leben stecken. Um Dich ist diese Beschwingtheit, das Leichtsinnige, der unbedingte Wille zum Genuss. Charakterzüge, wie sie in den letzten Jahren und Jahrzehnten für DDR-Bürger so typisch geworden sind. Dieses augenzwinkernde Arrangement mit Verhältnissen, die ebenso skandalös wie komfortabel sind. Ich nenne es das Falstaff-Syndrom. Korrumpiert durch die eigene Genusssucht, die man jederzeit messerscharf analysieren kann und wegen ihrer moralischen Fragwürdigkeit ironisch seufzend bedauert.

Das klingt wahrscheinlich strenger, als ich es meine. Du bist immer ein besserer DDR-Bürger gewesen als ich, paradoxerweise, mehr wollte ich damit nicht sagen.

Erinnerst Du Dich, wie wir beide über das bedingungslose Grundeinkommen in der DDR diskutiert haben? Eine teuflische Angelegenheit, sagtest Du. Es befreit den Menschen nicht vom Drang, besser sein zu wollen als der Mitmensch. Vielmehr radikalisiert es diesen Drang noch. Wenn eine Gesellschaft keine Armen mehr hat wie heute die DDR, dann genügt es den meisten Zeitgenossen nicht, in relativem Wohlstand zu leben. Alle sind relativ wohlhabend, hast Du gesagt, also führt das tiefe menschliche Bedürfnis, seinen Nachbarn zu übertrumpfen, zwangsläufig zu einem Streben nach absolutem Wohlstand. Mit jenen Folgen, die man heute zwischen Rostock und Erfurt so häufig studieren kann: Raffsucht, Protzerei, parvenühaftes Verhalten.

Was für eine scharfe Analyse, habe ich gedacht. Begleitet wurde sie allerdings von Deiner Wehklage, wie gern Du selbst so ein Grundeinkommen beziehen würdest. Wie sehr Du mich um dieses Grundeinkommen beneidest. Lieber Bürgergeld, hast Du gejammert, als bundesdeutsche Nullversorgung. Lieber ein bisschen Raffen und Protzen, als dem Wohlstand immer nur hinterherzuphantasieren.

Was für ein scharfes Bewusstsein, dachte ich, und wie gespalten es dennoch ist. Statt mit Dir ehrlich darüber zu reden, breitete ich solche Beobachtungen an ganz anderer Stelle aus. Feigheit vor dem Freund, kann man das so sagen?

Womit wir bei einer Frage wären, die mich wirklich umtreibt. Was sind wir uns in all den Jahren gewesen? Zufällige Bekannte? Kollegen, die einander bei Geschäften im jeweils anderen Land nützlich waren? Kontaktpersonen? Oder hat auch unser Herz manchmal Nähe gesucht? Konnten wir uns etwas geben, das tiefer benötigt wurde als Informationen, Tipps und Tricks? Haben wir mehr voneinander gewollt?

Willst Du meine ehrliche Antwort auf diese Fragen hören? Ich weiß es nicht.

Kann es Freundschaft unter Männern geben? Oder ist das immer nur ein Missverständnis? Eine schöne Lüge? Weil unser furchtbarer Ehrgeiz, die Summe unserer Verwundungen und eine Welt, die nur Siege von uns erwartet, jeden Keim einer solchen Freundschaft rasch zum Absterben bringen?

Seit 25 Jahren sind wir miteinander bekannt. Seit jener wie im Rausch verquatschten Nacht im Wiener Café. Waren wir je miteinander befreundet?

Ich weiß, dass Du Sentimentalitäten hasst. Du wirst Deine Gründe dafür haben. Ich erwarte also keine Antwort. Ich verzeihe Dir. Ich bitte Dich um Vergebung.

P.

# XVII

Wir könnten dieses Buch ein zweites Mal schreiben, unter Berücksichtigung der neuesten Erkenntnisse, aber wozu wäre das gut? Alles läse sich ein wenig anders, ich würde hie und da etwas hinzufügen, was ich verschwiegen habe, ich ließe weg, was ich erfunden habe, Peuckert täte das Gleiche. Morgen erführen wir womöglich wieder etwas Neues, und wir müssten uns ein drittes Mal an die Arbeit machen. Lassen wir alles, wie es ist.

Es gibt verschiedene Definitionen der Wahrheit, erstaunlicherweise. Etwas ist wahr oder es ist falsch, das kommt unserem kleinen Alltagsverstand ganz einfach vor. Die Wahrheit ist das, was den Tatsachen entspricht. Aber wie finden Sie die Tatsachen heraus? Sie können sich keine Meinung über die Tatsachen verschaffen, ohne vorher einen Begriff von wahr und falsch zu haben. Nur mit Hilfe einer Wahrheit, irgendeiner, können Sie erkennen, was Tatsache ist und was eine Vorspiegelung. Sie müssen wissen, was ein Spiegelbild ist, Sie müssen die Wahrheit über den Spiegel und seine Natur kennen, um das Spiegelbild von der sogenannten Realität unterscheiden zu können. Der Satz, dass wahr sei, was mit den Tatsachen übereinstimmt, ist deshalb sinnlos. Über die Tatsachen lässt sich nur mit Hilfe der Wahrheit etwas sagen. Wir drehen uns endlos im Kreis.

Deshalb finden wir in der Welt da draußen die Wahrheit nicht, wir finden nur die unterschiedlichsten Spiegel, und wir suchen uns den aus, der uns am besten gefällt. Die einzige Lösung dieses Problems, die mich überzeugt, stammt von einem Denker des Mittelalters, Thomas von Aquin: »Wenn der Verstand Richtschnur und Maß der Dinge ist, besteht Wahrheit in der Übereinstimmung der Dinge mit dem Verstand. So sagt man, der Künstler verfertige ein wahres Kunstwerk, wenn es seiner Kunstvorstellung entspricht.«

Nur das Erfundene kann wahr sein. Nur in unserem Kopf passen der Verstand und die Welt der Dinge perfekt zueinander, und wir können nur dort sicher sein, dass keine der beiden Seiten der anderen etwas vormacht, dort oben, in unserem kleinen Haus zwischen den Schultern.

Dort, wo wir sind, spielen solche Fragen keine Rolle mehr. Ich sehe Peuckert häufig, wir plaudern über unsere Abenteuer. Wir spielen manchmal mit kleinen Karten aus Pappe, auf denen unsere Gesinnungskategorie notiert ist, und fragen einander ab. Ich bin C, und du bist A. Du bist D, und ich bin B. Ich glaube, ich habe mir einen Hund zugelegt, aber ich bin nicht ganz sicher.